PIERRE EMME

Florentinerpakt

Ex Libris

Pierre Emme

– Riedenthal –

2008

TÖDLICHE BANDE Es ist wirklich kein guter Tag für Hans Garber, so kurz vor Weihnachten: Erst wird der Wiener Bankdirektor der versuchten Vergewaltigung beschuldigt, dann erfährt er, dass seine Villa in Klosterneuburg in die Luft geflogen ist. In den Trümmern wurde seine tote Frau entdeckt.

Gleichzeitig wird der Kriminologe Mario Palinski mit einem merkwürdigen Fall beauftragt: Dr. Axel Rossbach, dessen Zahnarztpraxis sich im selben Haus wie Palinskis Büro befindet, bittet ihn um Schutz. Vor 30 Jahren hatten er und sechs Schulfreunde einen Pakt geschlossen und sich zur „Siebener-Tontine“ zusammengefunden, um ihre Freundschaft über die Schule hinaus für das ganze Leben zu besiegeln. Doch mittlerweile sind fünf der sieben Freunde auf höchst fragwürdige Weise verstorben. Axel Rossbach hat Angst, der nächste zu sein.

Palinski nimmt die Herausforderung an. Und schon bald ist er sich sicher, dass es zwischen den beiden Fällen einen Zusammenhang geben muss.

Pierre Emme, geboren 1943, lebte bis zu seinem Tod im Juli 2008 als freier Autor bei Wien. Der promovierte Jurist konnte auf ein abwechslungsreiches Berufsleben zurückblicken und damit aus einem aus den unterschiedlichsten Quellen gespeisten Fundus an Erfahrungen und Erlebnissen schöpfen. Im Februar 2005 erschien mit »Pastetenlust" der erste Band seiner erfolgreichen Krimiserie um Mario Palinski, den Wiener Kult-Kriminologen mit der Vorliebe für kulinarische Genüsse.

Bisherige Veröffentlichungen im Gmeiner-Verlag:
Diamantenschmaus (2010)
Pizza Letale (2010)
Pasta Mortale (2009)
Schneeockerleklat (2009)
Ballsaison (2008)
Tortenkomplott (2007)
Killerspiele (2007)
Würstelmassaker (2006)
Heurigenpassion (2006)
Schnitzelfarce (2005)
Pastetenlust (2005)

PIERRE EMME

Florentinerpakt

Palinskis achter Fall

GMEINER *Original*

Besuchen Sie uns im Internet:
www.gmeiner-verlag.de

Im Ehnried 5, 88605 Meßkirch
Telefon 07575/2095-0
info@gmeiner-verlag.de

3. Auflage 2010

Lektorat: Claudia Senghaas, Kirchardt
Umschlaggestaltung: U.O.R.G. Lutz Eberle, Stuttgart
unter Verwendung eines Fotos von Georg Mladek
Druck: Fuldaer Verlagsanstalt, Fulda
Printed in Germany
ISBN 978-3-89977-770-3

*Personen und Handlung sind frei erfunden.
Ähnlichkeiten mit lebenden oder toten Personen
sind rein zufällig und nicht beabsichtigt.*

1

Es war kurz vor Mitternacht, als das Taxi vor einer schönen, alten, etwas sanierungsbedürftig wirkenden Villa in Klosterneuburg hielt.

Eine elegante Dame mittleren Alters stieg aus, bezahlte den Fuhrlohn und nahm die Reisetasche entgegen, die der Chauffeur aus dem Kofferraum geholt hatte. Dann öffnete sie das unverschlossene schmiedeeiserne Gartentor, durchquerte den großzügig dimensionierten Vorgarten und suchte die Taschen ihres teuren Silberfuchsmantels nach dem Schlüsselbund ab.

Sie hatte das Haus vor fünf Tagen nach einem heftigen Streit mit ihrem Mann verlassen und war zu ihrer Mutter nach Gmunden gefahren. Diese Auseinandersetzung war exakt jener Tropfen gewesen, der das seit einigen Jahren immer voller gewordene Fass endgültig zum Überlaufen gebracht hatte.

Eigentlich hatte sie gar nicht vorgehabt, vor dem 23. des Monats wieder nach Hause zurückzukehren. Sowohl sie als auch ihr Mann brauchten viel Zeit zum Nachdenken. Denn so wie bisher konnte es wirklich nicht weitergehen. Aber nach dem Anruf heute Mittag hatte sie das Gefühl gehabt, dass es vielleicht doch besser wäre, selbst nach dem Rechten zu sehen. Und das sofort. Was immer sie auch vorfinden würde, es würde ihre Zukunft stark beeinflussen. Da war sie sich ganz sicher.

Der Schlüsselbund musste doch irgendwo im Gepäck sein, in den tiefen Taschen ihres Edelpelzes hatte sie ihn nicht finden können. Komisch, wie viele Menschen sich inzwischen über den wunderschönen Mantel aufregten. Alles Neidhammel, die sich den Luxus einfach nicht leisten konnten und diesen Umstand mit pseudotierschützerischen Parolen zu kaschieren versuchten. Artenschutz, so ein Blödsinn. Wo doch jeder wusste, dass diese Viecher speziell gezüchtet wurden. Ohne ihren Mantel hätten die armen Tiere keine Chance gehabt, überhaupt auf die Welt zu kommen. Und sie kannte sogar den Züchter. Ein tierliebender Mensch, der sein Kapital sicher sehr gut behandelte.

Heute im Zug war sie wieder von so einem verwirrten Wesen angesprochen worden, das etwas von »Webpelz« gefaselt hatte. Mein Gott, konnten oder wollten diese Leute wirklich nicht den Unterschied zwischen einem echten Pelz und billigen Imitaten erkennen?

Wo war bloß dieser verdammte Schlüsselbund? Die Frau entschloss sich, nachzusehen, ob ihr Mann seinen Reserveschlüssel »für alle Fälle« noch immer am selben Ort versteckt hatte.

Er hatte, und so stand sie wenige Augenblicke später in der dunklen Eingangshalle. Inzwischen war auch ihr Schlüsselbund aufgetaucht, er hatte sich in eine Falte der Manteltasche verirrt. Komisch, dass nicht einmal die kleine Tischlampe eingeschaltet war, die ihr Mann scherzhaft das »ewige Licht« nannte, weil sie sonst immer brannte.

Es roch eigenartig. Kein Wunder, ihr Mann achtete nicht darauf, das Haus regelmäßig zu lüften. Was war das bloß? Na egal. Jetzt wollte sie nur noch in die Wanne und dann nichts wie ins Bett. Alles andere würde sich morgen finden, dachte sie, als sie den Schalter für die Deckenbeleuchtung anknipste.

Die Explosion zerstörte nicht nur die alte Villa fast zur Gänze, sondern brachte auch die meisten Fensterscheiben in einem Umkreis von 200 Metern zum Bersten. Aber davon bemerkte die Frau absolut nichts mehr.

*

Knapp sechs Stunden vor dem großen Knall hatte Hans Garber, Direktor der Filiale der ›Kreditbank Austria‹ in der Obkirchergasse, sein Reich durch den Nebenausgang verlassen und war in die sieben Tage vor dem Fest bereits zum Erbrechen weihnachtliche Stimmung des Adventsmarktes am Sonnbergplatz eingetaucht.

Er hasste dieses überkommerzialisierte, jedes Jahr noch früher beginnende scheinheilige Getue, das sich der Geburt eines unschuldigen Kindes vor etwa 2.000 Jahren als Feigenblatt bediente, um den Menschen noch mehr Geld aus der Tasche zu ziehen als schon zwölf Monate zuvor. Und dann diese Musik. Es war fast unmöglich, sich dieser bereits Mitte Oktober gestarteten Dauerberieselung zu entziehen. Eines von vielleicht zwei Dutzend deutsch- und fremdsprachiger Weihnachtslieder, die die gängige »Endlosschleife« bildeten, begleitete einen ständig überall hin. Erstaunlich, an welchen Orten man noch ›Leise rieselt …‹ oder ›Jingle bells‹ bei seinen ganz normalen Verrichtungen erdulden musste.

Fast schon automatisch bahnte er sich seinen Weg zu einem der Punschstände, die um diese Jahreszeit wie die Schwammerln aus dem Boden geschossen waren. Viele dieser »Tankstellen« wurden von karitativen Einrichtungen betrieben, die die vorweihnachtliche Leichtigkeit des Geldausgebens und den Drang vieler Menschen nutzten, keinen Vorwand auszulassen, sich einen hinter die Binde zu gießen. Und ganz gratis noch das beruhigende Gefühl vermittelt bekamen, gleichzeitig etwas für die Armen dieser Welt getan zu haben. Denn mit den dabei erzielten Gewinnen und Spenden wurden soziale Projekte gefördert. Ein Ablasshandel oberhalb der Promillegrenze also.

Bis vor wenigen Tagen hatte Garber die ihm eher suspekte Mixtur namens Weihnachtspunsch nur olfaktorisch zur Kenntnis genommen. Bedingt durch diese eigenartige Geruchserinnerung seiner Kindheit nach, ja, nach Lebkuchen. Es waren wohl der Zimt und die Nelken, die diese Reminiszenzen an die ›stillste Zeit des Jahres‹ wieder und wieder in ihm hervorriefen.

Dann, am Tag, bevor Doris ihn und das Haus verlassen hatte, hatte ihn Olli Kiesler aufgesucht, die Präsidentin der lokalen Sektion der ›Caracals‹, einer weltweit tätigen Charityorganisation. Sie hatte ihn eingeladen, sie und ihre ›Caracal-Ladies‹ doch einmal am Punschstand zu besuchen, den sie die Tage bis zum Fest höchstpersönlich betreuen wollte.

Da Professor Kiesler, Ollies Mann, Kunde der Bank und ein wichtiger Macher in der Bundeskammer war, hatte Garber die etwas aufdringliche Einladung nach anfänglichem Zögern angenommen. Was war ihm schon anderes übrig geblieben? Und so hatte er auch Vally Gutruhn und Wilma Bachler kennengelernt, beides attraktive Mittvierzigerinnen und Freundinnen der umtriebigen Ollie, die ihr beim Brauen und bei der Verbreitung des ›flüssigen Lebkuchens‹ assistierten. Dass unter diesen Voraussetzungen an dem Abend der erste Weihnachtspunsch seines Lebens nicht zu verhindern gewesen war, lag auf der Hand.

Erstaunlicherweise hatte ihm das heiße, klebrige Zeug weit besser gemundet als befürchtet, sodass er sich noch zu drei weiteren »Das ist aber wirklich der Letzte« hatte überreden lassen.

Die Alkoholfahne, die er beim Nachhausekommen vor sich hergetragen hatte wie der Pfarrer die Monstranz, war dann auch der Auslöser für jene zunehmend unkontrollierter gewordene Auseinandersetzung mit seiner Frau gewesen, die schließlich zu ihrem Auszug geführt hatte. Auch egal, hatte er gedacht, einmal hatte es so weit kommen müssen.

Am nächsten Abend hatte ihn sein Weg fast automatisch wieder an den ›Caracal‹-Stand geführt, wo ihn Ollie und Vally in etwas mehr als zwei Stunden mit sechs Bechern Punsch abgefüllt hatten. Komisch, wie schnell man sich an das Gesöff gewöhnen konnte, hatte sich der seinen Mercedes mit deutlich mehr Alkohol im Blut als erlaubt nach Hause lenkende Garber noch gedacht und ein paar Mal kräftig gerülpst.

In diesem Stil war es auch an den folgenden Abenden weitergegangen. Und so würde es wohl auch an den restlichen Abenden bis Weihnachten noch weitergehen.

»Hallo, Herr Direktor«, säuselte ihm Ollie fröhlich entgegen, »wie laufen die Geschäfte?« Inzwischen gab Vally, ohne lange zu fragen, die benötigten Zutaten in einen Becher, goss das Ganze mit heißem Wasser auf, rührte zwei-, dreimal um und stellte das dampfende Gebräu vor dem Banker ab. »Zum Wohl«, meinte sie noch knapp, ehe sie sich dem nächsten Gast zuwandte.

»Ärger mit dem Freund«, Ollie deutete versteckt auf ihre Kollegin, »sie ist sonst nicht so unnahbar.« Sie zwinkerte Garber verschwörerisch zu.

»Wo ist eigentlich Frau Bachler?«, interessierte sich Garber scheinbar für die heute nicht anwesende Dritte im Bunde. In Wirklichkeit wollte er aber nur das Thema wechseln und so der etwas befremdend auf ihn wirkenden Vertraulichkeit Frau Kieslers entgehen.

»Ja, unsere Wilma, wo ist sie denn? Seit vorgestern die definitive Entscheidung gefallen ist, dass sie bei den nächsten Wahlen für die Grünen kandidieren wird, ist sie ständig unterwegs.« Die leicht giftige Ironie in Ollies Stimme war nicht zu überhören. »Tut so, als ob der Wahlkampf schon begonnen hätte. So eine verrückte Idee. Für die Grünen zu kandidieren.«

Unbemerkt war Frau Bachler wiederaufgetaucht. »Du bist doch bloß neidisch, Ollie«, gab sie zurück. »Nur weil dich die Schwarzen nicht einmal für die Bezirksvertretung aufgestellt haben.«

In der Zwischenzeit hatte sich eine junge, auffallend hübsche Frau neben dem Bankdirektor an die Budel geschoben und einen Grog bestellt.

Das war auch etwas, das Garber bisher nur dem Namen nach kannte. »Was kommt denn in einen Grog eigentlich alles hinein?« Er stellte die Frage einfach so in den Raum.

»Normalerweise Rum, Zucker und heißes Wasser«, antwortete die junge Schöne wie aus der Pistole geschossen und noch ehe die alles andere als mundfaule Ollie auch nur die Chance hatte, selbst etwas Sachdienliches beizutragen. »Ich weiß aber nicht, ob die hier«, sie deutete auf den Stand, »sich an das klassische Rezept halten.«

Garber stellte sich vor und prostete der Frau zu, die sich im Gegenzug als Marlene Mattig outete und das eben erhaltene Grogglas wie zum Salut erhob.

Nachdem Marlene ihr Glas in nur zwei Zügen geleert hatte, überraschte sich Garber dabei, wie er, ganz gegen seine sonstige Art, einfach eine neue Runde bestellte und irgendetwas Blödes in der Art von »Auf einem Bein kann man nicht stehen« murmelte. Die junge Frau zierte sich nicht lange und meinte nur, dass sie sich dafür revanchieren würde.

Wilma, die in den letzten Tagen ungewollt einiges von Garbers Schicksal mitbekommen und seine Entwicklung vom De-facto-Abstinenzler zum Punschsüchtigen mit leiser Sorge beobachtet hatte, versuchte vorsichtig, den Filialdirektor nach dem vierten Punsch beziehungsweise dem dritten Grog Marlenes einzubremsen.

Ihre wohlmeinende Warnung ging aber neben Marlenes gleichzeitig gestarteter Offensive völlig unter.

»Sind Sie nicht Direktor Garber von der Kreditbank?«, wollte Frau Mattig just in dem Moment von dem bereits erheblich Angesäuselten wissen, als Wilma gerade beiläufig feststellte, dass Autofahren nach mehr als drei Glas Punsch eigentlich höchst unverantwortlich sei. »Dann essen Sie wenigstens etwas dazu«, forderte sie das fröhlich vor sich hin süffelnde Paar auf und schob den beiden einen Teller mit Liptauerbroten hin.

Garber hatte aber nur Augen und Ohren für Marlene, die ihn offensichtlich anhimmelte. Mein Gott, was war das für ein Gefühl, von einer Frau respektvoll behandelt, ja, bewundert zu werden. Die letzten Jahre mit seiner Alten hatten ihn diese Empfindungen völlig vergessen lassen und sein Selbstwertgefühl als Mann total demontiert.

»Ja, der bin ich«, räumte er lächelnd ein. »Wieso, kennen Sie mich?«

»Ich habe vor einigen Wochen ein Bild von Ihnen in irgendeiner Zeitung gesehen. Im Wirtschaftsteil«, erinnerte sich Marlene. »Ich glaube, es war in Zusammenhang mit der Neubesetzung einer wichtigen Position bei der Bank, für die Sie vorgesehen sind.«

Das war der Stoff, der einer leidenden Seele wie Garber spontane Linderung versprach. Er erinnerte sich zwar nicht, diesen oder irgendeinen anderen Artikel solchen Inhaltes gelesen zu haben. Aber er las ja auch nicht regelmäßig sämtliche Zeitungen und Fachmagazine.

»Nun ja«, räumte er ein, »ich bin in engster Wahl für die Position des regionalen Kreditchefs für Wien-Nordwest. Das bedeutet immerhin 26 Filialen in der Stadt und weitere sieben in der unmittelbaren Umgebung«, merkte er nicht ohne Stolz an. »Die Entscheidung wird noch heuer fallen, und ich habe«, selbstgefällig fuhr er sich mit der Hand über die Haare, »beste Chancen. Das hat mir mein Vorstand selbst im Vertrauen gesagt.«

»Na, dann können Sie mir doch sicher einen Rat geben, wie ich die 200.000 Euro, die ich geerbt habe, am besten anlege?«, meinte die junge Frau mit gespielter Hilflosigkeit, wie für alle bis auf Garber selbst nicht zu übersehen war.

»So eine anlassige Schlampe«, zischte Vally Wilma zu, die stumm nickend ihre Zustimmung signalisierte. »Er könnte doch gut und gern ihr Vater sein. Und dann, sie ist kaum 1,70 groß und spielt erfolgreich das kleine, hilflose Mädchen. Er wieder fühlt sich mit seinen knapp 1,80 und gut 100 Kilogramm scheinbar als ›Big Daddy‹. Die Situation ist so was von lächerlich.«

Garber hatte ›200.000 Euro‹ sowie ›Veranlagung‹ gehört und war plötzlich hellwach geworden. Ein Deal dieser Größenordnung noch kurz vor Weihnachten und vor allem noch vor der Entscheidung über die Nachfolge Dr. Vasiceks würde sich sehr günstig für ihn auswirken. Aber Marlene war noch nicht fertig. »Da sind dann auch noch die Wertpapiere. Aber die sind angeblich derzeit nicht viel wert, meint mein Finanzberater. Er hat mir aber ein günstiges Angebot gemacht, angeblich.« Sie blickte dem Banker direkt in die Augen. »Könnten Sie einen Blick auf die Aktien werfen, bitte? Ich werde das verdammte Gefühl nicht los, dass mich der Mann über den Tisch ziehen will.«

»Gerne«, versicherte Garber, ohne lange nachzudenken. »Kommen Sie morgen Vormittag einfach zu mir, sagen wir, um 10 Uhr, und bringen Sie Ihre Papiere mit. Bis dahin überlege ich mir auch, wie wir Ihr Geld gut und sicher anlegen können.«

»Wenn Sie mir wirklich helfen wollen, müssen Sie sich meine Wertpapiere noch heute ansehen«, widersprach die junge Frau. »Denn das Angebot Mirkos gilt nur bis morgen früh. Ich muss ihm bis spätestens 9 Uhr Bescheid geben. Bitte, bitte, Herr Garber«, jetzt machte sie wieder auf hilfloses kleines Mädchen, »mit Ihrem Fachwissen genügt sicher ein Blick, um sagen zu können, ob das ›Bis zu 40.000 Euro Rendite‹ ein seriöses Angebot ist oder nicht.«

Garber zögerte noch etwas. Obwohl, warum sollte er eigentlich seine Expertise nicht heute Abend abgeben. So blau war er auch wieder nicht.

»Ich wohne ganz in der Nähe, in der Krottenbachstraße. Und während Sie sich die Papiere ansehen, brate ich Ihnen ein gutes Steak.« Marlene ließ nicht locker.

Ob es die Aussicht auf das Steak war oder die Krottenbachstraße, die den Ausschlag gab, oder beides, würde wohl nie herauskommen. »Also gut«, erklärte sich der Banker zu der kleinen Spezialberatung bereit. Immerhin rühmte sich sein Unternehmen ja »besonderer Flexibilität zum Wohle der Kunden« und warb mit »Wir sind immer für Sie da«. Also blieb ihm eigentlich gar nichts anderes übrig, als dem Wunsch der neuen Kundin zu entsprechen.

Die beiden gingen und gleich danach auch Wilma, die noch an einer Diskussion der Döblinger Grünen im ›Haus der Begegnung‹ teilnehmen musste. Dabei ging es um eine neue Tiefgarage im Grüngürtel der Stadt.

»Wetten, dass es nicht beim Ansehen der Wertpapiere bleiben wird?«, meinte Ollie zu Vally. »Das ist wieder einmal typisch, die Frau ist nicht zu Hause, und der Mann geht fremd.«

»Und bei Wilma ist es genau umgekehrt«, ätzte Vally, »der Mann sitzt zu Hause, und die Frau geht diskutieren, bis sie grün wird. Vielleicht sollte ich später noch kurz bei Mario vorbeischauen und mir einen Kriminalroman empfehlen lassen.« Sie lachte spöttisch.

*

Mario Palinski starrte geistesabwesend auf den Monitor seines Computers. Der Leiter des von ihm gegründeten ›Instituts für Krimiliteranalogie‹ und bisher bestens bewährter Berater der Döblinger Kriminalpolizei befand sich in einer Krise. Die letzten Wochen hatten deutliche Spuren hinterlassen, ihm vor allem psychisch zugesetzt. Dabei hatte noch im Oktober alles so wunderbar ausgesehen. Wie aus dem Nichts war seine 26-jährige Tochter aufgetaucht und hatte sich mit ihrem reizenden Mann, einem Südtiroler Hotelier, nach einigen aufregenden Tagen harmonisch in die Familie eingefügt. Dann hatte er sich auf der Suche nach einem …, na egal, er hatte sich im Badezimmer den linken Unterarm gebrochen. Das hatte zwar ziemlich wehgetan, war aber inzwischen Vergangenheit. Auch wenn er gelegentlich noch ein unbestimmtes Ziehen und Stechen verspürte. Aus heutiger Sicht betrachtet, war der Sturz aber zeitlich jenes Ereignis gewesen, mit dem die Misere der letzten Wochen begonnen hatte. Aber da musste er jetzt durch. In zehn Tagen sollte sich die ganze Familie im ›Rittener Hof‹ bei Bozen treffen. Dann würde alles wieder gut sein, hoffte er zumindest.

Im Moment aber gab es keine nennenswerte Arbeit für ihn, die dicke Daunendecke vorweihnachtlichen Innehaltens hatte sich über sein Institut gestülpt und drohte, ihn mit Untätigkeit zu ersticken. Was ihm aber am meisten zu schaffen machte, war der Umstand, dass sich alles um ihn herum veränderte und er nichts dagegen tun konnte. Seine bisher heile Welt begann auf einmal auseinanderzudriften.

Sein guter Freund Oberinspektor Wallner vom Koat Hohe Warte stand vor einem Karrieresprung. Er war mit Wirkung vom 1. Jänner kommenden Jahres als stellvertretender Abteilungsleiter zum Bundeskriminalamt versetzt worden. Wallners Stellvertreter Martin Sandegger, dessen beispielhaftes Verhalten im Fall »Göllner« ihm ein enormes Image in der Öffentlichkeit und die Sympathien des Innenministers eingebracht hatten, würde ab demselben Zeitpunkt einen bestbezahlten Top-Job als Leiter der Sicherheitsabteilung eines riesigen Einkaufszentrums am Rande der Stadt mit einem Zusatzvertrag als Security-Berater für drei weitere Standorte antreten.

Beide waren seit Anfang des Monats dabei, restliche Urlaubstage zu konsumieren oder sich auf ihre neuen Aufgaben vorzubereiten. Zum neuen Chef der Kriminalpolizei in Döbling war Inspektor Werner Musch ernannt worden, der bisherige zweite Mann im Kommissariat Liesing und jüngere Bruder Manfred Muschs vom Kriminalamt Wien. Er sollte sein Amt mit Jahresbeginn antreten, war aber schon jetzt fast ständig auf der Hohen Warte anzutreffen.

Die bösen Ahnungen, die Mario Palinski befallen hatten, nachdem ihm der Ruf des Neuen zu Ohren gekommen war, hatten sich bald mehr als nur bestätigt. Der mit knapp 1,70 etwas kurz geratene Einzelgänger, dessen fachlicher Ruf, na ja, sagen wir einmal, nicht ganz unumstritten war, war dazu noch egozentrisch, rechthaberisch und unzugänglich. Darüber hinaus gefiel er sich gelegentlich in martialisch anmutenden Posen, die wohl an den »Großen Korsen« oder ähnliche historische Vorbilder erinnern sollten und mit denen er nicht nur sein unmittelbares Umfeld nervte.

Beim ersten Aufeinandertreffen hatte der ›Kleine

Musch‹, wie der korrektere der beiden in Polizeikreisen kursierende Spitzname des Neuen lautete, der andere dagegen war eindeutig zweideutig und wurde nur hinter vorgehaltener Hand geflüstert, Palinski gegenüber keine Zweifel offengelassen, was er von einer Zusammenarbeit mit dem »zivilen Kriminalspinner« hielt, nämlich gar nichts. »Ich weiß, dass Sie bisher eine große Nummer hier im Kommissariat waren. Aber die Zeiten sind vorbei. Ich halte Ihre Kriminologie oder wie der Scheiß heißt, nur für faulen Zauber und brauche Ihre Hilfe nicht.« Und das war's gewesen.

Aber auch sonst schien alles um Palinski herum im Umbruch begriffen zu sein. Da war vor allem einmal Wilma, mit der er seit 25 Jahren zwar nicht verheiratet, bisher aber insgesamt recht glücklich gewesen war. Nicht nur, dass sie sich um die Leitung des Gymnasiums in der Klostergasse beworben und angeblich beste Chancen darauf hatte. Nein, sie war auch dem Lockruf der Politik gefolgt und wollte bei den kommenden Wahlen auf einem sicheren Listenplatz für die Grünen kandidieren. Praktisch bedeutete das seit einigen Wochen Sitzungen, Diskussionsveranstaltungen und sonstige Termine, bei welchen die Anwesenheit der neuen grünen »Bildungsexpertin« unabdingbar war. Ja gut, der Gedanke an eine Abgeordnete Wilma Bachler hatte etwas für sich, aber sie fehlte Palinski schon sehr in letzter Zeit. Und dann verplemperte sie den kargen Rest ihrer Freizeit in diesen Tagen noch an irgendeinem Punschstand, um ihre Freundinnen Ollie und Vally, das klang fast wie ein Komikerpaar aus der Stummfilmzeit, bei der Steigerung des Rumabsatzes in Österreich zu unterstützen. »Der Reinerlös dient karitativen Zwecken«, hatte Wilma festgestellt und damit seinen schüchternen Einwand gegen diese systematische Förderung des Alkoholismus im Lande vom Tisch gefegt. Na, vielleicht war er ein wenig übersensibel, sie fehlte ihm halt sehr.

Dann die Kinder: Zwar hatte er vor Kurzem eine Tochter dazubekommen, aber dass alle drei bereits flügge und damit quasi aus dem Haus waren, war auch etwas, mit dem er erst fertig werden musste.

Last, but not least hatte Margit Waismeier, seine heiß geliebte und unverzichtbare Bürochefin, seit Neuestem einen festen Freund. Einen Diplomingenieur aus München, der im Mai nächsten Jahres für seine Firma nach Prag übersiedeln sollte. Als Niederlassungsleiter oder etwas Ähnliches. Was würde sein, wenn sich diese Beziehung so entwickelte, dass der Mann Margit und ihren Sohn mit sich nahm? Unvorstellbar, dachte Palinski, aber was konnte er im Fall des Falles schon viel dagegen tun?

Ihm war natürlich klar, dass Leben ständige Veränderung bedeutete, aber dass ihm derzeit lediglich seine beiden Hunde Max und Moritz als Konstante geblieben zu sein schienen, machte ihn doch erheblich betroffen.

Ja, da war natürlich auch noch sein Assistent Florian Nowotny. Der junge Mann war jetzt schon etwas länger als ein Jahr bei ihm und hatte sich bereits als unersetzlich erwiesen. Wie auch immer, Palinski fühlte sich einsam und leer, unterfordert und ungeliebt. Simpel ausgedrückt also beschissen.

Während er jetzt seinen PC ausschaltete und sich für eine ausgedehnte Runde mit den beiden Hunden fertig machte, unterbrach das Klingeln des Festnetztelefons die Stille des Raumes.

Rasch und voll unvernünftiger Hoffnung, dass doch noch jemand im alten Jahr seiner Hilfe und fachmännischen Beratung bedurfte, nahm er den Hörer ab.

Es war ein Dr. Rossbach, der nach ihm verlangte und sich als Zahnarzt mit Ordination auf der Stiege 2 im Hause vorstellte. Richtig, Palinski erinnerte sich an das Schild neben dem Hauseingang. Komisch, er fuhr quer durch Wien, wenn er Probleme mit den Zähnen hatte, obwohl … Vielleicht sollte er den Anruf zum Anlass nehmen, einmal einen neuen Arzt mit seinem blutenden Zahnfleisch zu konsultieren.

»Guten Abend, Doktor«, meldete er sich. »Was kann ich für Sie tun?«

»Ich bin in Eile und möchte daher gleich auf den Punkt kommen«, eröffnete Rossbach etwas atemlos. »Ich habe Ihren Namen von Dr. Schneckenburger erhalten, den ich vom Fitnessstudio her kenne. Irgendwie lustig, wenn man bedenkt, dass wir quasi Nachbarn sind. Er hat gemeint, falls mir einer in meiner Situation helfen kann, dann Sie.«

Das war purer Balsam auf die wunde Seele Palinskis.

»Gestern hat man einen Mordanschlag auf mich unternommen«, fuhr der Zahnmediziner fort, »dem allerdings nicht ich, sondern ein Bekannter von mir zum Opfer gefallen ist. Vor vier Tagen hat es ein weiteres Ereignis gegeben, das ich nach dem, was Magister Blum passiert ist, auch als Mordversuch einstufen würde.« Der Mann war hörbar mit den Nerven fertig und schluchzte zwischendurch immer wieder verhalten auf.

»Es ehrt mich zwar sehr, dass Sie sich mit Ihren Problemen an mich wenden«, meldete sich Palinski erst mal zu Wort. »Aber wenn das stimmt, Herr Doktor, was Sie mir da eben erzählt haben, so ist das eindeutig ein Fall für die Polizei. Ich fürchte, ich werde da nicht viel für Sie tun können.«

»Ich habe natürlich mit der Polizei gesprochen, mit einem Inspektor Moussé oder so ähnlich«, entgegnete Rossbach. »Aber der Mensch ist unmöglich. Der hat mich absolut nicht ernst genommen und mir zwischen den Zeilen galoppierenden Verfolgungswahn unterstellt«, empörte er sich.

»Sie meinen doch nicht Inspektor Musch von der Hohen Warte?«, Palinski war plötzlich hellwach und bereit, diese Herausforderung unter allen Umständen anzunehmen.

»Ja, Musch, das war der Name«, bestätigte der Zahnarzt. »Und das Schlimmste war: Als ich ihm angekündigt habe, dass ich innerhalb der nächsten Tage einen weiteren Anschlag auf mein Leben befürchte, hat er nur gelacht und mich weggeschickt. Ein Skandal, kann ich Ihnen sagen.«

»Nun ja«, Palinski zögerte etwas. Wie sollte er seinen Zweifel formulieren, um den guten Mann nicht vor den Kopf zu stoßen oder gar zu verprellen? »Die Prognose eines zukünftigen Ereignisses dieser Art ist natürlich auch ein wenig schwer verständlich«, meinte er vorsichtig.

»Ohne weitere Erläuterungen natürlich«, räumte Rossbach ein. »Aber die Polizei war ja nicht willens, sich meine Geschichte anzuhören. Ist ja auch einfacher, jemanden als Spinner abzutun und wegzuschicken.«

»Also ich bin gerne bereit, mich mit Ihrer Geschichte auseinanderzusetzen«, versicherte Palinski. »Wo sind Sie jetzt? Wann könnten Sie hier bei mir im Büro sein?«

»Ich bin jetzt irgendwo in Niederösterreich unterwegs und werde mir demnächst ein Zimmer für die Nacht suchen«, erklärte ihm der Arzt. »Meine Familie habe ich auch aufs Land geschickt, denn in unserem Haus sind wir möglicherweise nicht mehr sicher. Können wir uns vielleicht morgen Vormittag treffen? Ministerialrat Schneckenburger hat mir verraten, dass Sie gerne im Café …«

»Keine Namen nennen«, unterbrach ihn Palinski ziemlich streng.«Man kann nie wissen, ob nicht irgendwer mithört. Ich werde ab 10 Uhr in dem besagten Café sein und auf Sie warten.«

»Sehr gut«, Rossbach atmete tief durch. »Jetzt geht es mir schon besser. Und danke, dass Sie mir helfen wollen.«

»Aber gerne«, versicherte Palinski, »und versuchen Sie zu schlafen. Sie werden morgen alle Ihre Kräfte brauchen.« Dann beendete er das Gespräch.

Rossbach würde wohl nie erfahren, wie sehr er Palinski allein schon mit diesem Telefonat geholfen hatte.

2

Langsam tauchte der Mann wieder aus den Tiefen des an Bewusstlosigkeit grenzenden Schlafes auf. Noch ehe ihm irgendetwas bewusst wurde, registrierte sein Körper instinktiv die ungeheure Kälte in und um ihn herum und begann, unkontrolliert zu zittern. Dagegen waren das dringende Bedürfnis zu kotzen und der fürchterliche Geschmack im Mund vergleichsweise Lappalien. Die Erinnerung an die schrecklichen Besäufnisse seiner Sturm- und Drangzeit schoss ihm durch den Kopf und veranlasste ihn zu einem versuchten Lächeln. Das er aber sofort wieder abbrach, da es schreckliche Kopfschmerzen auslöste.

Verdammt, dachte Hans Garber, so einen Kater hatte er sein Leben lang noch nicht gehabt, während er mühsam versuchte, die Augen aufzubekommen.

Der erste Eindruck seiner unmittelbaren Umgebung erschreckte ihn nicht wenig. Weiß, alles weiß. Weiß, so weit das Auge reichte. War er in eine Lawine geraten? Wenn ja, dann mit seinem Wagen, denn in dem saß er offensichtlich. Ein vorsichtiger Blick nach links, durch das Fenster der Fahrertüre, ließ ihn in der Dämmerung in etwa 15 Metern Entfernung eine Gartenmauer erkennen. Zwischen der Mauer und seinem frostigen Standort führte eine schmale Straße von oben nach unten. Oder auch umgekehrt. Vor dem matten Licht der Straßenbeleuchtung war der leichte Schneefall sehr gut zu beobachten. An sich ein schönes, friedliches Bild. Auch der Gedanke, dass es heuer möglicherweise wieder einmal weiße Weihnachten geben könnte, hätte Garber Freude gemacht. Wäre ihm bloß nicht so kalt gewesen.

Die Uhr am Armaturenbrett zeigte 5.12 Uhr an, die an seinem Handgelenk dagegen bereits 7.46 Uhr.

Wieso saß er eigentlich auf dem Beifahrersitz? Mühsam schob er sich auf den Platz des Fahrers und versuchte, den Motor zu starten. Aber vergebens.

Wie er insgeheim befürchtet hatte, ließ sich der Schlüssel nicht nach vorne drehen, da er sich bereits in der Startposition befand, die ganze Zeit befunden hatte. Dass die schon vorher nicht mehr allzu frische Batterie das nicht überlebt hatte, war klar, aber höchst unangenehm. Hoffentlich war zumindest sein Mobiltelefon noch intakt, denn er musste in 14, nein, in zwölf Minuten in der Bank sein. Das Handy, das die Nacht in der doch etwas weniger kalten Brusttasche von Garbers Sakko verbracht und dabei nicht unwesentlich von den Resten der animalischen Wärme seines Besitzers profitiert hatte, bedankte sich artig für diesen Komfort und funktionierte.

Während der Banker auf das Taxi wartete, versuchte er krampfhaft, aber ziemlich erfolglos die Ereignisse der vergangenen Nacht zu rekonstruieren, um so auf den Grund für seine doch ziemlich miese, zumindest aber reichlich unwürdige Lage zu kommen. Er erinnerte sich noch an diese junge Frau, an Marlene …, ihr Nachname war ihm entfallen. Nach einigen Gläsern Weihnachtspunsch hatte sie ihn überredet, sich ihre Wertpapiere anzusehen. Vermutlich war es keine sehr gute Idee gewesen, ihrem Drängen nachzugeben. Aber die Kleine hatte es geschickt verstanden, in ihm einige

Seiten anzusprechen, die er schon seit geraumer Zeit für stillgelegt gehalten hatte.

Er erinnerte sich noch, dass er ihr vor der roten Ampel an der Einmündung der Friedlgasse in die Krottenbachstraße das Du angeboten hatte. Dabei war er sich noch ganz toll vorgekommen.

»Alter Trottel«, dachte er sich, doch diese Selbsterkenntnis brachte ihn jetzt auch nicht weiter.

Etwas später, in der Hartäckerstraße, hatte ihn die junge Frau gebeten, kurz anzuhalten, um sein Angebot anzunehmen. Der bei solchen Anlässen traditionellerweise folgende Kuss war aber gar nicht »bruderschaftlich« ausgefallen. Allein der Gedanke daran erregte ihn jetzt noch. Dann hatte Marli, wie sie hatte genannt werden wollen, einen »Flachmann« aus der Tasche gezogen, um den neuen Status zu begießen. Ein kräftiger Schluck aus der kleinen Flasche aus Edelstahl, ein weiterer Kuss mit allen Schikanen und dann das beginnende Nesteln der Frau an seiner Hose, das war das Letzte, woran er sich noch erinnern konnte. Danach … Filmriss, nichts, absolute Amnesie.

Aber was soll's. Jetzt musste er nach vorne blicken. In einer halben Stunde hatte er seinen ersten Termin in der Bank. Bis dahin musste er sich so weit frisch machen, dass man ihm den Umfaller der vergangenen Nacht nicht auf Anhieb ansah. Gut, dass er in seinem Büro einen Rasierapparat und ein frisches Hemd hatte. Er blickte in den Rückspiegel, um den Zustand seines Bartwuchses festzustellen. Dabei bemerkte er, dass seine Krawatte nicht dort war, wo er sie eigentlich vermutet hätte. Der offene Kragen war zwar angenehm, aber ein krasser Verstoß gegen die Bekleidungsvorschriften seiner Zunft.

Falls er jetzt noch irgendwo einen Selbstbinder besorgen musste, würde es verdammt knapp werden. Hastig fuhr er in die Taschen seines Sakkos, aber da war nichts. Wo könnte er das lästige ›Bindl‹ noch hingesteckt haben?

Inzwischen hatte ein Taxi neben Garbers Wagen angehalten. Nachdem der Banker sein eiskaltes Nachtquartier verlassen hatte, ersuchte er den Fahrer, beim ›Zur-Seite-Schieben‹ des Pkws behilflich zu sein.

»Harte Nacht gehabt, Chef?«, flachste der schäbig grinsende Taxler, während er sich daran beteiligte, den in der Mitte des Parkplatzes vor dem Neustifter Friedhof befindlichen Mercedes ordnungsgemäß abzustellen.

Nachdem Garber das erfreulich gut beheizte Taxi bestiegen und sein Fahrtziel genannt hatte, entdeckte er die Krawatte in der linken Innentasche seines Mantels. Er nahm es als gutes Omen dafür, dass sich doch noch nicht alles gegen ihn verschworen hatte. Beim Versuch, sich das gute Stück wieder um den Hals zu knoten, musste er allerdings feststellen, dass sein Hemd nicht richtig geknöpft war. Der zweite Knopf von oben befand sich im dritten Knopfloch, ganz so, als ob er sich hastig und unachtsam angezogen hätte. Einen Moment lang war Garber versucht, sich eine angenehme Erklärung dafür vorzustellen, dann überkam ihn aber ein ungutes Gefühl. Was hatte das alles zu bedeuten? Und wieso konnte er sich ab dem Moment, da Marli den einzigen Zippverschluss seiner Hose geöffnet hatte, an rein gar nichts mehr erinnern?

*

Der Experte der Feuerwehr hatte nicht lange gebraucht, um festzustellen, dass es sich bei der Gasexplosion in der Villa der Garbers um keinen bedauerlichen Unfall handelte, der auf ein Leck in der Gasleitung des Gebäudes aus dem späten 19. Jahrhundert zurückzuführen war. Am Hauptventil im Keller war kräftig manipuliert worden, und da sich die Explosion vor allem nach oben gerichtet hatte, war das Corpus delicti weitgehend unzerstört geblieben. Darüber hinaus war festgestellt worden, dass in den Schlafzimmern Benzin als Brandverstärker zum Einsatz gelangt war. Da hatte jemand absolut auf Nummer sicher gehen wollen, dachte Major »Fink« Brandtner vom Landeskriminalamt Niederösterreich. Seinen richtigen Vornamen hütete er wie ein Staatsgeheimnis, den kannte kaum jemand und verwendete keiner. Alle nannten ihn »Fink«, nicht, weil er wie ein Vogel aussah, sondern weil er im Ruf stand, äußerst gefinkelt zu sein.

Brandtner war vor zehn Minuten am Tatort eingetroffen und noch immer ziemlich sauer, dass sein Assistent Inspektor Lorenz Egger ausgerechnet heute krank sein und er daher alles allein machen musste.

Das Ganze war schlimm genug und reichte in Verbindung mit dem devastierten Tatort aus, einem die Stimmung schon am Morgen zu versauen. Als die wahren Stimmungskiller erwiesen sich dann aber die fünf bisher gefundenen Teile eines menschlichen Körpers, der wahrscheinlich einmal einer Frau gehört hatte. Die zahlreichen kleinen Fleischfetzen, die über den gesamten ehemaligen Eingangsbereich verstreut waren, waren dabei noch gar nicht berücksichtigt. Die Vermutung hinsichtlich des Geschlechtes der menschlichen Überreste verdankte die Polizei vor allem dem Umstand, dass ein noch jetzt sehr teuer wirkender Pelzmantel die enorme zerstörerische Kraft der Detonation wesentlich besser überstanden hatte als seine mutmaßliche ehemalige Trägerin.

Mehlhammer, einer der beiden uniformierten Beamten der örtlichen Polizei, war zum Major getreten. »Da ist eben eine Frau Hebsack gekommen. Sie sagt, sie wäre die Putzfrau der Garbers, denen das Haus gehört. Hat«, fügte er nach einer Sekunde noch dazu. »Jetzt gehört ihnen ja nur mehr eine Ruine. Wollen Sie mit der Dame sprechen?«

Brandtner nickte zunächst automatisch, hielt den Polizisten aber dann kurz zurück. »Sagen Sie, Mehlhammer, gibt es in dieser schönen Stadt ein Café, das um diese Zeit schon geöffnet hat? Ich kann mich ja kaum mit dieser Frau bei Minusgraden im Freien unterhalten, die erfriert mir ja.«

Und du mit ihr, dachte der Befragte, während er auf seine Armbanduhr blickte. »Das Café Berger am Hauptplatz müsste schon offen sein«, erwiderte er, »die sperren um 7.30 Uhr auf, wenn ich mich nicht sehr irre. Sie können sich aber auch in der Polizeiinspektion aufwärmen. Unsere Hermine kocht Ihnen gerne einen Kaffee.«

»Nein danke, ich glaube, ich ziehe das Kaffeehaus vor«, winkte Brandtner ab. »Ich werde mich da einmal provisorisch einrichten. Bitten Sie die Putzinger, mich in einer halben Stunde dort zu treffen. Und falls sonst noch Zeugen auftauchen, die etwas zum Thema zu sagen haben, schicken Sie die auch hin. Und geben Sie auch den Kollegen von der Tatortgruppe Bescheid.« Sprach's und machte sich auf den Weg zu einer wärmeren Umgebung.

*

»Soll ich dir noch etwas frischen Toast bringen?«, bot Palinski freundlich an, während er vom Tisch aufstand, um in die Küche zu gehen. Wilma, die erst spät von einer Diskussionsveranstaltung der Grünen nach Hause gekommen und noch ganz verschlafen war, nickte dankbar mit dem Kopf. Sie war froh, heute erst ab der dritten Stunde unterrichten zu müssen. Das Engagement für ihre neuen politischen Freunde war zeitraubender und anstrengender, als sie ursprünglich angenommen hatte. Falls sie im kommenden Jahr tatsächlich den Sprung in den Nationalrat schaffen sollte, würde sie um eine Freistellung von oder zumindest um eine Reduzierung ihrer Lehrverpflichtungen sicher nicht herumkommen.

»Lieb, wie du mich verwöhnst«, schnurrte sie Palinski an, der nicht nur mit Toast, sondern auch mit frischem Kaffee aus der Küche zurückkam und ihr Häferl neu füllte.

»Na, wie fühlst du dich so als grünes Zug-«, er hatte -pferd sagen wollen, fand das Wort im Zusammenhang mit Wilma aber eher deplatziert. «Ich meine, als grüne Zukunftshoffnung?«, er lachte verlegen.

»Gut, sehr gut sogar«, antwortete Wilma. »Ich bin vor allem überrascht, wie gut ich mit den jungen Leuten auskomme. Offenbar sind meine Erfahrungen aus der Schule doch recht hilfreich. Und inhaltlich habe ich ja nie Probleme mit den grünen Themen gehabt. Na ja, einige sind vielleicht ein bisschen überspitzt. Aber es gibt kein einziges Thema, das man nicht zumindest diskutieren könnte.«

»Und wie läuft es mit der Saufstation der ›Caracals‹? Ist es nicht irgendwie …«, er zögerte und suchte einen angemessen Begriff, »… bedenklich, die Alkoholgefährdeten unter dem Vorwand, einem guten Zweck zu dienen, sukzessive mit eurem Weihnachtspunsch zu vergiften?« Kaum war der Satz gesprochen, wurde sich Palinski auch schon seines Fehlers bewusst.

»Wie meinst du das?«, knurrte ihn Wilma an. »Zweifelst du die karitative Gesinnung von Ollie, Vally und den anderen an? Von dem Geld wird den Waisenkindern von St. Bartolomé ein schönes Weihnachtsfest bereitet. Was soll da falsch daran sein?«

Also so eindimensional konnte man die Dinge aber auch nicht betrachten, fand Palinski. »Hast du von dem Unfall vorgestern in Hernals gehört, bei dem eine alleinerziehende Mutter von einem Auto niedergestoßen und schwer verletzt worden ist? Der Lenker war mit 1,1 Promille unterwegs, von einem Punschstand nach Hause. Aus lauter Wohltätigkeit wären zwei Kinder fast zu Waisen geworden.« Er höhnte fast ein wenig. »Und für so was opferst du die letzten Reste deiner Zeit. Weißt du, wann wir das letzte Mal miteinander gesprochen haben? Vor drei Tagen. Da war ich zufälligerweise noch munter, als du in der Nacht nach Hause gekommen bist.«

»Aha, daher weht der Wind also«, konterte Wilma nicht ungeschickt. »Der Herr fühlt sich vernachlässigt. Merkt jetzt endlich auch einmal, wie das ist, allein zu

Hause zu sitzen und auf den Partner zu warten. Wird er heute überhaupt nach Hause kommen oder ist er wieder in irgendeiner unheimlich wichtigen Sache unterwegs? Und falls er kommt, dann wann? Oder schläft er, wie so oft, in seinem Büro? Weil er ach so viel zu tun hat, in Wirklichkeit aber nur zu faul ist, die drei Stockwerke nach oben zu gehen?« Sie war richtig in Rage geraten, hielt jetzt aber inne, um Luft zu holen. Etwas ruhiger fuhr sie dann fort: »So ist es mir die letzten 15 Jahre gegangen. Und damit ist jetzt endgültig Schluss.«

Palinski war ziemlich verwirrt, so dezidiert hatte er Wilma noch nie erlebt.

»Aber warum hast du denn nie etwas gesagt?«, erwiderte er und fand die Floskel noch im selben Moment blöd, in dem er sie verwendet hatte. »Ich meine, warum hast du …«

»Was hätte ich denn deiner Meinung nach sagen sollen? Dass du gelegentlich auch einmal bei deiner Familie sein solltest? Dass es viele Momente gegeben hat, in denen ich, wir, dich gebraucht hätten?« Sie blickte ihn traurig an. »Bist du wirklich so unsensibel, dass du das nicht auch selbst bemerkt hast?« Ungläubig schüttelte sie den Kopf. »Ich kann mich doch nicht so in dir getäuscht haben.«

Betroffen schluckte Palinski seine ursprünglich trotzige Reaktion hinunter. »Wahrscheinlich bin ich manchmal einfach zu blöd, um das Wichtige vom Unwichtigen unterscheiden zu können«, räumte er leise ein und setzte seinen treuherzigen Dackelblick auf. »Es tut mir leid, Wilma, und ich verspreche Besserung. Es wird nicht mehr vorkommen. Ich meine, ich werde in Zukunft …« Er trat zu ihr hin, umarmte sie und versuchte, ihr einen Kuss zu geben. Doch sie drehte sich weg.

»Rede dich jetzt nicht in einen Wirbel und versprich etwas, von dem du und ich genau wissen, dass du es nicht einhalten wirst, ja, gar nicht kannst«, ermahnte sie ihn. »Und gewöhn dir endlich einmal diese pubertäre Masche ab. Du glaubst immer noch, mit ›Tut mir leid‹ und ›Bussi, Bussi‹ ist es getan«, brummte sie. »Dann schaust du wie ein Dackel im Vollrausch und denkst, damit ist alles wieder in Ordnung. Aber so einfach ist das nicht. Nicht mehr.« Plötzlich lächelte sie, es war aber kein warmes, verzeihendes Lächeln, sondern eher eine Demonstration ihres ›neuen Selbstbewusstseins‹, wie Palinski die ihn zunehmend irritierende Haltung Wilmas in den letzten Wochen insgeheim nannte. »Also werde endlich erwachsen.«

Palinski blickte auf die Uhr, in einer Stunde sollte er Dr. Rossbach treffen, und vorher hatte er noch einiges in seinem Büro zu erledigen. »Kannst du heute nicht etwas früher nach Hause kommen? Ich koche uns etwas Gutes.« Er fuhr wirklich mit scharfen Geschützen auf. «Wir essen und trinken ein gutes Weinderl dazu. So wie wir das früher oft gemacht haben. Dabei sprechen wir über meine Unreife und was ich dagegen unternehmen kann.«

Irgendwie schien das Angebot Wilma besänftigt zu haben. »Ich werde sehen, was ich tun kann«, meinte sie, »aber ich kann nichts versprechen. Übrigens, mit deinem Bedenken gegen die organisierte Punschsauferei hast du nicht ganz unrecht. Was manche Leute am Stand zusammensaufen, ist wirklich erschreckend.«

Dankbar registrierte Palinski Wilmas zustimmende Rückkehr zum ursprünglichen Thema. Er fasste es als Zeichen ihres Einlenkens auf, und das stimmte ihn wieder etwas optimistischer.

Wilma war aber noch nicht fertig. »Nimm zum Beispiel diesen Filialdirektor von der KBA. Dem ist vor einigen Tagen die Frau davongelaufen. Seither kommt er jeden Abend an den Stand und lässt sich mit Punsch volllaufen. Begonnen hat er mit einer Portion, gestern ist er bereits bei sechs Bechern gelandet. Dann hat sich noch so ein junges Ding an ihn herangemacht, eine Grogtrinkerin. Keine Ahnung, was sie von ihm wollte, aber irgendetwas wollte sie. Sonst hätte sie wohl kaum sämtliche ihrer Gläser nach dem ersten Schluck hinter seinem Rücken ausgeleert und dann die Beschwipste gespielt.« Sie verzog das Gesicht. »Ich habe ohnehin schon mit Ollie gesprochen. Nächstes Jahr muss das anders laufen, oder ich stehe für diese Art von Wohltätigkeit nicht mehr zur Verfügung.«

Palinski hatte nur mehr halb zugehört. Die Zeit drängte, und seine Gedanken befassten sich bereits zum Teil mit dem Mordanschlag auf den Zahnarzt auf Stiege 2. »Das ist gut, das ist sehr gut«, sagte er und war froh, dass die Aussage nicht ganz so deplatziert geklungen hatte, wie sie aufgrund seiner Unaufmerksamkeit hätte ausfallen können. »Also, ich muss jetzt los.« Er stand auf, ging zu Wilma und gab ihr einen Kuss. Jetzt drehte sie sich nicht zur Seite.

»Und was wirst du uns heute Abend kochen?«, wollte die Frau, mit der Palinski fast 25 Jahre nicht verheiratet war, noch wissen.

»Lass dich überraschen, Schatzi«, entgegnete er automatisch, »es wird dir sicher schmecken.« In Gedanken war er aber schon ganz woanders.

*

Es war gut zu wissen, dass man sich auf Frau Enigler verlassen konnte. Die sehr mütterlich wirkende 55-Jährige war Garbers Stellvertreterin in der Filiale und pünktlich wie das sprichwörtliche Schweizer Uhrwerk. Daher war die Bankfiliale auch schon geöffnet und am Funktionieren, obwohl sich der Chef um mehr als zehn Minuten verspätet hatte.

Garber hätte Anni Enigler gerne als seine Nachfolgerin gesehen, natürlich nur für den Fall, dass er den bevorstehenden Sprung ins gehobene Kreditmanagement auch tatsächlich schaffte. Aber davon ging er eigentlich aus. Sie hatte viele Qualitäten, übertriebener Ehrgeiz gehörte allerdings nicht dazu. Die dreifache Mutter und zweifache Großmutter war mit ihrer derzeitigen Position mehr als zufrieden und zeigte keinerlei Ambitionen, in den letzten Jahren ihres Berufslebens noch mehr Verantwortung zu übernehmen. »Ich habe als Lehrling in diesem Unternehmen begonnen«, pflegte sie Gespräche zu diesem Thema einzuleiten und gleichzeitig auch zu beenden. »Und jetzt bin ich stellvertretende Filialleiterin und habe Handlungsvollmacht. Das ist mehr, als ich je zu träumen gewagt hätte.« Und damit basta.

Heute Morgen hatte sie Garber leicht vorwurfsvoll angesehen und dabei unmerklich den Kopf geschüttelt. Komisch, war es ihm durch den Kopf gegangen, dass es diese Frau immer wieder schaffte, mit kleinsten

Gesten und Andeutungen bei ihm ein schlechtes Gewissen hervorzurufen. Dabei war sie nur wenig mehr als drei Jahr älter als er.

Mit einem knappen »Guten Morgen« war er in seinem Büro verschwunden, hatte sich rasiert, die Zähne geputzt und ein frisches Hemd angezogen. Dann waren ihm noch drei Minuten geblieben, um sich auf seinen ersten Termin vorzubereiten.

Eineinhalb Stunden, einen Liter Mineralwasser und zwei große Braune sowie drei Kopfwehpulver später ging es Garber schon viel besser. Während er eine Pause zwischen zwei Gesprächen dazu nutzte, die Tageszeitungen durchzusehen, summte er entspannt vor sich hin. ›Summertime‹ aus Gershwins Oper ›Porgy and Bess‹. Warum ihm gerade dieses Thema durch den Kopf ging, eine Woche vor Weihnachten und bei Außentemperaturen knapp über dem Gefrierpunkt, konnte er nicht sagen. Es war ihm aber auch egal, wichtig war, dass er sich wieder einigermaßen wohlfühlte. Daran war sicher auch der Umstand schuld, dass sich Doris heute noch nicht gemeldet hatte. Telefonisch und um sich ›kritisch mit ihm auseinanderzusetzen‹, wie sie ihre tägliche Keiferei euphemistisch zu bezeichnen pflegte. Auch gut, er konnte gerne darauf verzichten. Und das nicht nur heute. Er begann gerade, ›Ol' man river‹ zu summen, als Inge Wagleitner, seine Sekretärin, das Büro betrat und ankündigte, dass ihn zwei Herren von der Kriminalpolizei sprechen müssten. Und zwar dringend.

Leicht irritiert ließ Garber bitten.

*

Dank der Mithilfe Hedda Hebsacks, die den Garbers schon länger als zehn Jahre den Dreck wegräumte und mehr über das Paar wusste, als diesem wahrscheinlich bewusst und sicher auch lieb war, war Major Brandtner bald in der Lage, eine erste Einschätzung der Lage vorzunehmen.

Obwohl die offizielle Identifizierung der schrecklich zugerichteten Leiche natürlich noch nicht erfolgt war und es darüber hinaus fraglich war, ob eine solche ohne Beiziehung zahnmedizinischer Unterlagen überhaupt möglich sein würde, stand mit ziemlicher Sicherheit fest, dass es sich dabei um Doris Garber handelte.

Da war zum einen ein relativ neuer Silberfuchsmantel, den der Hausherr seiner Frau nach Aussagen der Hebsack zum 50. Geburtstag im Oktober geschenkt hatte. Gut, das teure Stück, das die Explosion erheblich besser überstanden hatte als seine Trägerin, konnte natürlich auch gestohlen worden sein. Oder es handelte sich um einen anderen Mantel, der dem Frau Garbers sehr ähnlich sah. Aber dass der gestohlene oder ein anderer, zum Verwechseln gleich aussehender Mantel dieser Art dann ausgerechnet hier auftauchen sollte, wäre doch etwas zu viel des Zufalls gewesen.

Da war auch noch der Schmuck, der sich an den Händen, Armen und um den Hals der Leiche befand und von der Putzfrau als Eigentum Frau Garbers erkannt worden war. Auch der Hausschlüssel, der sich noch in der zur Faust verkrampften Hand des knapp unterhalb der Schulter abgetrennten linken Arms befand, wie auch die Schlüssel für den vor dem Grundstück parkenden BMW sprachen eine deutliche Sprache. Brandtner beschloss, bis auf Widerruf davon auszugehen, dass es sich bei dem Opfer um Frau Garber handelte.

Die zweite Melange, die der Kriminalist der zunächst noch etwas unter auskunftshinderlicher Loyalität leidenden Putzfrau spendierte, erwies sich als hervorragende Investition. Plötzlich brachen alle Dämme bei der rüstigen Pensionistin, und die Informationen sprudelten aus ihr heraus wie der Strokkur Geysir auf Island.

»Ma soll ja aner Totn nix Schlechts nachsagn«, war Frau Hebsack zwar bewusst, »aba die gnä Frau war schon a Gfrast. Wanns mi schon wie den letzten Dreck behandelt, bitte, i bin ja in ihren Augen nur a bledes Proletenweib gwesn. Aba wie die mitm Herrn Direktor umgsprungen is, na servas.« Sie schüttelte den Kopf. »Wieso sie der des gfalln hat lassn, wird ma ewig a Rätsel bleibn. Er is halt ein viel zu nobler Mensch. Vielleicht a bissl a Waschlappn, zu sanft und gutmütig. Zumindest mit seiner Oidn.«

Seit Jahren schon hatte die Tochter aus ursprünglich reichem Hause auf ihrem Mann herumgehackt und ihm immer wieder lautstark seinen mangelnden beruflichen Erfolg vorgeworfen. »Sie hot eam imma wieda mit da Nosn drauf gstessn«, berichtete Frau Hebsack, »dass er z'wach is und damit a untüchtig. Ihr Vata hat in dem Alter angeblich schon zwei Fabriken ghabt. Dann hat a imma gsogt: ›Dafia is dei Vata a in Konkurs gangen und wegn betrügerischer Krise verurteut wurn.‹«

»Krida«, korrigierte Brandtner der Ordnung halber, obwohl das eigentlich egal war.

»Is ma a recht«, kommentierte die Hebsack kurz, ehe sie berichtete, dass sich der so ›erfolgreiche‹ alte Herr kurz darauf das Leben genommen hatte.

Nach einem letzten schrecklichen Streit hatte Frau Garber vor sechs Tagen das Haus verlassen. »Sie hot a große Reisetaschn mitgnommen und is angeblich zu ihrer Mutter gfahrn. Da Herr Direktor woar si oba sicha, doss sie z' Weihnachtn wieda zruck kummt«, versicherte die Putzfrau.

»Wissen Sie, wo sich Herr Garber jetzt befindet?«, wollte der Major wissen. »Und warum er letzte Nacht offenbar nicht nach Hause gekommen ist?«

»Normalerweise is a um die Zeit in da Bank, in da Filiale in da Obkirchergossn in Wien drinn«, wusste die Hebsack. »Oba warum er net ham kumman is, kann i ma net erklärn.«

Nachdenklich blickte Brandtner durch das Fenster auf den Hauptplatz hinaus. »Können Sie sich vorstellen«, fing er dann vorsichtig an, »dass Herrn Garber diese ewigen Auseinandersetzungen mit seiner Frau zu viel geworden sind und er ...« Er unterbrach seine Frage, da der Beamte Mehlhammer von der örtlichen Polizei an den Tisch getreten war. »Was gibt es, Kollege?«

»Ein Zeuge aus der Nachbarschaft hat gestern Nachmittag, so zwischen 14.30 und 15 Uhr, beobachtet, wie ein Mann in einem blauen Overall mit einer Aufschrift am Rückn aus der Villa der Garbers gekommen ist«, rapportierte Mehlhammer. »Was drauf gstanden is, hat der Herr net ausnehmen können. Er hat sich aber noch gwundert, weil um die Zeit sonst niemand im Haus is.«

»Des stimmt«, bestätigte Frau Hebsack, »i bin imma bis spätastns 14 Uhr a Woikn. Gestan bin i sogoar scho a bissl fria fertig gwesen. Weil sie is ja net do und er mocht fost kan Dreck net.«

»Hat der Zeuge den Mann beschreiben können?«, setzte Brandtner nach. »Größe, Haarfarbe und die ganze übrige Latte?«

»Na ja, des Übliche halt«, ließ Mehlhammer erst gar keine großen Hoffnungen aufkeimen. »Mittelgroß, brünett, eher schlank und zwischen 30 und 50 Jahren alt.«

»Na fein, das passt ja ohnehin nur auf ein paar Zehntausend Männer im Umkreis von 20 Kilometern«, feixte der Major.

»Des stimmt«, räumte Mehlhammer ein, »der Postler, der heut zeitig in der Früh beim Haus war, hat a so ausgsegn.«

Auch die Hebsack schmunzelte und meinte: »Da Beschreibung noch könnt des sogoar der Herr Direktor gwesen sei. Oba der wors net«, dementierte sie sofort, offenbar erschrocken von ihrem geistigen Rülpser und den möglichen Konsequenzen. »Der kennt niemand wos antuan.«

Skeptisch blickte sie der Major an. »Glauben Sie nicht, dass es dem Herrn Garber ganz einfach einmal zu viel geworden sein und er die Gelegenheit genützt haben könnte, um seine Eheprobleme ein für alle Mal zu lösen?«

»Na, auf kan Foi«, war sich die gute Frau absolut sicher. »Ondrerseits wieda«, sie blickte den Kriminalbeamten fragend an, »wos was ma scho? Ma kaun jo in an Menschn net eineschaun.« Aber dann überlegte sie es sich neuerlich. »Oba na, unser Herr Direktor, des konn i ma wirkli net vurstön.«

»Wie auch immer«, stellte Brandtner fest, »es wird dringend Zeit, mit dem Herrn Garber einige erste Worte zu wechseln.« Er hob den rechten Arm und deutete der Serviererin, dass er zahlen wollte. Dann wandte er sich neuerlich Mehlhammer zu. »Sie und Ihre Leute nehmen sich noch die restlichen Bewohner der umliegenden Häuser vor. Und lassen Sie auch die Müllcontainer in der Umgebung durchsuchen. Vielleicht hat der Unbekannte im Overall ja irgendetwas loswerden wollen. Wann wird denn der Mist in der Gegend abgeholt?«

»Am Dienstog«, wusste Frau Hebsack und kassierte dafür einen dankbaren Blick des Uniformierten.

»Das ist gut«, anerkannte auch Brandtner. »Übrigens, was wollte denn der Postler so zeitig in der Früh von den Garbers?«

Mehlhammer überlegte kurz. »I glaub, er hat was von aner Telefonstörung gsagt«, meinte er dann. »Na, ka Wunder nach dem riesigen Kracher in der Nacht.«

Brandtner zupfte sich gedankenverloren am linken Ohrläppchen. Dann blickte er auf seine Uhr. »Gut, ich muss los. Falls sich etwas Neues ergibt, rufen Sie mich sofort an.« Er gab dem Beamten die Rufnummer seines Diensthandys. Und zu seiner Hauptzeugin meinte er freundlich: »Kann ich Sie irgendwo absetzen?«

»Na danke«, entgegnete diese, »waun i scho amoi im Kaffeehaus sitz, dann schau i ma glei no a poar Illustrierte aun. Zum Auframa gibt's heid eh nix.« Sie lächelte Brandtner an. »Und Sie wern ma do sicha no an Kaffee zoin, wo i Ihna s gholfen hob. Oda?«

Brandtner schmunzelte und legte fünf Euro auf den Tisch. »Damit sollten sich sogar noch zwei Kaffee ausgehen«, meinte er noch, ehe er die gute warme Stube verließ.

3

Während Mario Palinski mit zwei Minuten Verspätung das Café ›Kaiser‹ betrat und sich nach Dr. Rossbach umsah, Major Brandtner seinen Wagen zu starten versuchte und nach einigen Anläufen auch erfolgreich war und gleichzeitig das Gespräch mit den Kriminalbeamten für Hans Garber immer unangenehmer wurde, betraten zwei Weihnachtsmänner die Filiale der »Kreditbank Austria AG« in der Obkirchergasse.

Der kleinere der beiden blieb gleich an der Eingangstüre stehen und interessierte sich für die dort aufgelegten Informationen und Broschüren. Der Große, dessen Gesicht derart hinter Perücke und Rauschebart versteckt war, dass man seine Augen lediglich erahnen konnte, sah sich dagegen erst einmal um. Da vor jeder der beiden offenen Kassen eine kleine Schlange Wartender stand, die schnell Nachschub besorgen wollten, um den berechtigten Erwartungen des Handels nach neuen weihnachtlichen Umsatzrekorden entsprechen zu können, wandte sich Santa Claus an Anni Enigler. Die saß an ihrem Schreibtisch und blickte ihn freundlich an. »Wie kann ich Ihnen helfen, lieber Weihnachtsmann?«

Der sagte nichts, sondern hielt der stellvertretenden Filialleiterin lediglich ein Stück Papier hin. Mit der Linken, die Rechte hatte er bedrohlich in die Tasche seiner dicken roten Weihnachtsmannjacke versenkt.

»Ach, da brauche ich aber meine Lesebrille«, meinte Anni unschuldig und kramte das Stück aus ihrer Tasche. »Die Schrift ist doch ein wenig klein geraten.« Dazu lachte sie ihr typisch freundliches Lachen, das nicht nur bei den Kunden sehr beliebt war.

Ihr Gesichtsausdruck verwandelte sich aber blitzartig und spiegelte Schreck und Betroffenheit wider, Gefühle, die sie angesichts der Botschaft auf dem Zettel überkommen hatten.

›Das ist eine Uberfall‹, stand da in ungelenker Blockschrift geschrieben. »Sie rufe gleich die Chefe oder ich schießen. Nix sagen, nix Polizei, nix Dummheit, dann alles in Ordnung.«

Beim Aufstehen schwankte Anni leicht. Wovor sie sich ihr Leben lang gefürchtet hatte, was ihr aber bisher erspart geblieben war, war gerade eingetreten. Sie war Teil eines Banküberfalles, was heißt Teil. Sie stand im Zentrum, im Auge des Hurrikans. Zumindest für den Moment.

»Einen Augenblick bitte«, murmelte sie, »ich sage dem Chef, also Herrn Direktor Garber, gleich Bescheid.«

»Nix Polizei«, zischte ihr die Symbolfigur der ›friedlichsten Zeit im Jahr‹ noch zu und deutete mit dem Kopf leicht auf seine rechte, in der Tasche versenkte Hand. Frau Enigler war sicher, die Konturen einer darin befindlichen Waffe erkennen zu können.

»Nein, nein«, versicherte sie noch, dann wollte sie aufstehen und sich leicht zitternd zum Büro Garbers begeben.

»Nix gehen, anrufen«, forderte sie der Verbrecher auf. »Chef soll komme, aber sofort«, befahl er nachdrücklich. »Sonst …«, seine Gestik ließ nur wenig Spielraum für Interpretationen.

»Aber bei Herrn Garber sind zwei Herren …« Nicht, um den bösen Buben zu warnen, sondern um generelle Kalamitäten zu vermeiden, hatte Frau Enigler darauf hinweisen wollen, dass die Kriminalpolizei im Hause war. Doch der Weihnachtsmann schnitt ihr das Wort einfach ab.

»Is egal, wer bei Chef, du jetzt anrufen. Sofort!«, forderte er sie nochmals nachdrücklich auf. Also was blieb der stellvertretenden Filialleiterin anderes übrig.

»Ich habe doch gebeten, jetzt nicht gestört zu werden«, reagierte Garber etwas unwirsch auf den Anruf Annis. »Kann denn das nicht warten?«

»Nein, Hans«, stellte Frau Enigler mit jetzt wieder fester Stimme fest. »Das kann nicht warten. Wir haben hier heraußen einen Banküberfall, und man wünscht dich zu sprechen. Also komm bitte heraus. Und das sofort, ehe noch etwas passiert.« Sie legte auf, ohne die Reaktion Garbers abzuwarten. »Der Chef kommt gleich«, informierte sie dann auch den bösen Weihnachtsmann.

Kurz danach öffnete sich die Türe des Direktionsbüros, Garber betrat den Schalterraum und ging mit versteinerter Miene langsam auf den Schreibtisch Frau Eniglers zu. Er blieb zunächst vor dem in seiner weihnachtlichen Kostümierung absolut harmlos wirkenden Verbrecher stehen und blickte ihn an. »Was wollen Sie von mir?«, flüsterte Garber. Gleichzeitig versuchte er, durch die vorsichtige, möglichst unauffällige Veränderung seines Standortes den Weihnachtsmann dazu zu veranlassen, sich umzudrehen und mit dem Rücken zum Direktionsbüro zum Stehen zu kommen.

»Was werde ich schon von Ihnen wollen«, flüsterte Santa Claus zurück, der plötzlich völlig akzentfreies Deutsch sprach. »Geld natürlich. Füllen Sie die beiden«, er holte zwei Plastiktaschen einer großen Supermarktkette heraus und reichte sie dem Banker, »Sackerln mit Fünfzigern und Hundertern, aber nicht zu knapp. Vor allem aber unauffällig aus dem Tresorraum. Und das Ganze ein bisschen dalli, wenn ich bitten darf.«

In diesem Moment öffnete sich die Türe zu Garbers Büro neuerlich, und Inspektor Musch erschien, seine Dienstwaffe im Anschlag. »Polizei, Hände hoch und keine falsche Bewegung!«, brüllte er.

Der überraschte Weihnachtsmann wollte jetzt zwei Dinge gleichzeitig tun. Erstens seine Waffe aus der Jackentasche ziehen und zweitens Garbers Körper als Schutzschild zwischen sich und das Polizistenschwein bringen, das er zudem nicht sofort sehen und dessen genaue Position er daher nur erahnen konnte.

Das mit dem Pistolenziehen gelang dem Verbrecher noch so einigermaßen. Aber Garber, der sehr, sehr zornig wegen der bisherigen Entwicklung des Tages war, und dabei war es erst kurz vor 10.30 Uhr, dachte nicht daran, sich einfach zum Kugelfang degradieren zu lassen. Da ließ er sich schon lieber einfach zu Boden fallen und spielte ›Toter Mann‹.

Der Weihnachtsmann versuchte noch, Garber am Sakko zu erwischen. Dabei musste er sich wohl ein wenig gebückt und gleichzeitig auch etwas zur Seite gedreht haben. Denn der für die Schulter des rechten Armes bestimmte Schuss aus Muschs Revolver traf den Mann exakt in den Kopf.

Während der eine Weihnachtsmann wie ein gefällter Baum zu Boden stürzte und beim Aufprall bereits tot war, nutzte der zweite das einsetzende Chaos und verließ fluchtartig die Bank. Als die beiden Kriminalbeamten wenige Sekunden später die Straße erreichten, war dieser Repräsentant der schönsten Zeit des Jahres schon verschwunden. Daran sollte auch die sofort eingeleitete Alarmfahndung nichts ändern, obwohl insgesamt 17 Vertreter des Geschäfts mit Weihnachten vorläufig festgenommen werden sollten.

*

Palinski hätte den Zahnarzt fast nicht erkannt. Nicht, dass er Dr. Rossbach besonders gut gekannt hätte. Nein, bis auf einige zufällige Begegnungen im Hof und die damit verbundenen unverbindlichen Höflichkeitsfloskeln hatte er den Mann nie zuvor gesehen und nur ein einziges Mal gesprochen. Und das gestern am Telefon.

In seiner Erinnerung war der Doktor aber ein eher großer, freundlich und gleichzeitig stolz wirkender Mann, der nichts mit der ängstlich in einer Nische des Cafés ›Kaiser‹ versteckten Person zu tun hatte. Die rot geäderten, mit dunklen Ringen unterlegten Augen, der müde und gleichzeitig gehetzt wirkende Blick und ein mindestens drei Tage alter Bart auf dem sonst immer makellos rasierten Kinn sprachen eine deutliche Sprache. Es hätte gar nicht des nicht mehr ganz frischen Hemds und des zerknitterten Anzugs bedurft, um zu erkennen, dass es Dr. Rossbach schlecht ging. Und das war noch freundlich übertrieben. Der Mann sah einfach zum Kotzen aus, fand Palinski.

»Gott sei Dank, dass Sie da sind«, meinte der Arzt statt einer Begrüßung. »Ich fürchte, ich bin schon ein wenig paranoid. Aber seit gestern habe ich ständig das Gefühl, beobachtet zu werden. Es ist schrecklich.«

»Nachdem, was Ihnen widerfahren ist, wäre das auch kein Wunder«, räumte Palinski ein. »Ich meine damit nicht, dass Sie beobachtet werden, sondern dass Sie sich so fühlen. Das Beste wird sein, Sie erzählen mir einmal alles von Anfang an. Erstens wird Ihnen das guttun, und zweitens können wir dann entscheiden, wie es weitergehen soll. Das Übliche bitte«, meinte er zu Sonja, die inzwischen an den Tisch getreten war und nach seinen Wünschen gefragt hatte.

»Mit Kaffee?« Die Serviererin wollte offenbar ganz sicher sein. Palinski nickte geduldig.

»Und mit Schinken?« Sonjas Neugierde an diesem Morgen war scheinbar unersättlich.

»Wie habe ich mein ›Englisches Frühstück‹ eigentlich üblicherweise?« Palinski trat den Gegenangriff an.

»Na, mit Kaffee und Schinken«, bestätigte die Gute.

»Na eben«, antwortete er geduldig. »Was ist jetzt eigentlich noch unklar?«

»Gar nix«, Sonja zog leicht beleidigt ab, »aber man wird doch noch fragen dürfen.«

Rossbach lachte, und das tat ihm gut. Er sah plötzlich um mindestens zehn Jahre jünger aus. »Das war wohl nur was für Insider?«

»Ich komme seit Jahren mindestens zwei Mal die Woche in dieses Café. Und in mindestens 80 Prozent aller Fälle nehme ich ein ›Englisches Frühstück‹ mit Ham and Eggs und Kaffee und nicht mit Bacon und

Tee«, erläuterte Palinski. »Und Sonja weiß das natürlich. Aber hin und wieder kann sie es einfach nicht lassen, mich mit diesem infantilen ›Mit Schinken und Kaffee?‹ zu nerven.«

»Möglicherweise ist ihr die Bedeutung des Wortes ›üblich‹ nicht ganz geläufig«, warf Rossbach ein und bewies damit, dass ihm sein Humor noch nicht zur Gänze abhanden gekommen war.

Darauf konnte man wahrscheinlich aufbauen.

*

Inspektor Werner Musch war in seinem Element. Das war wirklich ein Auftakt nach Maß gewesen. Noch nicht einmal offiziell als Leiter der Kriminalpolizei am Koat Döbling im Amt und schon ein derart spektakulärer Fall. ›Bankraub in Döbling verhindert‹, er sah die morgigen Schlagzeilen förmlich vor sich. Und falls er sich nicht sehr täuschte, war eben auch ein Fernsehteam eingetroffen. Da würde Walter Augen machen. Sein großer Bruder, der immer noch meinte, der einzige fähige Kriminalist in der Familie zu sein. Bitte, wann hatte Walter das letzte Mal eine derartige Schlagzeile geliefert? Er konnte sich beim besten Willen nicht erinnern.

Direktor Garber, der die Filiale sofort nach dem Todesschuss geschlossen und die zuständigen Stellen in der Zentrale informiert hatte, kam jetzt zu Inspektor Musch gehumpelt. Er hatte sich beim Hinfallen den linken Knöchel verstaucht.

»Das mit dem ›Toten Mann‹ spielen war eine sehr gute Entscheidung von Ihnen«, anerkannte Musch großzügig. »Damit haben Sie die Strategie des Verbrechers maßgeblich gestört.«

»Eigentlich war es keine Entscheidung«, bekannte Garber, »sondern Zorn gepaart mit Instinkt. Ich hab mir nur gedacht: ›Mit mir nicht. So nicht‹, und mich fallen lassen. Aber was ich jetzt wissen möchte ist, wie geht es in der Sache weiter, wegen der Sie eigentlich zu mir gekommen sind?«

»Dass Frau Marlene Mattig Sie beschuldigt, sie vergangene Nacht vergewaltigt zu haben, habe ich Ihnen schon gesagt«, stellte der Inspektor fest. »Und dass Sie diese Frau kennen und mit ihr unterwegs waren, haben Sie zugegeben. Auch, dass Sie ab einem bestimmten Zeitpunkt am gestrigen Abend keinerlei Erinnerungen mehr haben und daher auch kein Alibi angeben können. Falls es so eines überhaupt geben sollte. Aber da die Ergebnisse der ärztlichen Untersuchung und des Labors noch nicht vorliegen, kann ich Sie nur schlecht jetzt schon festnehmen. Noch dazu werden Sie hier ja wahrscheinlich gebraucht werden. Also verlassen Sie die Stadt nicht und halten Sie sich zu unserer Verfügung.«

»Aber ich ...«, wollte Garber noch etwas klären.

»Übertreiben Sie meine Großzügigkeit nicht«, donnerte Musch ihn an. »Haben Sie übrigens Ihren Reisepass hier? Wenn ja, dann her damit. Wenn ich ihn einziehe, fühle ich mich etwas wohler. Auch wenn das innerhalb der EU ohnehin nicht viel zu bedeuten hat.«

»Aber ich wohne in Klosterneuburg und würde mich später gerne zu Hause duschen und umziehen.« Auch Garber konnte beharrlich sein. »Darf ich wenigstens nach Klosterneuburg fahren?«

»Ja, ja«, Musch schien zu überlegen. »Natürlich können Sie auch nach Hause fahren. Klosterneuburg, da war doch irgendetwas heute in den Meldungen.« Er schüttelte den Kopf. »Na, wird schon nicht so wichtig gewesen sein.«

Während der Leichnam des erschossenen Verbrechers aus der Bank gebracht wurde und die Spurensicherung ihre Arbeit aufnahm, trat ein uniformierter Beamter zu Musch und flüsterte ihm etwas ins Ohr. »Wer?« Musch blickte irritiert um sich.

»Ein Major Brandtner vom niederösterreichischen Landeskriminalamt ist eben eingetroffen und möchte mit dem Herrn sprechen«, wiederholte der Polizist etwas lauter und deutete auf Garber.

»Na, Sie sind ja heute sehr gefragt«, spöttelte der Inspektor in Richtung Bankdirektor. »Dann bitten Sie den Herrn Major zu uns.«

Diese Aufforderung war aber gar nicht mehr notwendig, denn Brandtner, der schließlich auch nicht auf ›der Nudelsuppe dahergeschwommen‹ war, hatte sich inzwischen zu der Gruppe um Musch gesellt und seinen Ausweis gezückt.

»Wer von Ihnen ist Herr Hans Garber?«, wollte er dann wissen.

»Um was geht es denn, Herr Kollege?«, mischte sich Musch ein.

»Wer sind Sie?« Brandtner kannte alle einigermaßen wichtigen Leute der Kripo Döbling. Der kleine Aufgeblasene vor ihm gehörte definitiv nicht dazu.

»Ich bin Inspektor Werner Musch, kommissarischer Leiter der Kriminalabteilung auf der Hohen Warte«, erwiderte der Befragte.

»Ach, Sie sind der Nachfolger von Helmut Wallner.« Jetzt erinnerte sich Brandtner, davon irgendwann einmal etwas in den Meldungen gelesen zu haben. »Sind Sie mit Manfred Musch vom Kriminalamt Wien verwandt?«

Der Inspektor war es langsam leid, immer wieder als ›Bruder‹ identifiziert zu werden. Er nickte zwar knapp mit dem Kopf, nahm sich aber gleichzeitig ganz fest vor, nichts unversucht zu lassen, auf dass von diesem … Scheiß-Manfred schon bald nur mehr als ›Bruder von diesem vorbildlichen Inspektor Werner Musch von der Hohen Warte‹ gesprochen werden würde. Sollte der arrogante Pimpf doch auch einmal spüren, wie es war, immer über die Verwandtschaft definiert zu werden.

»Ich bin Hans Garber«, gab sich dieser inzwischen zu erkennen und hob dabei die rechte Hand wie in der Schule.

»Ich fürchte, ich habe eine schlechte Nachricht für Sie«, begann Brandtner. »Können wir uns hier irgendwo ungestört unterhalten?«

»Sie können gleich hier sprechen«, meinte der Bankdirektor. »Viel schlimmer als das, was mir heute schon zugestoßen ist, kann es wohl kaum sein. Und Inspektor Musch wird sowieso keine Ruhe geben, ehe ich ihm nicht erzählt haben werde, was Sie mir gesagt haben. So ist es für alle Beteiligten einfacher.«

»Wie Sie meinen«, dem Major war das Wo egal. »Letzte Nacht wurde Ihre Villa in Klosterneuburg durch eine Gasexplosion total zerstört.«

Fassungslos starrte der Bankdirektor den Überbringer der Botschaft an, dann begann er, hysterisch zu lachen. »Na fein«, brüllte er, »klasse! Zuerst werde ich als Vergewaltiger angezeigt, dann der Bankraub, und jetzt ist auch noch mein Zuhause im Arsch. Dies ist wahrlich die friedlichste Zeit des Jahres.«

Brandtner begann, was selten bei ihm vorkam, Mitleid mit dem Menschen zu empfinden. »Das ist leider noch nicht alles. Mit ziemlicher Sicherheit ist Ihre Frau bei der Explosion getötet worden.«

Während Garber erstarrte und in Tränen ausbrach, murmelte Musch leise vor sich hin: »Meint er jetzt, dass die Frau mit ziemlicher Sicherheit tot ist oder dass es sich mit ziemlicher Sicherheit um Frau Garber handelt?«

Brandtner, der sehr gute Ohren hatte, schüttelte ungläubig den Kopf und hoffte im Interesse der Döblinger Bevölkerung, dass ihr neuer Kripochef nicht ganz so blöd war, wie er sich jetzt gerade anstellte.

Garber selbst hatte sich wieder auf den Boden gelegt, diesmal in Fötushaltung, und wimmerte leise vor sich hin. Und es war Anni Enigler, die anregte, ihren offenbar unter Schock stehenden Chef vorübergehend unter ärztliche Aufsicht zu stellen. So kam es, dass er schon 20 Minuten später mit dem Notarztwagen ins Allgemeine Krankenhaus gebracht wurde.

*

Rossbach hatte mit seinen telefonischen Andeutungen nicht übertrieben. Was sich in den letzten Tagen abgespielt hatte, war, falls alles wirklich so zutraf, wie der Arzt berichtete, mehr als abenteuerlich. Aber, und auch das musste Palinski zugeben, es war wirklich nicht leicht, sich die Mischung aus Fakten, Ahnungen und

Spekulationen, die Rossbach lieferte, im Verhältnis 1:1 in die Realität umgesetzt vorzustellen.

So war Axel – der Zahnarzt hatte vorgeschlagen, der Einfachheit halber die Vornamen zu verwenden – vor fünf Tagen nach der Ordination noch mit einigen Bekannten beim Heurigen in Salmannsdorf zusammengesessen. Nach einigen G'spritztn hatte er sich gegen 23 Uhr auf den Heimweg in den 17. Bezirk gemacht und dafür den Weg über die Höhenstraße nach Neuwaldegg genommen. Dabei war er von einer Zivilstreife angehalten und zu einem Alkotest aufgefordert worden. Rossbach hatte kein Problem damit, denn er hatte reichlich gegessen und in den knapp vier Stunden beim Heurigen lediglich drei Achterln Wein konsumiert, die mit Mineralwasser jeweils auf einen Viertelliter aufgespritzt worden waren. Na, vielleicht waren es auch vier Achterln gewesen, auf jeden Fall eine Menge, die über den Zeitraum für eine Alkoholisierung über die erlaubten 0,5 Promille kaum ausreichte.

Dass man danach von ihm auch noch eine Blutuntersuchung verlangt hatte, hatte er zwar unangenehm, aber noch nicht weiter auffällig gefunden. Als sich dann allerdings der weibliche Beamte angeschickt hatte, ihm die Probe an Ort und Stelle selbst abnehmen zu wollen, war ihm die ganze Angelegenheit doch reichlich seltsam vorgekommen. Seine zaghaften Proteste gegen die Vorgangsweise und der Hinweis, dass das doch Sache eines Amtsarztes sei, waren mit dem Hinweis auf neue Bestimmungen eines ›Schnellverfahrens‹ abgewimmelt worden. Spätestens als er aber hatte erkennen können, Gott sei Dank, dass sich in der für die angebliche Blutabnahme bestimmten Spritze eine klare Flüssigkeit befand, hatte die Angst gesiegt und Rossmann einfach Gas gegeben. »Das war eindeutig eine Falle. Wäre die Kontrolle echt gewesen, hätte sich die Polizei doch schon längst bei mir gemeldet und mich zur Verantwortung gezogen. Oder?«, argumentierte Axel nicht ganz unplausibel. »Und die Variante ›Dummer Scherz‹ macht ja wohl auch keinen Sinn.« Aber wer könnte ein Interesse daran haben, Ihnen was immer auch zuzufügen? Und warum?, hatte sich Palinski gefragt.

»Also, ich sehe keinerlei Sinn in dem Ganzen. Außer ein paar Irre wollten sich einen Jux machen.«

»Isoliert betrachtet, ergibt das auch keinen Sinn«, hatte Axel zugestimmt. »Aber geben Sie mir noch einige Minuten, dann sieht das Ganze wahrscheinlich anders aus.«

Vorgestern hatte Rossmann bereits zu Mittag die Gemeinschaftspraxis verlassen, um einiges in der Stadt zu erledigen. Dann war er zur Freude seiner Familie schon gegen 17 Uhr nach Hause gekommen. Mag. Johannes Blum, der Freund Dr. Katrin Wechslers, seiner Partnerin in der Ordination, hatte sich freundlicherweise bereit erklärt, Rossbachs Wagen, den er im 19. Bezirk hatte stehen lassen, zu seinem Haus in Neuwaldegg zu bringen. Blum war kurz nach 20 Uhr abgefahren und von Axel bis spätestens 20.30 Uhr erwartet worden. »Um diese Zeit ist der Verkehr nicht mehr so stark, und man braucht höchstens 20 Minuten. Und das über die längere Strecke.«

Als Blum gegen 21 Uhr noch immer nicht eingetroffen war, hatte der Zahnarzt begonnen, sich Gedanken zu machen, und Katrin angerufen. Die saß noch in der

Ordination und arbeitete ihren Bürokram auf und hatte nun ebenfalls begonnen, sich Sorgen zu machen.

»Katrin ist dann gleich zu uns gekommen«, fuhr Rossbach jetzt fort. »Kurz vor 23 Uhr hat dann die Polizei angerufen und uns mitgeteilt, dass mein Wagen auf der Straße zur Sophienalpe einen Unfall gehabt hat. Dass Blum noch lebt, verdankt er wahrscheinlich nur dem Umstand, dass sehr rasch Hilfe da war und er sofort ins Lorenz-Böhler-Spital gebracht worden ist.«

»Was ist passiert?«, wollte Palinski wissen.

»Johannes hat eine schwere Kopfverletzung, einen gebrochenen Arm und diverse Quetschungen und Blutergüsse«, zählte Axel auf und schluckte dabei. »Er liegt zwar nicht mehr im Koma, ist aber meistens bewusstlos. Zwischendurch hat er immer wieder etwas von einer ›schwangeren Frau, die er ins Krankenhaus bringen muss‹ gemurmelt.«

»Das ist schlimm, aber Unfälle kommen nun einmal leider immer wieder vor.« Palinski konnte noch nicht ganz erkennen, worauf der Zahnarzt hinauswollte.

»Die Polizei hat es sich leicht gemacht und gleich auf Unfall entschieden«, bestätigte Axel. »Obwohl das ältere Paar, das den verunglückten Wagen entdeckt hat, ausgesagt haben soll, dass es zwei Personen an der Unfallstelle gesehen hat. Als die beiden bemerkt haben, dass der ankommende Wagen anhalten wollte, sind sie in ihr Auto gesprungen und haben Gas gegeben. Das ist doch kein normales Verhalten. Und noch etwas. Im Fond des Wagens wurde ein Polster gefunden, am Boden zwischen den beiden Sitzreihen. Das gehört weder mir noch sonst jemandem, den ich kenne. Und der ist genau von der Größe, mit der man, schiebt man ihn sich unter das Kleid, eine Schwangerschaft vortäuschen könnte.«

Jetzt war es so weit. Palinskis Instinkt meldete sich und sagte ihm, dass an Rossbachs ›Paranoia‹ was dran zu sein schien. Und nicht wenig.

»Hat Katrin, ich meine Ihre Partnerin, eine Theorie, warum man ihrem Freund offenbar aufgelauert hat?«, wollte er nun wissen.

»Ja, sehen Sie denn nicht, dass der Anschlag nicht Mag. Blum, sondern mir gegolten hat?«, Rossbach regte sich merklich auf und nicht ganz zu Unrecht, wie Palinski selbstkritisch zugeben musste.

»Ich habe mich unpräzise ausgedrückt«, räumte er daher ein, »die Frage muss so lauten: Können Sie oder Ihre Kollegin ausschließen, dass dieser Anschlag nicht doch vielleicht Herrn Mag. Blum gegolten haben könnte?«

Damit hatte er die Kurve offenbar gerade noch einmal gekratzt und Rossbachs Vertrauen wiedergewonnen. Denn der Arzt blickte wieder freundlicher und meinte nur: »Dafür gibt es keinerlei Hinweise. Ich bin absolut sicher, dass man Blum und mich verwechselt haben muss. Wir sind beide etwa gleich groß, schlank, brünett, ungefähr im gleichen Alter, und er hat eine dunkelblaue, wattierte Sportjacke getragen. In der Art besitze ich auch eine und trage sie häufig. Und es war dunkel, er kam aus meiner Ordination und stieg in mein Auto. Da wäre eine Verwechslung mehr als verständlich.«

Tja, wo er recht hatte, hatte er recht, dachte Palinski und nickte zustimmend.

»Gleich am nächsten Morgen ist meine Frau mit den beiden Kindern zu einer Tante nach Bischofshofen gefahren«, fuhr Axel fort. »Die führt da ein Hotel, in dem meine Familie die nächsten Tage sicher besser aufgehoben ist. Solange diese Wahnsinnigen noch hinter mir her sind.«

»Und Inspektor Musch vom Kommissariat Döbling hat Ihre Aussage nicht ernst genommen?« Palinski stellte die nächste Weiche.

»Also, das ist der unmöglichste, inkompetenteste Kerl, der mir je unter die Augen gekommen ist«, empörte sich der Arzt. »Er hat mir nicht einmal richtig zugehört, sondern mir nur zu meiner Fantasie gratuliert. Er hat gemeint, ich hätte Talent zum Kriminalschriftsteller. So eine Frechheit von diesem Mini…, Mini…«

»Ja, ich habe auch meine Probleme mit diesem aufgeblasenen Staatsdiener«, bestätigte Palinski, der nicht mehr länger warten wollte, welchen Mini… Axel meinte.

»Dabei wäre selbst Musch alles klar geworden, wenn er sich bloß die Sache mit der ›Siebener-Tontine‹ angehört hätte«, war sich der Zahnarzt sicher. »Aber er hat mich förmlich hinausgeschmissen.«

»Die ›Siebener-Tontine‹, was soll das denn bedeuten?« Palinski erinnerte sich dunkel, im ersten Studienabschnitt Jura von dieser speziellen, früher besonders in Frankreich beliebten Mischform aus Sparen und Versichern gehört zu haben. Genaueres würde er aber nachlesen müssen. Oder es wurde ihm erklärt.

»Das müssen Sie schon näher ausführen, Axel«, forderte er daher sein Gegenüber auf.

*

Garber ging es nach der professionellen Versorgung seines verstauchten Knöchels und einer ordentlichen Portion Beruhigungsmittel wieder etwas besser. An sich hätte er das AKH gleich wieder verlassen können, aber ein übereifriger Assistenzarzt hatte gemeint, er würde ihn gerne über Nacht zur Beobachtung dabehalten.

Auch gut, hatte der Banker gemeint, er hatte im Moment ohnehin keinen Platz, an den er sich hätte zurückziehen können. Da er dank der Großzügigkeit seines Arbeitgebers über eine Krankenzusatzversicherung verfügte, die für die Kosten aufkam, ließ er sich in ein Einbettzimmer legen. Denn er wollte vor allem einmal schlafen und später darüber nachdenken, was der heutige Tag mit seinen unglaublichen Ereignissen für ihn und seine Zukunft bedeutete. Innerhalb weniger Stunden der Vergewaltigung bezichtigt zu werden, einen Banküberfall zu überstehen und das Zuhause zu verlieren, war sicher Weltrekord. Zumindest in Friedenszeiten.

Nicht zu vergessen war natürlich auch sein neuer Status als Witwer. Schrecklich ungewohnt, aber nicht wirklich unangenehm, gestand er sich selbstkritisch ein. Die Ehe mit Doris war in den letzten Jahren die reinste Tortur gewesen. Der Lack der ersten heißen Liebe war schon lange ab gewesen, und sie hatten es nicht geschafft, einen Weg zu einem freundschaftlichen Miteinander zu finden. Ihr Verhältnis hatte eher dem einer Dompteuse mit ihrem zahnlosen Löwen entsprochen. Etwas Zuckerbrot und eine Menge lustvoll geschwungener Peitsche.

Und plötzlich gehörte ihr ganzer Zucker ihm. Das war noch immer eine ganze Menge. Mit Mühe unterdrückte er ein gedankliches ›Ätsch‹, und wohlige Wärme überkam ihn.

Er musste unbedingt darauf achten, nicht zu heiter und entspannt zu wirken, um zu keinen falschen Schlussfolgerungen Anlass zu geben.

Garber war gerade eingenickt, als Major Brandtner das Zimmer betrat. »Entschuldigen Sie, aber ich muss Sie dringend noch zu einigen Punkten befragen. Fühlen Sie sich dazu in der Lage?«

Da ein verstauchter und kaum mehr schmerzhafter Knöchel keine ausreichende Entschuldigung war, die Polizei von ihrer Pflichterfüllung abzuhalten, signalisierte Garber müde Zustimmung. Schließlich war es ja auch in seinem Interesse, dass der Fall geklärt würde. Je früher, desto schneller würde auch die Versicherung zahlen: für den Schaden am Haus und vor allem aus der Lebensversicherungspolizze seiner Frau.

Brandtner holte sich einen Sessel und nahm neben dem Bett Platz.

»Was mich als Erstes interessieren würde ist, warum Sie gestern nicht nach Hause gekommen sind«, wollte der Mann vom niederösterreichischen Landeskriminalamt wissen.

»Das ist eine sehr seltsame Geschichte«, eröffnete Garber und erzählte ihm alles. Vom Punschstand am Sonnbergplatz bis zum Banküberfall. »Und dazwischen fehlen mir ungefähr zehn Stunden. Ich habe keine Ahnung, was ich in dieser Zeit getan habe. Wahrscheinlich wird Ihnen Ihr Wiener Kollege noch mehr dazu sagen können. Immerhin ermittelt er wegen des Verdachts der Vergewaltigung gegen mich.«

»Ihnen ist schon klar, dass Ihnen die ›Vergewaltigung‹, oder was immer sonst sich in der Nacht abgespielt hat, wahrscheinlich das Leben gerettet hat«, stellte Brandtner fest. »Wann wären Sie denn unter normalen Umständen nach Hause gekommen?«

»Nun, so gegen 20, vielleicht auch erst gegen 21 Uhr«, stammelte Garber betroffen. Ihm war bis jetzt offenbar noch gar nicht bewusst geworden, wie leicht es seine sterblichen Überreste hätten sein können, die Gegenstand eines komplizierten Puzzles in der Prosektur waren, und nicht die seiner Frau.

»Also werden Sie sicher Verständnis für mein Problem haben«, fuhr der Major fort. »Ich weiß nicht, ob Sie potenzielles Opfer sind oder nicht doch vielleicht Täter. Obwohl«, räumte er bereitwillig ein, »Sie sich wahrscheinlich einen einfacheren Grund hätten einfallen lassen können, warum Sie letzte Nacht nicht nach Hause gekommen sind.«

»Sie meinen doch nicht allen Ernstes, dass ich …«, die Ungeheuerlichkeit der Andeutung des Kriminalbeamten raubte Garber die Stimme. »Also wirklich …«

»Regen Sie sich nicht auf«, beruhigte ihn der Kriminalist, »ich habe ja keinen expliziten Verdacht gegen Sie. Allerdings fallen mir auf Anhieb einige Motive ein, die Sie zur Beseitigung Ihrer Frau veranlasst haben könnten. Eine Zeugin hat mir berichtet, dass Ihre Frau Sie regelmäßig wie den letzten Dreck behandelt hat.« Brandtner ließ das ›r‹ in Dreck so richtig rollen. »Und dass Sie zuletzt einen ausgewachsenen Streit miteinander gehabt haben, worauf Ihre Frau das Haus verlassen haben soll.«

»Das muss die Hebsack gewesen sein, die alte Tratschn«, entfuhr es Garber. »Dabei hab ich geglaubt, sie hält zu mir.«

»Das tut sie auch«, bestätigte der Polizist, »sie lässt nichts auf Sie kommen. Aber das ändert wiederum nichts an meinen Rückschlüssen. Was ich noch wissen möchte: Wieso ist Ihre Frau so plötzlich und unerwartet mitten in der Nacht nach Hause gekommen? Soviel ich gehört habe, wollte sie nicht vor dem Heiligen Abend wieder zurück sein.«

Garber zuckte mit den Achseln. »Ich weiß auch nicht. Wir haben am Nachmittag kurz telefoniert, dabei hat sie ihre Absicht mit keinem Wort angedeutet.« Er zögerte. »Vielleicht, oh mein Gott, das kann doch nicht sein.« Er bedeckte seine Augen mit beiden Händen.

»Was kann nicht sein?«, insistierte Brandtner. »Reden Sie schon, was kann nicht sein?«

»Doris hat mich gefragt, wie ich so ohne sie auskomme. Darauf habe ich geantwortet, dass es mir gut geht und sich genug Frauen darum reißen, mich zu verwöhnen.« Er schluckte. »Ich wollte sie damit nur ärgern, aber sicher nicht dazu bewegen, mich zu kontrollieren. Sie hat ja auch nur mit einem höhnischen Lachen darauf reagiert und gemeint: ›Das hättest du wohl gerne, du Schlappschwanz.‹ Wenn sie das mit den Frauen wirklich ernst genommen hätte und deswegen in dieser Nacht zurückgekommen ist, würde ich mir das nie verzeihen.«

Er versuchte ernsthaft, irgendwie Tränen zu produzieren.

Brandtner ließ sich davon aber nicht besonders beeindrucken. Stattdessen wollte er doch tatsächlich noch wissen, wo sich Garber gestern zwischen 14 und 15.30 Uhr aufgehalten hatte. Der Banker überlegte kurz. »Ich habe mit einem Kunden zu Mittag gegessen und bin dann gegen 13.30 Uhr zu einem privaten Termin nach Tulln gefahren. Da sollte ich um 14.15 Uhr einen Makler bei einem Grundstück etwas außerhalb der Stadt treffen.«

Der Banker hatte dann etwa eine halbe Stunde gewartet, der Mitarbeiter der Immobilienfirma war aber nicht gekommen. »So bin ich dann wieder nach Wien zurückgefahren und war kurz nach 15.15 Uhr wieder in der Bank.«

»Das ist auch nicht gerade der Prototyp eines überzeugenden Alibis«, scherzte Brandtner, »aber wir werden es überprüfen. Wenn Sie mir bitte den Namen des Maklers verraten. Und hat Sie jemand bei dem Grundstück oder sonst wo unterwegs gesehen?«

Die Türe öffnete sich, und Inspektor Musch in Begleitung eines uniformierten Beamten betrat den Raum.

»Das ist ein tolles Timing«, meinte Brandtner, »ich bin eben fertig geworden. Übrigens, Sie müssen sich zu unserer Verfügung halten, Herr Garber. Und jede Änderung Ihres momentanen Aufenthaltsortes mir oder dem Wiener Kollegen melden. Wir beide«, er nickte Musch zu, »sind übrigens übereingekommen, Ihnen einen Bewacher zu spendieren. Der Kollege«, er deutete auf den Uniformierten, »wird vor Ihrer Zimmertüre stehen und niemanden reinlassen, der nichts bei Ihnen verloren hat. Und natürlich auch niemanden heraus, an dem uns liegt.« Er grinste boshaft, wirkte dabei aber immer noch irgendwie sympathisch. »Wir sehen uns später«, meinte er, dann verließ er den Raum.

Im Gang erkundigte sich der Major bei der Oberschwester, ob Garber bereits Blut abgenommen und dieses analysiert worden war. Befriedigt nahm er zur Kenntnis, dass das bereits geschehen war.

Der nach dem Banküberfall entkommene Weihnachtsmann hatte sich in einem Hauseingang in der Friedlgasse seines Kostümes entledigt und war dann die Grinzinger Allee stadtauswärts marschiert. Ganz gemütlich, kein Mensch hatte bisher Interesse an seiner Person gezeigt.

Jetzt saß er im legendären ›38-er Espresso‹ an der Ecke zur Daringergasse und schaufelte bereits den zweiten Apfelstrudel in sich hinein. Die Vorfälle in der Bank und die darauffolgende Flucht hatten ihn hungrig gemacht.

Der Überfall selbst war ja ganz schön in die Hose gegangen. Das eigentliche Ziel war weit verfehlt worden. Und Geld zum Trost hatte es auch keines gegeben. Na ja, seine eigene Schuld. Was konnte man von einem dummen Menschen wie dem Bergauer Hansi schon erwarten?

Außer Spesen nichts gewesen. Das hatte er davon, dass er einmal schwach geworden war und sich auf einen Deal mit diesem Menschen eingelassen hatte.

»Tho ein Loother«, murmelte der Mann, und nochmals wie zur Bekräftigung: »Loother, thaublöder.«

Dann bestellte er sich einen Großen Braunen und …, was ging jetzt noch hinein, … ja, ein Nusskipferl.

4

Ehe Dr. Rossbach mit der Geschichte der ›Siebener-Tontine‹ begonnen hatte, hatte er sich noch ein ›Englisches Frühstück‹ bestellt, aber mit Speck und Tee. »Ich habe plötzlich einen Mordshunger«, gestand er ein, »und seit vorgestern Mittag nicht mehr richtig gegessen.«

»Na, dann nur zu.« Palinski freute sich über den wiedergewonnenen Appetit seines Gegenübers und nahm ihn als gutes Zeichen. Axel sah jetzt auch schon wieder besser aus. Viel besser sogar.

Nach den ersten paar Bissen von einem reschen Buttersemmerl war der Zahnarzt so weit.

»Zunächst einmal einige Worte zur ›Tontine‹. Das ist ein Vertrag zwischen mehreren Personen, die bestimmte einmalige oder wiederkehrende Leistungen erbringen, die in der Regel aus Geld bestehen«, erläuterte er. »Sobald alle anderen tot sind, gehört der gesamte Betrag samt Zinsen dem Überlebenden. Besser weiß ich es auch nicht. Aber das ist sinngemäß das Wesen einer Tontine und reicht auch fürs Verständnis des Folgenden aus.«

Rossbach trank genussvoll von seinem Tee, schob sich eine große Ladung Speck mit Ei in den Mund und wirkte irgendwie befreit. Wahrscheinlich war er froh, endlich seine Geschichte erzählen zu können.

»In der letzten Klasse im Gymnasium haben wir eine tolle Truppe beisammengehabt. Wir haben uns alle sehr gut verstanden. Dennoch hat es innerhalb der größeren Gemeinschaft noch zwei, drei kleinere Gruppierungen gegeben. Eine davon waren ›Die Sieben‹, denen auch ich angehört habe.«

Jetzt war auch das letzte Stück Speck gegessen und der letzte Schluck Tee getrunken, sodass sich Axel endlich voll auf das Erzählen konzentrieren konnte. »Zwei Tage vor Weihnachten haben wir sieben uns beim Herwig zusammengesetzt und eine improvisierte Weihnachtsblödelei veranstaltet. Bei dieser ist die Idee mit der Tontine geboren und auch gleich umgesetzt worden.«

*

Herwig Nestler, Jakob Fahlbichler, Friedrich Rutzmann, Gregor Atzinger, Hans Nehodal, Werner Dudek und Axel Rossbach besuchten die Klasse 8 B des Bundesrealgymnasiums in der Schopenhauerstraße. Darüber hinaus hatten sie sich bereits in der 6. Klasse zu einer Art Geheimbund zusammengeschlossen, den sie der Einfachheit halber ›Die Sieben‹ nannten.

Am Abend des vorletzten Schultages vor Weihnachten hatten sich die Freunde in der Wohnung Nestlers versammelt, um diesmal das bevorstehende Weihnachtsfest als Vorwand für eines ihrer im Wesentlichen immer gleich ablaufenden Besäufnisse zu nützen. Da Nestlers Eltern im Ausland waren und erst am Vormittag des 24. wieder erwartet wurden, herrschte ›sturmfreie Bude‹, die allerdings nicht hundertprozentig optimal genutzt werden konnte, da die diversen ›Katzn‹ so knapp vor dem Heiligen Abend keine Zeit zum oder

Lust aufs Knutschen und Begrapschen-Lassen zu haben schienen.

Irgendwie war aber der Wurm drinnen an diesem Abend. Entweder waren die Köpfe noch zu schwer vom letzten Treffen vor zwei Tagen, oder die zeitliche Nähe zur Stillen Nacht zeigte doch gewisse Auswirkungen.

Der übliche Schmäh floss nur spärlich und stockte schließlich ganz. Nachdem sich die ›Sieben‹ für ihre Verhältnisse ungewöhnlich lange angeschwiegen hatten, meldete sich plötzlich der ›Rutzi‹ zu Wort. Der eher Schweigsame war als ›Denker‹ verschrien, was ihm aber auch eine gewisse Hochachtung seitens der anderen ›Siebener‹ einbrachte.

»Wisst ihr, was mir zu schaffen macht?« Die Frage war rhetorisch gemeint, denn Rutzmann beantwortete sie sofort selbst. »In einem halben Jahr haben wir die Matura hinter uns und damit auch acht gemeinsame Jahre. Tolle Jahre mit den besten Freunden, die man sich nur vorstellen kann. Wie geht es dann weiter? Einige von uns werden studieren, andere einen Beruf suchen und dritte, darunter auch ich, eine Zeit lang durch die Welt bummeln. Und obwohl wir uns ganz fest wünschen und auch vornehmen, dass unsere Gemeinschaft auch in der Zeit nach der Matura Bestand haben wird, wird sich vieles ändern. Vielleicht sogar alles.«

»Muss doch nicht sein«, »Aber wieso, wir machen eben weiter wie bisher« und ähnliche Reaktionen folgten auf diese pessimistische Perspektive.

»Ich fürchte, er hat recht«, unkte ›Nesti‹ plötzlich in die pseudooptimistische Stimmung hinein. »Jetzt haben wir mehr oder weniger noch ein gemeinsames Ziel, das uns wie eine Klammer zusammenhält. In einem hal-

ben Jahr wird jeder von uns individuelle Wünsche und Vorstellungen haben. Die verschiedenen Wege dahin werden uns aber auseinanderführen, unsere enge Beziehung zwangsläufig lockern.«

»Aber das heißt doch noch nicht, dass unsere Freundschaft deswegen in Gefahr gerät«, meinte ›Dudi‹ mit fast weinerlicher Stimme. »Das wär nämlich Oarsch.«

»Das bedeutet es natürlich nicht«, beruhigte ›Rutzi‹. »Zumindest nicht automatisch. Aber was haltet ihr davon, wenn wir schon heute etwas dagegen unternehmen? Zusätzlich noch etwas schaffen, das uns für die nächsten, sagen wir, 30 Jahre zusammenschweißt?«

Die allgemein positiven Reaktionen auf diesen grundsätzlichen Vorschlag veranlassten den ›Denker‹ dann, sein Konzept einer Tontine vorzustellen. Der »Siebener-Tontine«.

Danach sollte jeder der Freunde einen oder auch mehrere Gegenstände von gewissem Wert einbringen. Diese Gegenstände sollten in einem Metallkoffer, den ›Rutzi‹ ohne Anrechnung beistellen wollte, gesammelt und irgendwo geheim vergraben werden. »Nach, sagen wir, 25 oder 30 Jahren wird der Koffer wieder ausgegraben und der Inhalt verkauft. Der Erlös inklusive Wertzuwachs wird dann unter den noch existenten bekennenden ›Siebenern‹ aufgeteilt.«

Die Idee hatte etwas, sie war abenteuerlich, romantisch, irgendwie geheimnisvoll, auch wenn es eigentlich keine ganz richtige Tontine war. Auf jeden Fall war die Idee attraktiv genug, um von allen Anwesenden angenommen zu werden. Ja, die Begeisterung war so groß, dass man sie noch am selben Abend umsetzen wollte. Da die ›Sieben‹ alle im Umkreis von höchstens drei

Kilometern von Nestlers Wohnung zu Hause waren, machten sich alle auf, um sofort zu ergründen, woraus ihr Beitrag zu ›ihrer Tontine‹ bestehen könnte. Als allgemeine Vorgabe hatten sich die ›Sieben‹ auf Dinge mit einigem Wert oder zumindest einen über die Jahre zu erwartenden Wertzuwachs geeinigt. Das Fladern solcher guten Stücke von den Eltern war nicht ausdrücklich untersagt. In spätestens zwei Stunden wollte man sich wieder treffen.*

*

Gebannt war Palinski den Ausführungen Rossbachs gefolgt. »Das ist eine wirklich interessante Geschichte. Aber so eine Tontine ist ja nicht ohne Gefahren. Extrem formuliert, könnte man sagen, sie stellt ein Mordmotiv par excellence dar.« Er schüttelte den Kopf. »Ich weiß nicht, ob Ihr ›Denker‹ das alles gut durchdacht hat.«

Axel nickte zustimmend. »Wenn Sie denken, was ich denke, dass Sie denken, dann kann ich Ihnen nach den Erfahrungen der letzten Tage nur recht geben. Der Gedanke, dass vielleicht einer meiner ehemals besten Freunde hinter dem ganzen Mist steckt, macht mich ganz krank. Aber die negativen Auswirkungen der Tontine haben sich schon viel früher gezeigt. Noch am selben Abend wurden wir mit etwas konfrontiert, was uns bis dahin untereinander völlig fremd war.« Er kratzte sich nachdenklich an der Stirne. »Plötzlich kam so etwas wie Misstrauen auf. Und zwar von jedem gegenüber jedem von uns. Einige haben das damals auch

*Fladern = Dialektausdruck für Stehlen, vergleichbar mit ›Klauen‹.

bemerkt. Aber wir waren so besessen von der Idee der ›Siebener-Tontine‹, dass sich keiner etwas dagegen zu sagen traute.« Er schüttelte zweifelnd den Kopf. »Dabei hätten wir uns sicher viel Ärger erspart, wenn wir auf die ganze Sache einfach verzichtet hätten.«

»Aber um als ernst zu nehmendes Motiv zu taugen, müsste sich unter den Dingen, die in den Metallkoffer gelangt sind, zumindest eine sehr wertvolle oder wichtige Sache befinden«, gab Palinski zu bedenken. »Nur um einen Koffer mit irgendwelchem nostalgischen Gerümpel an sich zu bringen, wird doch keiner ein Verbrechen begehen oder gar einen Mord? Also, was ist in dem Koffer denn eigentlich drinnen?«

*

Etwas mehr als zwei Stunden später hatten sich sämtliche ›Sieben‹ wieder in der Wohnung der Nestlers versammelt. Jeder von ihnen hatte mindestens ein Stück angeschleppt, das er in der Tontine wissen wollte, einige auch zwei und mehr. Die jungen Männer behandelten die höchst unterschiedlichen Gegenstände wie Trophäen, die sie auf einem Feldzug durch die elterlichen Wohnungen errungen hatten. Dass die meisten der ›alten Herrschaften‹ jahreszeitlich bedingt auf irgendwelchen Feiern oder sonstigen vorweihnachtlichen Verpflichtungen und damit außer Haus gewesen waren, hatte sich dabei als durchaus förderlich erwiesen.

Jakob Fahlbichler hatte zwei dicke Alben mit Briefmarken angeschleppt, die er angeblich von seinem Großvater geerbt hatte. Gregor Atzinger steuerte eine Sammlung mit etwa 20 Zeichnungen, Kunstdrucken und Skizzen bei, die er auf dem Dachboden entdeckt hatte. Keiner der Anwesenden hatte eine Ahnung, ob und was die verstaubte Mappe wert war. Aber der Beitrag wirkte absolut authentisch und ließ einiges Potenzial an Wertzuwachs erahnen.

Friedl Rutzmann wieder hatte einen blinden Griff in Vaters umfangreiche Sammlung von Erstausgaben getan und dabei Thomas Manns »Zauberberg« erwischt. Nicht schlecht und genau der Stoff, mit dem die »Siebener-Tontine« befüllt werden sollte.

Hans Nehodal, der aus etwas weniger begüterten Verhältnissen stammte, trennte sich schweren Herzens von seiner Omega Seamaster mit Weckfunktion, einem Geschenk seines Onkels zur Firmung. Es war das einzige geeignet erscheinende Stück, das er hatte auftreiben können. Werner Dudek brachte einen Packen alter Comic-Hefte aus der Sammlung seines älteren Bruders ein, darunter die ersten vier Ausgaben der deutschsprachigen Micky Maus. Herwig Nestler wieder verabschiedete sich nur zu gerne von einem hübschen, kleinen Schmuckkästchen aus Silber, das er als Erinnerungsstück an seine Großmutter erhalten hatte. Als nüchterner Pragmatiker frei von irgendwelchen nostalgischen Gefühlen, trennte er sich ziemlich leicht von dem unpraktischen Zeug, dessen Schlüssel noch zu Omas Lebzeiten in Verlust geraten war.

*

»Ich selbst bin vor der Wahl gestanden, mich von meiner geliebten Münzensammlung zu trennen oder zumindest von einigen Stücken davon«, berichtete Axel.

»Oder etwas anderes zu finden. Mangels irgendwelcher speziellen Neigungen oder Hobbys meiner Eltern gab es bei uns zu Hause keine sonderlich wertvollen Dinge. Ja, silberne Kerzenleuchter, Besteck aus Sterlingsilber oder Meissner Porzellanfiguren und solches Zeug schon, aber nichts wirklich Originelles mit einigem Wert. Dann sind mir die Kriegserinnerungsstücke meines Großvaters eingefallen.«

Der war Oberstleutnant bei der Deutschen Wehrmacht und ein strammer Militarist gewesen. Angeblich kein Nazi, aber durchaus ein Mann, dessen Ehre Treue geheißen hatte.

Nach dem Tod des alten ›Preußen‹, wie Rossbach ihn scherz-schmerz-haft bezeichnete, lagen seine Pistole, sein Koppel und ein angeblich wahnsinnig wichtiger Orden mehr oder weniger unbeachtet in einem alten Schuhkarton. Rossbach, der mit diesem Zeug so absolut nichts anfangen konnte, ja, in ihm eher eine Manifestation des Bösen verstand, sah die Chance gekommen, mit einer Klappe gleich zwei Fliegen zu erledigen. »Ich habe gewusst, dass dieser Krempel durchaus einen Sammlerwert hat, und mir gedacht, der wird in 30 Jahren sicher noch höher sein.«

Und so landeten Großvaters Luger Parabellum P 08 und der übrige alte Mist als Axels Beitrag in der Tontine.

»Das ist ja eine höchst interessante Mischung, die sich da ergeben hat«, anerkannte Palinski. »Aber ich sehe a priori nichts, das so wichtig oder wertvoll wäre, dass man deswegen jemanden umbringt.«

»Außer in der Mappe mit den Zeichnungen befand sich ein echter Dürer oder etwas vergleichbar Einzigartiges«, warf Rossbach eher scherzhaft ein, womit er aber auch nicht ganz unrecht hatte.

»Es muss ja nicht gleich ein Dürer sein«, entgegnete Palinski. »Auch ein echter Klimt oder Schiele hätte bis heute eine enorme Wertsteigerung erfahren. Aber auch unter den Briefmarken könnten sich einige wertvolle Stücke befinden. Sie wissen nicht, was diese Mappe tatsächlich beinhaltet hat?«

»Wir haben den Stapel zwar kurz durchgesehen«, räumte der Zahnarzt ein. »Aber falls etwas Wertvolles dabei war, ist es zumindest mir nicht aufgefallen.« Er lachte verschämt. »Ich kenne mich mit Kunst überhaupt nicht aus.«

»Gibt es vielleicht irgendwo so etwas wie eine Inventarliste des Metallkoffers, ein Protokoll oder etwas in der Art?«, wollte Palinski jetzt wissen. »Das könnte hilfreich sein.«

»Ja, die gibt es«, räumte Rossbach ein, aber vorschnelle Freude darüber war nicht angebracht. »Doch die liegt im Koffer bei den Gegenständen.«

»Das ist nicht gut, führt uns aber direkt zur nächsten Frage. Wo befindet sich dieser Metallkoffer eigentlich?«

*

Die Verschiedenartigkeit und auch -wertigkeit der für die Tontine vorgesehenen Gegenstände führten in der Folge zu teilweise heftigen Diskussionen zwischen den ›Sieben‹. So fand das schlüssellose Schmuckkästchen, in dem sich allerdings auch etwas zu befinden schien, zunächst nur wenig Akzeptanz. Vor allem aber die De-

votionalien aus der dunkelsten Epoche des 20. Jahrhunderts stießen bei den durchwegs pazifistisch oder zumindest antimilitaristisch eingestellten jungen Männern zunächst auf strikte Ablehnung.

Erst als sich Friedrich ›Rutzi‹ Rutzmann für Axel Rossbachs Beitrag starkmachte und den anderen erklärte, dass diese skurrilen Erinnerungsstücke schon jetzt einen erheblichen Wert besaßen und in Zukunft noch zulegen würden, wurde der Karton mit den unguten Memorabilien akzeptiert.

Als Nächstes wurde das ursprünglich vorgesehene Vergraben des Koffers von der Mehrheit abgelehnt. Herwig Nestler, der den Platz neben dem geheimen Grab seines Schäferrüdens Oleg im Garten des Landhauses seiner Eltern in Mönichkirchen dafür angeboten hatte, war richtig enttäuscht. Vor allem auch über den ihm gegenüber damit zum Ausdruck gebrachten Mangel an Vertrauen, den er zu erkennen glaubte.

Misstrauen spielte von jetzt an überhaupt eine wesentliche Rolle in der Beziehung der ›Sieben‹ untereinander. Die ›geniale‹ Idee mit der Tontine hatte vor allem eines bewirkt: Sie hatte die ehrliche und offene Denkungsart, die die Gruppe bisher ausgezeichnet hatte, mit einem Schlag weggefegt und gegen Neid, Eifersucht und, ja, eben Misstrauen ausgetauscht. Man könnte auch sagen, die Idee der Tontine kennzeichnete den Abschied der ›Sieben‹ von ihrer Jugend und markierte ihren Eintritt in die mitunter höchst unerfreuliche Welt der Erwachsenen. Wo vorher noch unbeschwerte Großzügigkeit des Denkens und Handelns die Regel gewesen war, herrschte plötzlich kleinliches Feilschen um persönliche Vorteile und die la-

tente Angst davor, von den anderen ›beschissen‹ zu werden.

An diesem Abend konnten sich die ›Sieben‹ lediglich auf einen kleinsten gemeinsamen Nenner einigen. Und der sah vor, am nächsten Tag zu Notar Dr. Wieselberger in der Krottenbachstraße zu gehen und einen hieb- und stichfesten Vertrag über die Tontine aufsetzen zu lassen.

Dann gingen die ›Sieben‹ freudlos auseinander. Das erste Mal in ihrer Geschichte, ohne noch einen Abschiedsschluck auf ihre Freundschaft und das Leben genommen zu haben.

An diesem Abend hatte, ohne dass sie es gewollt oder zunächst auch nur geahnt hätten, eine neue Phase ihres Lebens begonnen. Erst viel später sollte ihnen bewusst werden, was sie damit verloren hatten.

*

»Haben Sie noch Kontakte zu den übrigen ›Sieben‹?«, interessierte sich Palinski jetzt.

»Nachdem wir den Vertrag beim Notar ausgefeilscht hatten«, Rossbach machte dabei ein Gesicht, als ob er gerade eine extrem saure Zitrone ausgelutscht hätte, »war auch der letzte Dampf aus unserer Runde draußen. Wir haben uns dann noch über die Monate bis zur Matura hinweggeschwindelt und so getan, als ob wir nach wie vor die engsten Freunde wären. In Wirklichkeit hat es aber nicht einmal mehr für gemeinsame Prüfungsvorbereitungen gereicht. Jeder hat für sich gebüffelt und eifersüchtig darauf geachtet, die anderen auszuschließen.« Er seufzte tief. »Die Tontine, die den

›Sieben‹ ein Leben über die Schule hinaus sichern sollte, hat sie an einem einzigen Abend umgebracht.«

Nachdem alle ihre Abschlussprüfung hinter sich gebracht hatten, war die Gemeinschaft auch formell den Bach hinuntergegangen. »Wir haben einander später zwar noch gelegentlich getroffen, aber nie mehr wieder alle sieben gemeinsam. Und die dabei geführten Gespräche hatten immer nur die verkrampft-normierte Qualität eines Klassentreffens. Die sonstigen Kontakte haben sich auf lieblose Weihnachtsgrüße und gelegentliche Zweier- oder auch Dreiertreffen mit unverbindlichen Inhalten reduziert. Aber das ist auch schon lange vorbei.« Unmerklich schüttelte er den Kopf. »Herwig ist acht oder neun Jahre nach der Matura an Krebs gestorben. Von Jakob habe ich zuletzt eine Karte aus Sydney bekommen, und über Friedrich habe ich durch Zufall in der Zeitung gelesen. Er ist vor ungefähr zwei Jahren unter eigenartigen Umständen bei der Jagd erschossen worden. Von den anderen weiß ich überhaupt nichts.«

Rossbach schluckte einige Male, drehte sich zur Seite und fuhr sich dann über die Augen. »Eigentlich schade, wir sind einmal eine wirklich klasse Truppe gewesen.«

5

Nachdem jetzt endlich die ersten Ergebnisse aus dem Labor vorlagen, sah die Situation für Garber noch unerfreulicher aus als vorher. Das in Marlene Mattig gefundene Sperma stammte eindeutig vom Filialdirektor der ›Kreditbank Austria‹ in der Obkirchergasse. Da sich der Mann nicht erinnern konnte und die Tat daher nicht zugegeben, aber auch nicht bestritten hatte, war die Sache für Inspektor Musch klar. Wieder ein Fall gelöst, und das in Rekordzeit. Das bedeutete neuerlich Pluspunkte in Hinblick auf eine im Laufe des nächsten Jahres mögliche Beförderung.

Dass nicht nur der Laborbericht, sondern die ganze Sache einige Ungereimtheiten aufwies, störte Musch nicht weiter. In fast schon pervertierter Abwandlung der alten britischen Weisheit vom ›Abwarten und Teetrinken‹ hoffte er, nein, verließ er sich darauf, dass sich die kleinen störenden Ecken und Kanten auf dem Weg zur Staatsanwaltschaft oder spätestens bis zum Gericht schon von selbst abschleifen würden.

Das Erste, was er jetzt machen musste, war, einen Haftbefehl zu besorgen. Oder sollte er Garber nicht vielleicht gleich einmal vorläufig festnehmen? Der Kerl stand in seinem Krankenzimmer zwar unter polizeilicher Bewachung, aber man wusste ja nie. Schließlich war ja auch nicht ganz auszuschließen, dass ihm dieser Major Brandtner vom Kriminalamt NÖ in die Quere kam. Wenn er das richtig sah, wollte der dem Vergewaltiger den Mord an seiner Frau anhängen. Aber nicht mit Inspektor Musch. Immerhin hatte er den Verdächtigen als Ersten einvernommen. Alles schön der Reihe nach, bitte. Ganz, wie es sich gehörte.

»Inspektor Musch, Kriminalabteilung«, meldete er sich, nachdem das Telefon Laut gegeben hatte. »Aha«, meinte er dann und »Ach so« und schließlich »Gut, wir sind gleich da«. Bei einem Verkehrsunfall auf der Heiligenstädterstraße waren in einem der beteiligten Fahrzeuge zwei Pumpgun und eine Maschinenpistole in einem Versteck im Kofferraum gefunden worden. Die bösen Buben starben wirklich nicht aus, sondern sorgten dafür, dass die Guten genug Arbeit bekamen, ging es Musch auf dem Weg zu seinem Wagen durch den Kopf.

Für Garber bedeutete das vorerst einen Aufschub von einigen Stunden. In unserer schnelllebigen Zeit war das eine ganze Menge.

*

In seinem Büro erwarteten Major Brandtner einige interessante Meldungen in Zusammenhang mit dem ›Fall Garber‹. In einer etwa 150 Meter vom Tatort entfernt aufgestellten Mülltonne hatten die aufgeweckten Mitarbeiter von der Spurensicherung einen blauen Overall der Konfektionsgröße 52 mit der Aufschrift ›Probleme mit Gas oder Wasser? – Installateur Blitz hilft immer‹ auf dem Rücken gefunden. Wie sich später herausstellen sollte, war das Stück vor einigen Tagen in der Annahmestelle einer Zentralwäscherei im Alsergrund gestohlen worden.

In einem der beiden Abfalleimer auf dem Garber'schen Grundstück war darüber hinaus noch eine Getränkeflasche aus Plastik entdeckt worden, die deutlich nach Benzin roch. Da im Bericht des Brandsachverständigen ausdrücklich auf die Verwendung eines Brandbeschleunigers in der Villa hingewiesen wurde, lag die Vermutung nahe, dass es sich bei dieser Flasche um ein Beweismittel handelte. Noch dazu mit mehreren wunderschönen Fingerabdrücken darauf. Das Ergebnis des Abgleichs dieser Prints mit den im Zentralcomputer gespeicherten stand allerdings noch aus.

Nun suchte sich Brandtner die Telefonnummer des Maklers heraus, dessen angeblicher und nicht stattgefundener Termin mit dem Bankdirektor das kümmerlichste Alibi abgab, an das sich der Kriminalbeamte auf die Schnelle erinnern konnte.

»Prskawetz Real, guten Tag«, meldete sich gleich darauf eine freundliche Dame. Nachdem sich der Major vorgestellt und sein Anliegen erklärt hatte, bestätigte sie die Terminabsprache grundsätzlich. Allerdings mit einer nicht unwesentlichen Einschränkung. »Wie mir unser Mitarbeiter mitgeteilt hat, war der Termin nicht für 14.15, sondern für 15.15 Uhr vereinbart. Herr Direktor Garber ist aber leider nicht erschienen.«

Gut, dachte sich Brandtner, angenommen, die beiden hatten nicht von 14 oder 15 Uhr gesprochen, sondern von 2 und 3 Uhr. Dann konnte sich schon leicht ein Hörfehler eingeschlichen haben. Aber die Bestätigung eines ohnehin schon schwachen Alibis war das auch nicht gerade. Es sah nicht unbedingt gut aus für diesen Garber, obwohl er den Mann gefühlsmäßig eher nicht für den Täter hielt. Er war einfach nicht der Typ dafür, aber das konnte man natürlich nie so genau wissen.

Eine verrückte Idee schoss Brandtner durch den Kopf. Was war, wenn zwischen der angeblichen Vergewaltigung und der Explosion wirklich ein Zusammenhang bestand? Aber nicht derart, wie sich vordergründig aufdrängte. Nämlich, dass der Banker die ›Vergewaltigung‹ vorsätzlich herbeigeführt hatte, um einen Grund zu haben, in dieser Nacht nicht nach Hause gekommen und damit der Explosion entkommen zu sein. Eine Begründung dafür hätte er sicher auch ohne die derzeit noch nicht absehbaren Konsequenzen einer Vergewaltigung liefern können. Etwa einen Geschäftstermin außerhalb, der eine Nächtigung irgendwo weit entfernt durchaus glaubhaft hätte erscheinen lassen.

Würde es einen Sinn ergeben, in beiden Fällen Garber nicht als Täter oder zumindest als Anstifter zu sehen, sondern als Opfer? Und war der eigenartige Banküberfall, der mit dem Tod des einen ›Weihnachtsmannes‹ geendet hatte, wirklich ein eigenständiges Ereignis gewesen oder konnte es irgendwie in Verbindung mit dem einen oder andern oder gar beiden Verbrechen stehen?

Brandtner hatte keinerlei Beweise, nicht einmal Hinweise in diese Richtung. Er war aber gewohnt, auch auf seinen Bauch zu hören, und damit bisher immer gut gefahren. Und so nahm er sich vor, seinem hyperdynamischen Döblinger Kollegen unauffällig, aber konsequent über die Schulter zu schauen. Als Erstes wollte er einmal das Fahrzeug Garbers durch die Spurensicherung untersuchen lassen.

*

Rossbachs ausführlicher Bericht über die ›Siebener-Tontine‹ hatte bis in den frühen Nachmittag hinein gedauert. Palinski war nun ebenfalls davon überzeugt, dass der Zahnarzt in den nächsten vier Tagen, also bis zum ›Tontinen-Stichtag‹ am 22. Dezember, noch mit mindestens einem Anschlag auf sein Leben rechnen musste.

»Am besten wäre es, Sie verlassen Wien für einige Tage, verstecken sich irgendwo und kommen erst am 22. wieder zurück«, empfahl er. »Selbst wenn Ihnen dieser Musch Personenschutz gewährt, was ich angesichts seines bisherigen Verhaltens anzweifle, bleibt immer noch ein relativ hohes Restrisiko.«

Das Verlassen der Stadt kam für den Zahnarzt aber nicht infrage. »Erstens habe ich noch jede Menge Patienten, die mit mir rechnen, und zweitens«, er grinste Palinski direkt frech an, »fühle ich mich nach unserem Gespräch schon viel besser. Sicher sollten wir gewisse Maßnahmen überlegen, aber ganz kneifen und das Mistvieh gewinnen lassen, das möchte ich nicht.«

So ein Depp, dachte Palinski, als ob das Ganze ein Spiel wäre. Aber er sagte nichts, denn irgendwo ging es ihm nicht anders. Kneifen war was für die Zange, was zählte, war die Herausforderung.

»Wir sollten aber einige grundsätzliche Vorsichtsmaßnahmen ergreifen«, forderte er bestimmt. »Als Erstes möchte ich Ihnen anbieten, die nächsten Tage im Gästezimmer in meinem Büro zu übernachten. Da wohnt auch mein Assistent Florian, der ist sehr zuverlässig, ein angenehmer Mensch und Polizist. Der kann auch nachts auf Sie achtgeben. Und vor allem haben Sie es nicht weit in Ihre Ordination.«

Während Rossbach kurz das Angebot überlegte, rief Palinski den jungen Nowotny an und gab ihm den Auftrag, im Internet und auf den sonstigen üblichen Wegen möglichst viel über die noch lebenden Teilnehmer an der Tontine zu ermitteln. Er gab ihm die Namen durch. »Aber Axel Rossbach kannst du vernachlässigen«, wies er Florian an, »dafür möchte ich alles über den Tod eines gewissen Friedrich Rutzmann, ja, mit ›tz‹, erfahren. Er ist vor zwei Jahren auf der Jagd getötet worden.«

Inzwischen hatte sich Axel entschlossen, auf das Angebot seines neuen ›Schutzengels‹ einzugehen. »Aber eine Bedingung muss ich noch stellen«, schränkte Palinski ein. »Zu Ihrer und unserer Sicherheit. Da wir davon ausgehen müssen, dass die Ordination und damit auch das Haus überwacht werden, bestehe ich darauf, dass Sie sich verkleiden und das Haus nur in Verkleidung betreten und verlassen.«

»Kein Problem«, lachte der Zahnarzt, »an was haben Sie dabei gedacht? Soll ich mich als alter Mann verkleiden und mit dem Stock gehen oder vielleicht als Postbote?«

»Alles nicht gut genug«, widersprach Palinski. »Wenn jemand nach einem Mann sucht, wird er sich alle Männer, die das Haus betreten, genau ansehen. Ich denke an etwas anderes. Stellen Sie sich einmal vor, es ist Fasching und Sie gehen auf ein verrücktes Gschnasfest mit dem Motto ›Verkehrt rum‹ oder so ähnlich.«

Langsam fiel der Groschen bei Rossbach, und er machte dabei ein wirklich dummes Gesicht. »Sie meinen doch nicht …? Nein, das kommt nicht infrage. Ich als …, nie und nimmer.«

»Um Gottes willen, nicht schon wieder diese versteckten Ängste«, versuchte Palinski zu beruhigen. »Sie machen das ja nicht, um irgendwelche geheimen Wünsche zu befriedigen. Wenn Sie sich als Frau verkleiden, dann nur, um Gefahr für Ihr Leben abzuwehren.«

Er griff zum Handy und rief Beate Wimmer an. »Eine Bekannte meiner Frau, die am ›Theater an der Josefstadt‹ als Kostümschneiderin tätig ist«, erklärte er, während er auf die Verbindung wartete. »Hat vor zwei Jahren eine exquisite Mary Poppins aus … Ja, hallo Beate, hier Mario. Wir haben ein Problem, und du musst uns helfen. Können wir gegen 18 Uhr zu dir ins Theater kommen? Fein, danke, bis dann.«

Rossbach hatte wohl eingesehen, dass der Vorschlag zwar ungewöhnlich, aber vernünftig war, und ergab sich seinem Schicksal. Irgendwie wirkte er plötzlich entspannt, ja, er lachte sogar. »Sagen Sie bloß, dass Sie als Mary Poppins unterwegs waren?«

»Falls nicht, ist die Geschichte gut erfunden«, antwortete Palinski und musste ebenfalls lachen.

*

Hans Garber ging es inzwischen schrecklich. Die eigenartig euphorische Stimmung, die ihn unmittelbar nach der Mitteilung von Doris' Tod wie in Watte gepackt und gegen Schmerz unempfindlich gemacht hatte, war verflogen. Stattdessen fühlte er im Kopf eine komplette Leere, im Körper wie auch in seiner Seele konkurrierten dagegen die offen liegenden Nervenenden darin, ihm unentwegt Qualen zu bereiten. Zusammengerollt wie ein Fötus, lag er im Bett und wimmerte unentwegt vor sich hin. Er sah Doris vor sich, jung, schön und liebevoll. Das war die Frau, die er vor 21 Jahren kennen-

und lieben gelernt und ein Jahr später geheiratet hatte. Und nicht die schrecklich herrsch- und rachsüchtige Person, die es ihm nie hatte verzeihen können, dass sie ihr gemeinsames Kind verloren hatte, während er mit Kunden einen Abschluss begossen hatte. Da hatte es ihm überhaupt nichts genützt, dass er in Wien und Doris zur selben Zeit gut 1.000 Kilometer entfernt in Bremen gewesen war. Er hätte spüren müssen, dass sie ihn brauchte, hatte ihr gebetsmühlenartig immer wieder vorgebrachter Vorwurf gelautet. Aber er wäre eben ein hoffnungsloser Fall, rettungslos unsensibel.

Wahrscheinlich hatte sie es ihm auch als Schwäche angerechnet, dass er auf Drängen ihres Vaters quasi seine Identität aufgegeben und sich von ihrer Familie hatte aufsaugen lassen.

Er versuchte sich vorzustellen, wie es hätte sein können, wenn und falls alles anders gelaufen wäre. Und die dabei vor seinen geistigen Augen ablaufenden Bilder brachten ihn zum Weinen.

Eine Schwester war an sein Bett getreten und fuhr ihm beruhigend über die Stirne. »Das ist der Schock«, versuchte sie ihm zu erklären, »Sie sollten versuchen zu schlafen. Ich werde Ihnen etwas geben, das Ihnen beim Einschlafen helfen wird.«

»Danke, Schwester, das ist lieb«, Garber blickte auf und dem pflegenden Engel ins Gesicht. »Sie waren aber heute noch nicht bei mir, so ein hübsches Gesicht hätte ich mir gemerkt«, schäkerte er zu seinem größten Erstaunen los.

»Ach, Sie Charmeur«, meinte die Schwester routiniert. »Sie haben mich noch nicht sehen können, denn ich habe eben erst meinen Dienst angetreten. So«, sie holte ein kleines Flascherl aus der Tasche ihres Arbeitsmantels, schraubte den Verschluss ab und zählte 15 Tropfen in das Glas Wasser, das auf dem Nachttisch neben Garbers Bett stand. Dann schüttelte sie das Glas ein wenig und hielt es dem Patienten hin. »So, seien Sie ein braver Bub und trinken das aus. Dann wird es Ihnen rasch wieder besser gehen.«

Trotz ihrer schönen Augen irritierte Garber etwas an dem dienstbaren Geist. Waren es die Winterstiefel, die sie trug, statt wie ihre Kolleginnen mit Gesundheitsschlapfen durch die Gegend zu schlurfen? Oder ihr Schmuck, eine recht teuer aussehende Halskette und zwei etwas protzig wirkende Ringe. Wie auch, er zögerte, den für ihn bestimmten Becher zu leeren.

»Was ist los?«, wollte der Engel in Weiß ungeduldig wissen. »Sie müssen das jetzt endlich trinken, damit es Ihnen besser geht.« Sie versuchte, ihm das Glas an die Lippen zu führen, aber Garber drehte sein Gesicht zur Seite.

»Ich weiß nicht, Schwester« meinte er, »ich fühle mich schon wieder besser. Ich bin froh, dass ich endlich wieder einigermaßen klar bin.«

Jetzt wurde die Frau langsam sauer. Mit der linken Hand krallte sie sich in seinen Haaren fest und zwang ihn, sie anzusehen. Die andere Hand führte das Glas an seine inzwischen fest zusammengepressten Lippen.

»Da, trinken Sie das«, forderte sie ihn jetzt energisch auf und erzeugte Druck auf seine Lippen. »Los«, schrie sie, »schluck das jetzt endlich, du Arschloch!«

Garber brachte das einmalige, fast unmöglich anmutende Kunststück zustande, trotz fest verschlossener Lippen ein Geräusch zu produzieren, das irgendwie nach ›Hilfe, Hilfe‹ klang. Plötzlich öffnete sich auch die Türe und der davor Wache schiebende Polizist wollte wissen, was denn da los wäre.

»Kein Grund zur Aufregung«, schrie die ›Schwester‹, wollte sich noch rasch das auf dem Nachttisch abgestellte Medikamentenfläschchen schnappen und dann schnell das Weite suchen.

Doch das konnte Garber nicht zulassen. Er schnellte hoch, warf sich quasi über den Nachttisch und entzog damit das Corpus delicti dem Zugriff des bösen Weibs. Das Glas mit der mit Wasser verdünnten ›Medizin‹ ging dabei natürlich zu Bruch.

Der Polizist, kein wirklicher ›Schnellgneißer‹, stand ratlos in der Türe und überlegte, was er tun sollte. Die falsche Schwester dagegen entfernte sich rasch und entschlossenen Schrittes vom Bett, schubste den Wachmann zur Seite, und schon war sie weg.

»Bitte verständigen Sie dringend die Polizei«, keuchte der jetzt doch etwas angegriffene Garber.

»Aber ich bin von der Polizei«, stammelte der Uniformierte an der Türe. »Um was geht es?«

Der Bankdirektor verdrehte verächtlich die Augen, dann konkretisierte er. »Bitte verständigen Sie Major Brandtner vom Niederösterreichischen Kriminalamt. Ich habe eine wichtige Aussage zu machen.«

*

Nach einem kurzen Abstecher in die Innere Stadt, wo Palinski einige Besorgungen zu machen hatte, begleitete er Axel Rossbach zu dessen Haus in Neuwaldegg. Der Zahnarzt wollte sich nur rasch etwas Wäsche und einige persönliche Dinge holen. »Denn dass ich mich als Frau verkleiden lasse, heißt noch lange nicht, dass ich mir auch einen Stringtanga anziehe.«

Das war die befreiende Assoziation gewesen, und die beiden Männer begannen in typischer machopubertärer Art herumzublödeln, wie es ›echten Mannsbildern‹ nun einmal zu eigen war. Beiden war das erschreckend tiefe Niveau ihrer Unterhaltung wohl bewusst, dennoch genossen sie diesen Ausflug in gewisse Abgründe ihrer Persönlichkeit, dunkle Nischen, deren Existenz sie unter normalen Umständen vehement bestritten hätten.

Das Schöne an der Sache war, dass sich der geistlose Exkurs vor die herrschende Anspannung schob wie eine freundliche Wolke vor die sengende Augustsonne. Der leise Gedanke, dass Rossbachs Verfolger möglicherweise doch in der Nähe des Hauses harrte und das auch noch mit einer Schusswaffe, war nicht aus den Hinterköpfen der beiden Männer zu bringen, auch wenn die Vernunft dies um diese Tageszeit und unter den Umständen als sehr unwahrscheinlich ansah. Da wirkte die Vorstellung vom Zahnarzt in Strapsen und Palinski mit Federboa und hochhackigen, strassbesetzten Schuhen richtiggehend beruhigend, ja befreiend. Vor allem, wenn man dazu noch lauthals »New York, New York« grölte.

Aber der Besuch in Rossbachs Domizil verlief erfreulich ereignislos. Der einzige gröbere Zwischenfall bestand darin, dass der Akku von Axels elektrischer Zahnbürste leer und keine Zeit mehr zum Aufladen war. Doch Palinski gelang es, den Zahnarzt davon zu überzeugen, dass sein strahlendes Gebiss durch einige Tage manueller Reinigung kaum nachhaltig Schaden nehmen würde.

Auf dem Weg ins ›Theater an der Josefstadt‹ fiel die

Spannung von beiden ab und hinterließ ein indifferentes Gefühl. Fast fehlte jetzt etwas, und das irritierte Palinski. »Ich glaube, in unserem derzeitigen Zustand wären wir besonders angreifbar«, mutmaßte er mit dem Ergebnis, dass sich neuerlich Spannung aufbaute.

Beate Wimmer war eine Frohnatur par excellence. Ständig kicherte die Mitfünfzigerin und alberte herum. Klar, dass Rossbachs Situation neben all ihrem Ernst auch ein paar heitere Aspekte aufwies. Alle diese fand Beate in kürzester Zeit heraus und noch einige mehr. Und so wurde die ganze Zeit, die Rossbach brauchte, um sich für ein Kostüm (aus ›Hedda Gabler‹) und einen Hosenanzug (aus einem Boulevardstück von Neil Simon) zu entscheiden, nur geblödelt und gekudert. So richtig ausgelassen wurde es aber erst, als Beate dann noch ihre Freundin Margarete beizog. Die Maskenbildnerin zeigte Axel nicht nur, wie man mit ein wenig Make-up und einer Perücke auch als Mann äußerst feminin wirken, sondern sein Gesicht völlig verfremden konnte.

Als die beiden Männer den Hort der Jünger Thalias endlich wieder verließen, sah Rossbach in seinem schicken Hosenanzug aus wie eine etwas zu groß geratene, schwarzhaarige Ausgabe Meg Ryans.

»Zum Verlieben«, konnte sich Palinski nicht zu sagen verkneifen. Ja, selbst Axel, der unfreiwillige Star dieser Inszenierung, fand schließlich Gefallen an den anerkennenden Blicken, die ihm die Männer aus den andern Fahrzeugen zuwarfen.

Gegen 19.45 Uhr langten sie bei Palinskis Büro in der Döblinger Hauptstraße an.

*

Wilma Bachler wich keiner Konfrontation aus, wenn sie sein musste. Im Grunde ihres Herzens war sie aber ein überaus konsensbedürftiger Mensch, dem Kraftproben der Art, wie sie sie mit Mario angezettelt hatte, ein Gräuel waren. Auch wenn sie nach wie vor der Meinung war, dass sie durchaus im Recht gewesen war, na ja, zumindest überwiegend, wollte sie sich mit ihrem Mann wieder versöhnen. Nach Streits wie diesem war das erfahrungsgemäß immer besonders schön.

Sie hatte daher ihren heutigen Einsatz am Punschstand der ›Caracals‹ einfach abgesagt. Sehr zum Leidwesen Ollie Kieslers, die fest mit ihr gerechnet hatte. Na ja, die würden das zu zweit auch packen, dachte Wilma, als sie kurz nach 19.30 Uhr das Haus betrat.

Der Geruch im Stiegenhaus ließ den Schluss zu, dass Mario mit der Zubereitung eines Gulaschs beschäftigt war. Das überraschte sie einigermaßen, denn er hatte ihr für heute Abend etwas Besonderes in Aussicht gestellt. Und so gerne sie auch Gulasch aß, heute hätte sie eigentlich etwas anders erwartet. Egal, Hauptsache war, sie beiden waren zusammen und konnten wieder einmal so miteinander sprechen, wie sie das in den letzten Jahren doch eher hatte vermissen müssen. Gut, in einer 24-jährigen Beziehung war natürlich nicht mehr ganz das Feuer drinnen wie an ihrem Anfang. Aber dennoch, hin und wieder sollte es zumindest ein wenig aufflackern. Und sie wusste aus Erfahrung, dass Marios gelegentliche ›Aufflackerer‹ viel mehr sein konnten als bloß ein Strohfeuer.

Sie seufzte wohlig bei der Vorstellung, wie der Abend enden könnte, als sie den dritten Stock erreichte. Komisch, in der Wohnung schien kein Licht zu brennen.

Gut, Palinski konnte Gulasch zwar im Schlaf kochen, aber dass er das offenbar so wörtlich zu nehmen schien, überraschte sie doch einigermaßen.

Herb war noch eine freundliche Übertreibung für die Qualität der Enttäuschung, die Wilma empfand, als sie feststellen musste, dass die Wohnung leer war. Nichts ließ erkennen, dass ihr Mann – sie war mit Mario zwar nicht verheiratet, bezeichnete ihn aber der Einfachheit halber so – irgendwelche Vorbereitungen für den gemeinsamen Abend getroffen hatte. Kein gedeckter Tisch, keine eingekühlten Getränke. Absolut nichts, was darauf hätte schließen lassen, dass Palinski irgendwelche Anstrengungen unternommen hätte, seiner großartigen Ankündigung von heute Morgen auch Taten folgen zu lassen.

Sie war enttäuscht, mehr noch, stocksauer. Was bildete sich dieser Affe eigentlich ein. Wer war er schon, dass er glaubte, so mit ihr umspringen zu können? Sie holte sich einen Cognac aus der Hausbar, nahm einen kräftigen Schluck und setzte sich.

Nach einem zweiten Schluck beruhigte sie sich wieder ein wenig. Vielleicht hatte sie Mario etwas zu früh verdammt. Bei seinem komischen Job konnte schon einmal etwas dazwischenkommen. Ja, das stimmte schon, sagte ihr zweites Ich, aber doch nicht jedes Mal. Vielleicht kam er ja gleich und brachte etwas zu essen mit, weil es zum Kochen zu spät geworden war, spekulierte ihre optimistische Seite.

Du glaubst sicher auch noch an das Christkind, hielt die andere höhnisch dagegen.

In dem Moment hörte Wilma auf der Straße eine Wagentüre schlagen. Na bitte, dachte sie erleichtert, da kam Mario ja schon. Sie stand auf und ging zum Fenster, um ihre Hoffnung bestätigt zu finden. Und tatsächlich, da stand er mit einer Tasche in der Hand, wahrscheinlich mit all den guten Dingen drinnen, die sie in Kürze gemeinsam genießen würden.

Halt, da stieg aber noch jemand aus dem Taxi aus. Hatte er etwa Besuch mitgebracht, schoss es ihr durch den Kopf, und sie war enttäuscht über diese Aussicht. Sie blickte wieder hinunter und beobachtete, wie ihr Mario neben einer relativ großen, schwarzhaarigen und recht elegant wirkenden Frau den Innenhof betrat und zu seinem Büro auf Stiege 4 ging.

Wilma war zunächst einmal sprachlos. Nachdem sich die Haustüre hinter Mario und der Unbekannten geschlossen hatte, bekam sie einen Schreikrampf.

»Jetzt ist es aber genug«, brüllte sie vor sich hin. »Jetzt ist der Ofen endgültig aus. Jetzt lasse ich mich scheiden.« Nicht einmal das war möglich, schoss es ihr durch den Kopf, weil der Scheißkerl sich nie hatte durchringen können, mit ihr vor den Altar oder zumindest den Standesbeamten zu treten. Was für ein verkorkstes Leben. Aber sie war noch keine 45 und hatte noch eine Menge guter Jahre vor sich. Die würde sie jetzt nutzen, aber so, wie sie es wollte, und nicht mit diesem Bastard.

Wild entschlossen, Tatsachen zu schaffen, holte sie ein Blatt Papier heraus und schrieb sich ihren Frust vom Leib. Nachdem sie den Brief durchgelesen hatte, zerknüllte sie das Blatt aber wieder. Für ihren Geschmack kam ihr Schmerz über das heute Geschehene in diesen Zeilen zu sehr durch. Diesen Triumph wollte sie Mario nicht gönnen. Also nahm sie ein weiteres Blatt und teilte ihm darauf kurz und bündig mit, was er sie in Zukunft konnte. Nur das und nichts anderes mehr.

Dann packte sie einige Sachen in eine Reisetasche und verließ kurz nach 20 Uhr die Wohnung.

*

›Fink‹ Brandtner hatte die Nachricht von Garber erst am späteren Nachmittag erhalten und es nicht geschafft, früher als 18.40 Uhr ins Spital zu kommen. Nachdem er über die Vorkommnisse mit der falschen Krankenschwester informiert worden war und das Fläschchen an sich genommen hatte, machte er Garber ein sowohl für einen Polizisten als auch für einen Verdächtigen eher ungewöhnliches Angebot.

»Ich persönlich glaube nicht, dass Sie mit der Explosion etwas zu tun haben«, räumte er ein. »Aber das müssen wir noch genau untersuchen. Ich fürchte nur, hier sind Sie nicht sicher und«, er senkte die Stimme etwas, »mein Wiener Kollege ist auch eher eine Gefahr für Sie und die Wahrheitsfindung als das Gegenteil. Dem geht es bloß darum, Ihnen so rasch wie möglich die Vergewaltigung anzuhängen.« Er blickte Garber ernst an. »Nicht, dass Sie glauben, ich hätte Sympathien für Vergewaltiger, ganz und gar nicht. Aber aus meiner Sicht spricht erheblich mehr für Ihre Unschuld als für Ihre Schuld.«

»Danke«, meinte Garber ganz ruhig. »Es tut gut, wenn jemand an einen glaubt.«

»Nun übertreiben Sie's nicht«, Brandtner schmunzelte. »Noch stehen Sie unter Verdacht. Aber ich will den Dingen auf den Grund gehen. Und das wird schwierig, sobald Musch Sie offiziell verhaftet haben wird. Ich möchte Ihnen daher einen Vorschlag machen.«

Und er erklärte dem erstaunten Banker, wie er sich die nächsten Tage für Garber vorstellte. Vorausgesetzt, der versicherte ihm ehrenwörtlich, mit ihm ohne Vorbehalte zu kooperieren und sich nicht abzusetzen. Klar, dass sich Garber gerne und ohne lange nachzudenken auf diese Option einließ. Die Alternative dazu war ja wirklich nicht erfreulich. Und vor allem, er vertraute diesem Major aus Niederösterreich eigenartigerweise.

Gleich darauf nahm Brandtner den Bankdirektor in Schutzhaft und brachte ihn als unverzichtbaren, akut gefährdeten Zeugen eines Kapitalverbrechens an einen sicheren Ort.

Nachdem er einen wütenden Inspektor Musch von der Sicherheitsverwahrung des Zeugen Garber informiert und sich standhaft geweigert hatte, den Aufenthaltsort zu nennen, fuhr der Major zum Sonnbergplatz, um sich einen Weihnachtspunsch zu genehmigen. Und zwar an derselben Hütte, an der Hans Garbers Odyssee ihren Ausgang genommen hatte.

Mann, war der Giftzwerg von der Hohen Warte sauer gewesen, hatte ihm sogar eine saftige Dienstbeschwerde versprochen, dachte er, während er das heiße, würzig duftende Gebräu genoss. Dabei war dem Major natürlich klar, dass er Garber sofort nach Vorliegen eines Haftbefehls würde übergeben müssen. Erfahrungsgemäß würde das bei der derzeitigen Beweislage aber noch einige Zeit dauern.

Nachdem er sich einen zweiten Punsch bestellt hatte, ließ er sich von den Damen Kiesler und Gutruhn sowie von der etwas später erschienenen Frau Bachler berichten, wie denn das mit Herrn Garber und Frau Mattig gestern eigentlich begonnen hatte.

Als er nach einem zweiten Punsch und knapp eine Stunde später gehen wollte, schnappte er zufällig den Namen Palinski auf, der in dem vor allem von Frau Bachler recht emotional geführten Gespräch einige Male gefallen war.

»Entschuldigen Sie, ich habe Ihr Gespräch nicht belauscht«, baute er vor. »Aber der Name Palinski ist zweimal so laut gefallen, dass ich ihn beim besten Willen nicht überhören konnte. Handelt es sich dabei um d e n Mario Palinski, der das bekannte ›Institut für Krimiliteranalogie‹ leitet? Ich habe im Jänner einen Vortrag von ihm gehört. Bei einem Kongress im Austria Center*. Hochinteressant.«

So sauer Wilma auch auf Mario war, sie konnte nicht ganz verhindern, dass sie die Aussage des Kriminalkommissars mit einem gewissen Stolz erfüllte.

»Ja, das ist …, war mein …, mein Gott, ich weiß gar nicht mehr, was …«, stotterte sie. »Auf jeden Fall ist er der, den Sie meinen.«

»Kompliment, gnädige Frau, zu Ihrem was immer auch. Ein hervorragender Mann, ein ausgezeichneter Kriminologe.«

»Na, Sie haben leicht reden«, ereiferte sich Wilma, »Sie hat er sicher noch nicht mit dem Abendessen warten lassen, um mit einer anderen Frau …« Sie schluchzte leise auf.

»Das tut mir leid.« Brandtner meinte das ehrlich. »Ich möchte Ihnen aber einen Rat aus meiner Erfah-

* ›Heurigenpassion‹, Gmeiner-Verlag Februar 2006.

rung geben. Häufig sind die Dinge nicht so, wie sie zunächst scheinen.«

Wilma nickte stumm und wischte sich die Augen. Ollie hatte einen Arm um sie gelegt und fuhr ihr tröstend über die Haare. Vally, die das übertrieben fand, starrte betreten zur Seite.

»Ich glaube, Ihr ..., also Herr Palinski könnte mir bei der Lösung eines Problems behilflich sein«, riskierte ›Fink‹ noch einen weiteren Schritt. »Könnten Sie mir eventuell verraten, wie ich ihn am besten erreichen kann?«

Etwas widerwillig nannte Wilma Marios Büro- und Handynummer, blickte Brandtner zum Abschied aber freundlich an. Der nette Kommissar konnte ja nichts dafür, dass Mario so ein Schwein war.

*

Nachdem Palinski Axel Rossbach und Florian Nowotny miteinander bekannt gemacht und dem jungen Polizisten glaubhaft versichert hatte, dass ihm keine sittliche Gefahr von dem Mann in Frauenkleidern drohte, zeigte er dem Zahnarzt das Gästezimmer. Das war zwar klein, aber gemütlich eingerichtet und in Verbindung mit der Küche und den Sanitärräumen des Büros eine durchaus akzeptable Bleibe für die nächsten Tage.

Florian hatte bereits hervorragende Arbeit geleistet. Seine Recherchen hinsichtlich des Schicksals der ›Sieben‹ waren noch lange nicht abgeschlossen. Aber zwei Namen konnten bereits abgehakt werden.

Herwig Nestler, der am 28. Mai vor sieben Jahren verstorben war, und Friedrich Rutzmann, dessen Tod im März vor zwei Jahren allerdings noch Fragen offen ließ, wie Florian meinte.

»Wie ist das zu verstehen?«, wollte Palinski wissen. »Soviel ich gehört habe, soll es sich um einen Jagdunfall gehandelt haben.«

»Möglich«, meinte Florian trocken, »aber nur, wenn man gewillt ist, eine Pistole oder Maschinenpistole als Jagdwaffe zu akzeptieren. Bei der Patrone, die Rutzmann getötet hat, handelt es sich um eine 9 mm Parabellum.«

Zum Namen Nehodal hatte Nowotny bisher noch nichts finden können. Im Telefonbuch hatte er lediglich eine entfernte Tante in Leonding gefunden und angerufen. »Sie kann sich nur erinnern, dass ›der Hansi‹ irgendwann geheiratet hat und einige Zeit im Ausland war. Sonst gibt es keine Nehodals im Telefonbuch. Vielleicht haben wir mit den Handybetreibern mehr Glück«, hoffte er. Zur Überprüfung der anderen Namen war er noch nicht gekommen.

Palinski war mit der Arbeit seines Assistenten sehr zufrieden. Besonders interessant fand er die Sache mit der Parabellum. Durchaus möglich, dass es sich dabei um den ersten Mord in Zusammenhang mit der ›Siebener-Tontine‹ handelte. Er behielt diesen Gedanken aber noch für sich, wollte Axel nicht nervöser machen, als er ohnehin schon sein musste. Vielleicht konnten ihm Helmut Wallner oder Miki Schneckenburger weiterhelfen. Es konnte doch nicht sein, dass die Polizei, wo immer auch, unter diesen Umständen einen Jagdunfall angenommen und den Fall geschlossen hatte.

Jetzt nahm Palinski hinter seinem Schreibtisch Platz, um die auf dem Anrufbeantworter eingegangenen Gespräche zu checken. Dabei fiel sein Blick auf einen kleinen, gelben Post-it-Wisch, auf dem er sich etwas notiert hatte. Was war das bloß gewesen, er erinnerte sich nicht mehr.

›Nicht vergessen, heute für Wilma Abendessen kochen. Etwas besonders Gutes!!!!!‹

Um Himmels willen, das hatte er völlig vergessen. Schnell stand er auf, trat ans Hoffenster, öffnete es und beugte sich hinaus. Der Blick hinauf in den dritten Stock zeigte ihm, dass die Wohnung unbeleuchtet war. Vielleicht hatte er ja noch Glück, und Wilma kam erst etwas später. Er blickte auf die Uhr, es war zwar erst 20.23 Uhr, aber viel zu spät, um noch selbst zu kochen. Abgesehen davon, dass er ja überhaupt nichts eingekauft hatte.

Wie wäre es mit dem Besten, was ›Mama Maria‹ zu bieten hatte, sein Lieblingsitaliener, der sich genau vis-à-vis auf der anderen Seite der Straße befand? Aber er hatte Wilma etwas Besonderes versprochen. Nicht, dass ›Mama Marias‹ Küche das nicht brachte, aber er und Wilma hatten sich schon so oft durch die Speisekarte von oben nach unten und wieder zurück gegessen, dass dem Angebot bei aller Qualität einfach der Nimbus des ›Besonderen‹ fehlte.

Wie wäre es, wenn er seinen Freund Vinzenz anrief. Der war Patron eines der ältesten und renommiertesten Luxusrestaurants der Stadt, der weltberühmten ›Fünf Ulanen‹. Also, wenn er irgendwo auf die Schnelle was wirklich Besonderes zu essen bekommen wollte, dann über Vinzenz Spross. Wie die Sprossen, also das Gemüse.

Er hatte Glück und Vinzenz rasch am Apparat. Der hörte sich das Problem an, lachte boshaft über das Dilemma seines Freundes und beruhigte ihn, dass er schon was Rechtes herrichten lassen würde.

»Du hast Glück«, meinte er dann, »die Gwen ist noch da und wartet, bis dein Essen so weit ist. Sie wird so etwa in einer halben, dreiviertel Stunde bei dir sein.«

Who the hell was Gwen, dachte sich Palinski, dem der Name absolut nichts sagte außer vielleicht die angloamerikanische Provenienz seiner Trägerin. Und Vinzenz hatte so schnell aufgelegt, dass er ihn nicht mehr hatte fragen können. Es war ja schließlich auch egal, er durfte nur nicht ein anständiges Trinkgeld vergessen.

»Leute«, meinte er zu Axel und Florian, »ich muss jetzt dringend weg, sonst riskiere ich einen Hinausschmiss durch Wilma. Lasst euch etwas zum Essen von ›Mama Maria‹ bringen.« Und schon war er weg.

So schnell hatte Palinski die drei Stockwerke (ohne Aufzug) wohl noch nie hinter sich gebracht. Schnaufend schleppte er sich in die Wohnung und gleich darauf zu einem Fauteuil im Wohnzimmer. Nachdem sich seine Atmung wieder normalisiert hatte, begann er rasch, den Tisch zu decken. Blumen gab es leider keine, aber darüber würde Wilma sicher gnädig hinwegsehen. Vorausgesetzt, alles andere stimmte.

Er wusste zwar nicht, welche Weine zum Essen passen würden. Aber heute waren die diesbezüglichen Regeln ohnehin nicht mehr ganz so streng wie früher. Vorsorglich öffnete er eine Flasche von dem erstklassigen Franzosen, den ihm Freunde im Herbst mitgebracht hatten. Damit der zumindest noch ein bisschen atmen konnte. Im Eiskasten waren zwei Bouteillen guten Wachauers eingekühlt und eine Flasche Prosecco. Das musste reichen.

Jetzt noch schnell ein frisches Hemd angezogen, eine andere Krawatte geknotet und das Ganze mit ein wenig Eau de Toilette abgerundet. Dem herben, das Wilma so liebte, und die Welt war gerettet.

Im Schlafzimmer fand er dann den Brief.

»Jetzt habe ich ein für alle Mal genug von dir. Die ewigen Vernachlässigungen, die gelegentlichen Versöhnungs- und lauwarmen Beschwichtigungsversuche und dazu noch hin und wieder ein eklatanter Vertrauensbruch, das gehört jetzt endgültig der Vergangenheit an. Ich verlasse dich, und zwar für immer.

Wilma

P.S. Bitte gieße die Blumen jeden zweiten Tag

P.P.S. Ich weiß noch nicht, ob ich zum Familientreffen nach Bozen kommen werde. Falls ja, dann aber sicher nicht wegen dir, du Mistkerl, verdammter.«

Zwischen ›Vergangenheit‹ und ›an‹ sowie auf ›Bozen‹ schienen Wassertropfen ihre Spuren auf dem Papier hinterlassen zu haben. Der flüchtige Gedanke, dass es sich dabei um Tränen Wilmas handeln konnte, machte Palinski ganz krank. Er hasste nichts mehr als Frauen, die weinten. Nein, das stimmte so nicht, er hatte Angst vor ihnen.

Aber was sollte das Ganze eigentlich. Seine anfängliche Betroffenheit machte langsam Zorn Platz. Was wollte sie eigentlich von ihm? Er hatte nun einmal seinen Beruf, und für den mussten eben Opfer gebracht werden. Vor allem von ihm, aber eben auch von allen anderen.

Und was spielte sie sich groß auf, nur weil er einmal ein Abendessen vergessen hatte. Er hatte schon viele Dinge vergessen, wichtigere als ein Abendessen, und sie hatte sich noch nie so aufgeführt. Waren das bei Wilma etwa schon die einsetzenden Wechseljahre?

Na, seinetwegen konnte sie ihr Spielchen spielen, so lange sie wollte. Er würde hart bleiben, nicht nachgeben. Nie.

Palinski fühlte sich schrecklich, hundeelend. Und er hatte fürchterliche Angst vor der Vorstellung, Wilma würde nicht zu dem weihnachtlichen Familientreffen in Südtirol kommen.

Während der harte Mann so dasaß, mit dem Schicksal haderte und mit vereinzelten Tränen kämpfte, summte die Haussprechanlage.

Müde schleppte er sich zur Türe und meldete sich mit einem rüden »Hallo, wer stört?«

»Ich bin Gwen Masterson«, meldete sich eine nett klingende weibliche Stimme nach anfänglichem Zögern. »Ich bringe gutes Essen für Herrn Mario ...«, offenbar musste sie den Namen ablesen, »Paalinsgi oder Palsinki. Bin ich da richtig?«

»Ja, danke, dass Sie so rasch gekommen sind«, antwortete er freundlicher. Schließlich konnte die Gute nichts dafür, dass Wilma wieder einmal spinnert war. »In den dritten Stock bitte, Türe Nummer 11.« Oder hätte er ihr vielleicht entgegengehen sollen?

Eine Minute später stand sie auch schon vor der Türe. Gwen, der Prototyp der elfengleichen Angehörigen der gälischen Volksgruppe diesseits und jenseits des Kanals. Lange rote Haare, die Haut weiß und dünn wie Porzellan, einige versprengte Sommersprossen da und dort. Oder hießen die im Winter anders? Dann diese langen, schlanken Glieder. Alles in allem ein Traum in Pastell, eine wunderschöne Fee aus dem Reiche der

Elfen, Drachen und Trolle. Die personifizierte Versuchung für jeden Mann mit Beschützerinstinkt. Eine Lichtgestalt aus Avalon. Let me be your paladin, I am Arthus. Or at least Prince Ironheart.

Das Wesen wie aus einer anderen Welt trug in jeder Hand eine große Papiertasche, die sie jetzt abstellte. Dann fischte sie aus der linken eine Flasche Champagner. »Diese hier ist zwar kalt, aber Vinzenz meint, Sie können sie noch etwas kühlen. Und das Essen sollten Sie noch zehn Minuten in dem Backrohr erhitzen.«

»Aber kommen Sie doch bitte herein, Fräulein Gwen«, meinte Palinski artig und ertappte sich dabei, wie er unwillkürlich seinen Bauch einzog.

Nachdem er das Rohr angemacht und die verschiedenen, mit Köstlichkeiten sonder Art gefüllten Behältnisse darin deponiert hatte, wandte er sich wieder der Elfe zu. »Was bin ich Ihnen jetzt schuldig?«

»Vinzenz sagt, Sie zahlen beim nächsten Mal, wenn Sie ihn sehen«, richtete Gwen aus.

»Das ist gut, aber was bekommen Sie fürs Liefern?«

»Ach«, meinte die junge Frau, »ich habe das gerne gemacht, wissen Sie, ich bin keine professionelle …«, sie suchte nach dem korrekten Begriff, »Essenslieferantin. Ich gebe Isabella Englischnachhilfe und war gerade in dem Restaurant. Da ich ohnehin in Nußdorf wohne und Ihre Adresse auf dem Weg liegt, habe ich Ihr Essen gerne mitgenommen.«

Palinski überlegte fieberhaft, ob Gwen die fünf Euro Trinkgeld, die er ihr geben wollte, eher als Beleidigung werten oder vielleicht doch annehmen würde. Er entschloss sich, erst einmal abzuwarten und die Lage zu sondieren. »Darf ich Ihnen wenigstens ein Glas Champagner anbieten?«

Sie lachte ihn freundlich an. »Danke, an sich sehr gerne. Aber was wird Ihre Frau dazu sagen? Ich muss auch noch fahren und habe noch nichts gegessen. Also besser nein, danke.«

»Meine Frau wird nichts dazu sagen, denn sie hat …, musste im letzten Moment unerwartet weggehen. Eigentlich mehr verreisen«, improvisierte Palinski. »Was halten Sie davon, wenn wir eine Kleinigkeit essen und dann ein Glas Champagner trinken? Es wäre doch schade, wenn das ganze gute Essen in den Müll wanderte. Und ich würde mich sehr freuen.«

Das eine oder auch das andere schien Gwen überzeugt zu haben, denn sie nahm die Einladung an, wieder mit einem ungemein freundlichen Lächeln. Palinski beschloss, sich gleich morgen intensiv seinem Problem mit Wilma zu widmen. Jetzt wollte er aber erst einmal gut essen und sich etwas unterhalten. In allen Ehren natürlich. Das hatte er sich doch wirklich verdient. Oder?

6

Da der Vorlesungsbetrieb an der Universität bereits letzte Woche in die Weihnachtsferien gegangen war, hatte Florian Nowotny viel Zeit für Recherchen. Der junge Polizist hatte im August bei der Jagd auf den von den Medien sogenannten ›Schlächter von Döbling‹ hervorragende Arbeit geleistet. Nach erfolgreichem Abschluss des makabren Falles* hatte sich Palinski des enorm talentierten Florian angenommen, ihn zur Dienstfreistellung und zum Jusstudium überredet und ihm durch den Job und die Wohnmöglichkeit im Institut auch die materiellen Möglichkeiten dazu geboten. Damit hatte er nicht nur einen treuen Freund, sondern auch einen gleichermaßen begabten wie auch engagierten Mitarbeiter gewonnen.

Florian war wie immer schon früh auf den Beinen und saß bereits mehr als eine Stunde am Computer, als Axel Rossbach auftauchte.

»Guten Morgen, Florian«, begrüßte er den Jüngeren, mit dem er sich noch gestern Abend bei Pizza und einem süffigen Valpolicella auf das unverkrampfte Du geeinigt hatte. »Schon fleißig?«

»Morgen, Axel«, erwiderte Nowotny, während er eine weitere Suchanfrage in die Tasten hämmerte. »Kaffee ist fertig, was du sonst willst, musst du dir selbst

* ›Würstelmassaker‹, Gmeiner-Verlag.

nehmen. Die Semmel ist von gestern, das Brot auch. Ich würde das Brot nehmen.«

»Waren Max und Moritz schon draußen?«, wollte der Zahnarzt wissen und kraulte die beiden freundlich um ihn herum tollenden Hunde hinter den Ohren. »Ich könnte ja eine Runde mit ihnen drehen und bei der Gelegenheit frisches Gebäck holen.«

»Klingt gut«, anerkannte Florian, »aber nur als Madame. Sonst dreht Mario durch. Und ich auch, wenn ich es mir recht überlege.«

»Muss das sein? Ich gehe doch bloß einmal um den Häuserblock«, versuchte Axel, das Unvermeidliche zu verhindern.

»Und du glaubst, die Verkleidung ist nur für Ausgänge in die weitere Umgebung bestimmt«, entgegnete der junge Mann. »Weil dein Verfolger ja bei der U-Bahn-Station Karlsplatz auf dich wartet und nicht hier bei deiner Ordination. Kommt nicht infrage. Angesichts der frühen Stunde darfst du aber auf das Make-up verzichten«, meinte er mit freundlichem Spott. »Setz aber sicherheitshalber eine Sonnenbrille auf.«

Rossbach wusste natürlich, dass sein Leibwächter recht hatte, und fügte sich in sein Schicksal. Wenig später stand er da im schicken Designer-Hosenanzug, der gepflegten schwarzen Perücke und dem modischen Paletot und sah richtig gut aus. Die beiden Hunde wirkten zunächst ein wenig irritiert. Nachdem sie aber die bekannte Witterung wieder aufgenommen hatten, folgten sie ihrem komisch aussehenden neuen Freund auf dem Fuß.

»Halt«, brüllte Florian der ›gnädigen Frau‹ nach,

»nimm diese neutrale Geldbörse. Sonst erkennt man dich noch an deiner Designer-Brieftasche.«

Wie schon gesagt, Florian Nowotny war ein Spitzenmann. Oder zumindest auf dem besten Weg dahin.

*

Exakt um 8 Uhr erschien Inspektor Werner Musch mit zwei Uniformierten im Allgemeinen Krankenhaus, um Hans Garber festzunehmen. Nachdem die Spurensicherung in Marlene Mattigs Wohnung ein Glas mit einem Fingerabdruck des Verdächtigen gefunden hatte, war der Sack Muschs Ansicht nach zu. Und zwar wasserdicht.

Als die drei Beamten das Zimmer erreichten, in dem der Banker nach Muschs Erinnerung eigentlich noch sein musste und das im richtigen Stockwerk, war die behördliche Enttäuschung riesengroß. Der Inspektor brüllte etwas von »den Verantwortlichen für diese Scheiße den Arsch aufreißen« zu wollen, drohte der Stationsschwester mit dem 3. Grad sowie dem stellvertretenden Verwaltungsdirektor mit Beugehaft. Schließlich konnte er von der internen Sicherheitstruppe nur unter Hinweis auf das Hausrecht einigermaßen zur Räson gebracht werden.

Ein Telefonat mit dem ursprünglich mit der Bewachung Garbers betrauten Beamten brachte dann zutage, dass der Delinquent von Major Brandtner persönlich abgeholt und weggebracht worden war. Wohin? Keine Ahnung.

Aber mit ihm, Werner Musch, machte man so etwas nicht. Und falls doch, dann höchstens ein einziges Mal. Der Inspektor setzte den Kollegen auf seine höchstpersönliche Liste der ›personae non gratae‹ und schwor ihm Rache.

*

›Fink‹ Brandtner hatte natürlich keine Ahnung davon, welche ›guten Wünsche‹ sein Kollege aus Döbling für ihn im Herzen trug. Der Major war unterwegs zu einem kleinen, abgeschiedenen Häuschen in der Nähe von St. Andrä Wördern. Hier hatte er schon wiederholt Personen untergebracht, deren zeitweiser Aufenthalt aus den unterschiedlichsten Gründen vertraulich behandelt werden und geheim bleiben sollte. Außer ihm und seinem Assistenten Lorenz Egger wusste nur noch Brandtners direkter Vorgesetzter sowie der Leiter des Landeskriminalamtes über dieses ›sichere Haus‹ Bescheid. Und natürlich auch noch der Hausherr, der alte Franz Gutenbrunner. Der frühere Kommandant des Gendarmeriepostens Königstetten war ein alter Freund der Brandtners und ›Fink‹ nach dem frühen Tod seines Vaters Mentor gewesen.

Als der Major das Haus betrat, saßen Garber und Gutenbrunner noch beim Frühstück. Er wusste genau, dass die entspannt wirkende Stimmung nicht ganz die Situation vor wenigen Minuten widerspiegelte. Der 76-Jährige hatte die Annäherung von Brandtners Fahrzeug über die letzten 300 Meter der Zufahrtstraße beobachtet und seine Glock gewiss gerade erst wieder gesichert und weggeräumt. Gutenbrunner nahm seine Aufgabe sehr ernst und hatte bereits zwei Mal bewiesen, dass er unerwünschte Besucher notfalls auch mit Waffengewalt vom Haus fernhielt.

»Dieser Musch hat es wirklich auf Sie abgesehen«, begann Brandtner das Gespräch. »Jetzt hat das Labor auch noch Ihren Fingerabdruck auf einem Glas in der Wohnung dieser Frau gefunden. Nun wird ihn sicher nichts mehr davor zurückhalten, Sie zu verhaften. Sagen Sie«, dabei blickte er Garber fragend an, »haben Sie mit Musch schon früher einmal zu tun gehabt? Man muss fast den Eindruck gewinnen, dass er etwas Persönliches gegen Sie hat.«

Garber blickte betroffen, dann schüttelte er entschieden den Kopf. »Nein, nicht dass ich wüsste. Ich habe den Menschen nie zuvor gesehen.«

»Es ist fast schon kriminell, wie der Inspektor alle Hinweise ignoriert, die Sie entlasten«, stellte ›Fink‹ fest.

»Heißt das, dass Sie nicht von meiner Schuld überzeugt sind?« Der Banker fasste neue Hoffnung.

»Ja, ich halte Sie für unschuldig. Zumindest nach dem derzeitigen Stand der Untersuchung.« Er lachte verschwörerisch. »Nur gut, dass ich so prima Kontakte zum Labor habe und den Musch offenbar kein Mensch will. So erfahre ich alles und das meistens sogar früher als er.«

Und dann berichtete er im Einzelnen, welche Ungereimtheiten Musch nicht zu denken gaben.

»Das Sperma, das bei der Mattig gefunden worden ist, stammt zwar definitiv von Ihnen. So was zu platzieren ist aber kein Problem und schon öfters vorgekommen. Dazu kommt, dass in Ihrem Blut noch Reste von Flunitrazepam gefunden worden sind. Die Rückrechnung hat ergeben, dass Sie zum behaupteten Zeitpunkt der angeblichen Vergewaltigung bereits völlig weggetreten sein müssen.«

»K.-o.-Tropfen«, sagte Gutenbrunner und bewies damit, dass er Garbers fragenden Blick richtig gedeutet hatte.

»Dann hat Frau Mattig zwar ein ordentliches Veilchen und ein paar blaue Flecken im Gesicht, als sichtbares Zeichen dafür, dass sie verprügelt worden ist«, fuhr Brandtner fort. »Aber im Genitalbereich gab es keinerlei Anzeichen für eine gewaltsame Penetration, auch keine Abschürfungen oder sonstige Verletzungen, wie sie bei Vergewaltigungen üblich sind. Dafür aber einige männliche Schamhaare, die nicht von Ihnen stammen. Das hat die Analyse eindeutig ergeben.«

»Aber wieso, man hat mich doch gar nicht untersucht oder Proben vom ... aus dieser Gegend genommen«, wunderte sich der Banker.

»Musch hat sich offenbar DNS-taugliches Material in der Bank besorgt, wahrscheinlich ein Haar aus Ihrer Kopfbürste«, erklärte der Major. »Musste er ja, sonst hätte man Ihnen das Sperma nicht so eindeutig zuordnen können. Können Sie sich übrigens an irgendeine Situation erinnern, die zur Spermaentnahme geführt haben kann?«

Garber zuckte zunächst hilflos mit den Achseln, dann schien ihm aber etwas einzufallen. »Ich erinnere mich noch, dass wir quasi in Etappen Bruderschaft getrunken haben. Zuerst haben wir aus ihrem Flachmann getrunken, etwas später haben wir uns dann geküsst. Und dann, glaube ich ...«, er überlegte oder suchte nach Worten, »hat sie begonnen, mir den Zippverschluss aufzumachen. Wie es weitergegangen ist, keine Ahnung.«

»Na, dann ist ja alles klar«, meinte Brandtner. Garber war sich nicht sicher, ob er richtig kombiniert hatte, wollte aber nicht schon wieder Fragen stellen, schon gar nicht so eine … peinliche.

»Ist schon überprüft worden, ob die Frau nicht vielleicht eine Professionelle ist?«, warf Gutenbrunner ein.

»Also Musch hat nichts in diese Richtung getan, ich habe aber eine Überprüfung veranlasst«, stellte ›Fink‹ fest. »Die Ergebnisse stehen allerdings noch aus.«

Was auch noch zu einer typischen Vergewaltigung fehlte, waren Verteidigungsspuren. »Angeblich hat sich die Frau verzweifelt zur Wehr gesetzt. Aber es gibt keinerlei körperliche Anzeichen dafür, und unter ihren Fingernägeln hat es ausgesehen, als ob sie gerade von der Maniküre gekommen wäre.«

»Und das alles negiert dieser komische Musch?«, wunderte sich Gutenbrunner. »Der Mann ist entweder völlig inkompetent, oder er beabsichtigt etwas mit dieser Vorgehensweise.«

»Also so blöd kann er gar nicht sein«, erwiderte Brandtner. »Ich glaube eher, es geht ihm um eine schnelle, für ihn positive Schlagzeile. Die bleibt in Erinnerung, auch wenn sich der Fall dann klammheimlich in nichts auflöst. Und mit fünf Zeilen auf Seite 16 darüber berichtet wird. Kurzfristige Profilierung zulasten eines Unschuldigen. Widerlich.«

»Danke. Warum tun Sie das für mich?« Die Stimme des Bankdirektors klang seltsam belegt.

»Das mache ich nicht für Sie, sondern für den Rechtsstaat. Also aus demselben Grund, warum ich nach wie vor nicht ganz ausschließen kann, dass Sie nicht doch etwas mit dem Tod Ihrer Frau zu tun haben«, erwiderte Brandtner schroffer, als er beabsichtigt hatte, und schubste Garber damit zurück auf den Boden der Realität.

»Aber ich neige auch in diesem Fall eher dazu, den Schuldigen woanders zu suchen«, beschwichtigte er gleich wieder. »Haben Sie schon überlegt, wer ein Interesse daran haben könnte, Sie oder Ihre Frau zu töten? Wer kann gewusst haben, dass Ihre Frau an diesem Abend in das Haus zurückkommt? Fällt Ihnen sonst noch etwas dazu ein?«

»Ich denke die ganze Zeit darüber nach, was hinter diesem …«, er zögerte, suchte nach einem passenden Ausdruck, »diesem schrecklichen Geschehen stecken könnte. Ist wirklich auszuschließen, dass es ein Unfall gewesen ist?«

»Der Bericht des Sachverständigen lässt keinen Zweifel zu, stellte Brandtner dezidiert fest. »Aber auch die übrigen Umstände weisen deutlich darauf hin. Der Brandbeschleuniger in den Schlafräumen, um ganz sicherzugehen, falls die Explosion nicht ausreichen sollte. Dann dieser Mann in der Arbeitskluft eines Installateurs, der am Nachmittag aus Ihrem Hause gekommen ist. Was hat der Mann da gemacht? Sicher keine lecke Gasleitung repariert. Und dann auch noch …«, er stand auf und begann, auf und ab zu gehen, »… ein angeblicher Postbeamter in Uniform, der am frühen Morgen auftaucht, um dem Grund für die Störung des Telefons nachzugehen.« Er schüttelte den Kopf. »Vor 10, 15 Jahren wäre das vielleicht noch durchgegangen. Aber die Telekom schickt schon seit Jahren keine uniformierten Beamten mehr los, um Störungen zu beheben. Das sieht ganz danach aus, als ob sich jemand vergewissern wollte, dass sein Plan auch aufgegangen ist.« Entschieden schüttelte er den Kopf. »Nein, das war kein Unfall. Dass Ihre Frau einfach zur falschen

Zeit am falschen Ort war, kann natürlich sein. Offenbar haben aber zumindest Sie einen Feind. Die Frage ist, wer könnte das sein?«

Betroffen blickte Garber vom Major zu seinem Gastgeber und wieder zurück. »Wenn man eine bestimmte Position erreicht hat, gibt es in einem großen Unternehmen wie der Bank natürlich immer auch Neider, Konkurrenten. Ein konkretes Beispiel: Ich bin angeblich Erstgereihter im Besetzungsvorschlag für den neuen Kreditdirektor Wien-Nordwest. Das ist schon eine sehr interessante Position, die einen erheblichen Gehaltssprung mit sich bringt. Ich bin sicher, dass die beiden Herren, die hinter mir gereiht sind, über meine Verhinderung nicht gerade traurig wären. Aber Mord, nein, das traue ich keinem der beiden zu.«

»Dafür reichte ja eine Anklage wegen Vergewaltigung völlig aus«, meinte Gutenbrunner trocken, aber die beiden anderen waren zu sehr mit ihren Gedanken beschäftigt, um auf den Einwand einzugehen.

»Übrigens, die falsche Krankenschwester wollte Sie gestern mit Aconitum vergiften«, fuhr ›Fink‹ Brandtner fort. »Wir wissen zwar nicht, wie viel sie Ihnen verpassen wollte. Aber bei ausreichender Dosierung hätte es zu einer Lähmung des Kreislaufes kommen und damit mortal enden können. Das war ein zweiter Anschlag. Und das innerhalb von 24 Stunden. Der Täter ist sehr eifrig, sehr nervös oder beides. Sieht ganz so aus, als stünde er unter Zeitdruck.« Er trat ans Fenster und blickte hinaus. »Sobald wir wissen warum, wissen wir auch, mit wem wir es zu tun haben.«

*

Palinski war überrascht über die Helle, die um ihn herum herrschte. Automatisch schloss er die Augen, um sie sofort wieder vorsichtig zu öffnen. Es wurde aber mehr ein Blinzeln daraus. Ein scheuer Blick auf seine Armbanduhr verriet ihm den Grund für die ungewohnte Ausleuchtung des Wohnzimmers, in dem er sich befand. Konkreter formuliert, er lag, komplett bekleidet und mit einer warmen Schafwolldecke bedeckt, auf der bequemen Couch. Und es war bereits zehn Minuten nach 9 Uhr. Soweit er sich erinnern konnte, hatte er das letzte Mal nach seiner etwas ausufernden Maturafeier vor 27 Jahren derart verschlafen. Matura, das war auch das Stichwort, das ihm die gestrigen Ereignisse schlagartig wieder in Erinnerung rief.

Angenehmer Kaffeeduft stieg ihm in die Nase, aus der Küche hörte er das Klappern von Geschirr. Bedeutete das, dass Wilma ihm verziehen und wieder nach Hause gekommen war?

»Guten Morgen, Mario«, zwitscherte eine Stimme hinter ihm, »haben Sie gut geschlafen?« Also das war definitiv nicht Wilma. Vorsichtig drehte er sich in die Richtung, aus der der freundliche Gruß kam. Da war sie wieder, diese feenhafte Erscheinung, von der er vergangene Nacht geträumt hatte. Aber was machte sie hier?

»Ich fürchte, ich habe gestern etwas zu viel getrunken«, baute er vorsichtig vor. »Guten Morgen, … Gwen«, Gott sei Dank war ihm der Name gerade noch eingefallen.

»Das Frühstück ist fertig und das Geschirr abgewaschen«, berichtete das liebliche Wesen. Palinski konnte sich jetzt zwar wieder erinnern, dass und warum es gestern Abend erschienen war. Nicht aber, warum Gwen jetzt schon wieder da war.

»Haben Sie etwas vergessen?«, erkundigte er sich etwas einfältig.

Und da war es auch schon wieder, dieses glockenhafte, unvergleichliche Lachen, diesmal mit einem etwas verlegenen Unterton.

»Über unser gegenseitiges Herzausschütten ist es gestern ziemlich spät geworden.« Gwen reichte ihm ein Häferl mit dampfendem Kaffee. »Ich war gegen 3 Uhr kurz Hände waschen. Wie ich wieder zurückgekommen bin, waren Sie schon eingeschlafen. Ich habe Ihnen dann die Schuhe ausgezogen und Sie zugedeckt. Ich hoffe, das war recht so.«

Was sollte man dazu viel sagen außer: »Danke.« Der starke Mann war eingeschlafen wie ein kleines Kind. Ganz schön blamabel. Na, wenigstens hatte er keine Dummheiten angestellt.

Gwen war aber noch nicht fertig. »Dann wollte ich gehen. Da ich aber auch zu viel getrunken habe, habe ich mich da hinten«, sie deutete in Richtung der Kinderzimmer, »auf ein Bett gelegt. Ich hoffe, Sie sind nicht böse, dass ich Ihre Gastfreundschaft so ausgenützt habe.«

»Aber nein«, beruhigte er sie, »das ist doch selbstverständlich, nicht der Rede wert. Sehr vernünftig, ich hoffe, Sie haben gut geschlafen.« Langsam kehrte die Erinnerung an Details des gestrigen Abends wieder zurück. Gwen unterrichtete Deutsch und deutschsprachige Literatur an einer Schule in Cardiff. Mit dem nächsten Herbstsemester sollte sie als Lektorin vier Wochenstunden an der Cardiff University übernehmen. Thema der Vorlesung: ›Deutschsprachige Literatur des 19. und 20. Jahrhunderts‹.

»Das ist eine sehr große Chance für mich«, hatte Gwen ihm anvertraut. »Daher habe ich mir ein Jahr frei genommen, um hier in Wien einige einschlägige Vorlesungen zu hören und Seminare zu besuchen. Damit ich richtig up to date bin.« Um sich etwas dazuzuverdienen, gab sie Englischunterricht an der Volkshochschule und Nachhilfe. »So habe ich Vinzenz Spross kennengelernt, er wollte Unterricht für seine kleine Tochter.«

Palinski erinnerte sich auch, anfänglich versucht zu haben, mit der Schönen von der Insel zu flirten. Dabei hatte es sich ergeben, dass er immer öfters über Wilma sprach und die Irritationen, die sie beide von Zeit zu Zeit einholten. Sich aber bisher immer wieder hatten auflösen lassen.

Gwen war sicher gewesen, dass das auch diesmal gelingen würde. »Wilmas Verhalten«, sie sprach den Namen wie ›Uilma‹ aus, »ist ja ein deutlicher Beweis dafür, dass sie Sie noch immer liebt. Oder glauben Sie, eine Frau würde die Unkomfortablität«, Gwen hatte tatsächlich diesen Ausdruck verwendet, »auf sich nehmen, ihre warme Wohnung am Abend bei einer Außentemperatur von unter null Grad zu verlassen, wenn Sie ihr egal wären?«

Das war ein überzeugendes Argument gewesen. Die Befriedigung darüber hatte ihn wohl einschlafen lassen.

Die beiden plauderten noch eine halbe Stunde miteinander und vereinbarten, dass Gwen noch einmal zum Essen kommen musste, sobald Wilma wieder da war. »Sie beide werden sich gut vertragen«, vermutete er. »Meine Frau, ich meine …, ist ja egal, also meine Frau macht an sich das Gleiche wie Sie, nur eben auf Französisch.«

Im Nachhinein betrachtet, klang das ein wenig … so lala, aber Gwens perfekte Kenntnisse der deutschen Sprache beinhalteten diese harmlosen Zweideutigkeiten ohnehin nicht.

Nachdem Palinski das zauberhafte Geschöpf von den Nebelinseln zu seinem Wagen gebracht hatte, einem rechtsgesteuerten Mini mit britischem Kennzeichen, traf er mit erklecklicher Verspätung in seinem Büro ein.

*

›Jake‹ Fahlbichler, dessen Nachnamen sie zu Hause in Melbourne ›Faulbiger‹ aussprachen, saß am Flughafen in Paris und wartete darauf, dass die Air France-Maschine nach Wien aufgerufen wurde. Fahlbichler war vor 24 Jahren nach Australien ausgewandert und heute Eigentümer einer kleinen, aber feinen Eventmarketing- und Veranstaltungsgesellschaft, zu der auch ein Cateringunternehmen mit ausgezeichnetem Ruf gehörte. Er war mehrfach geschieden, derzeit wieder einmal ledig und hatte fünf Kinder mit vier Frauen. Alles Töchter.

Alle zwei Jahre gönnte er sich einen mehrwöchigen Europatrip, in Wien war er nach seinem Exodus aber erst zweimal gewesen. Die Reise jetzt war eine außerhalb der normalen Routine und galt vor allem der Abwicklung der ›Siebener-Tontine‹. Klar, dass Jake die Gelegenheit wahrgenommen hatte, im Vorfeld einige

Termine in London, Madrid und Paris wahrzunehmen. Aber das eigentliche Ziel dieser Reise war Wien.

Dabei hatte er an die seinerzeitige Vereinbarung mit seinen Schulfreunden schon gar nicht mehr gedacht. Vor etwa drei Monaten hatte er aber den Anruf eines Wiener Notars erhalten, der ihn an den 22. Dezember erinnert hatte. Den Stichtag für die Tontine.

Der Mitarbeiter von Notar Dr. Reiberhammer, der die Kanzlei von Dr. Wieselberger übernommen hatte, war auch so freundlich gewesen, die Abholung vom Flughafen und die Hotelreservierung zu arrangieren. Fahlbichler kannte das Hotel Garni ›Roxy‹ zwar nicht, aber das würde schon in Ordnung sein.

Ganz im Gegensatz dazu war es ihm bisher noch nicht gelungen, einen seiner alten Kumpel aufzutreiben. Als letzte Option war ihm jetzt noch die Telefonnummer einer zahnärztlichen Gemeinschaftspraxis Dr. Rossbach & Dr. Wechsler in der Döblinger Hauptstraße geblieben. Die hatte ihm der freundliche Concierge vom Hotel ›Normandie‹ organisiert. Er erinnerte sich dunkel, dass Axel immer schon davon geträumt hatte, einmal Zahnklempner zu werden. Das konnte also durchaus passen.

Er blickte auf die Uhr. Noch eine knappe Stunde bis zum Abflug, also noch mehr als genug Zeit für ein Telefongespräch. Er blickte sich nach einem öffentlichen Telefon um, konnte aber keines entdecken. So zuckte er nur gleichgültig mit den Achseln, holte sein Handy heraus und tippte die Wiener Nummer ein. Das Gespräch würde wegen dieser Scheiß-Roaminggebühren zwar sauteuer werden, aber das zahlte ohnehin sein Unternehmen.

»Zahnärzte Dr. Axel Rossbach/Dr. Katrin Wechsler. Dieser Apparat ist ab 13 Uhr besetzt. Bitte hinterlassen Sie uns Ihre Nachricht nach dem Summton«, meldete sich der Anrufbeantworter.

Auch gut, dachte sich Jake und begann zu sprechen: »Das ist eine Nachricht für Axel Rossbach, aber nur, wenn er am BRG XVIII maturiert hat und einen Jakob Fahlbichler kennt. Falls nicht, vergessen Sie den Quatsch bitte gleich wieder.«

In der Folge rief er die Nummer noch sechs Mal hintereinander an und redete insgesamt gut und gerne 20 Minuten auf Band. Er erzählte von seinem Geschäft, seinen Töchtern und dem Nachfolger des alten Notars sowie dessen freundlichem Mitarbeiter, der ihm Abholung und Hotelreservierung organisiert hatte. »Dem Burschen solltest du einmal ins Maul schauen«, Jake lachte dröhnend, »der lispelt zum Gotterbarmen. Aber sehr nett und sehr effizient. Ich komme um 14.40 Uhr in Wien an und werde so ab 16 Uhr im ›Roxy‹ sein. Ruf mich doch dort an, vielleicht können wir uns zum Abendessen treffen. Oder wir sehen uns morgen. Ich freue mich schon. Ciao, Alter.«

15 Minuten später wurde Fahlbichlers Flug nach Wien aufgerufen.

*

Kaum angekommen im Büro, musste Palinski als allererstes die lustige Geschichte über sich ergehen lassen, wie die Bäckerin an der nächsten Ecke, die Patientin des Zahnarztes war, zum verkleideten Rossbach gemeint hatte: »Tschuldigen, gnä Frau, dass i Ihna so anstarr, oba Sie schaun so mein Zahnarzt ähnlich. Wia ausm Gsicht grissn.«

»Mir sind fast die Weckerln aus der Hand gefallen«, grinste Axel, »zunächst vor Schreck, später auf der Straße vor Lachen.«

Das war sicher lustig, fand Palinski, hätte aber auch ins Auge gehen können. »Und was wäre gewesen, die gute Frau hätte Sie erkannt und würde nun jedem erzählen, dass der Doktor Rossbach einer ist, der sich in Frauenkleidern wohlfühlt. Das wäre in doppelter Hinsicht peinlich, oder?«

»Da haben Sie natürlich recht«, pflichtete Axel bei. »Andererseits kann ich mich die nächsten Tage doch nicht hier vergraben. Ich habe morgen und übermorgen Ordination. Und dann die Weihnachtsfeier mit den Mitarbeiterinnen. Ich kann doch mein Leben nicht drei Tage einfach aussetzen.«

Das sah Palinski ein. »Da werden wir uns eben was einfallen lassen müssen. Vielleicht sollten wir einen Bodyguard für Sie auftreiben?«

»Ich habe wieder etwas gefunden«, meldete sich jetzt Florian zu Wort. »Ein Werner Dudek und seine Frau Annemarie haben am 23. September in Mörbisch ein Segelboot gemietet. Nachdem die beiden das Boot bis 20 Uhr nicht zurückgebracht hatten, hat der Bootsverleiher die Polizei verständigt. Als man das Boot zwei Tage später auf ungarischer Seite im Schilfgürtel gefunden hat, war das Paar schon mindestens 36 Stunden tot.«

»Annemarie Pucher«, murmelte Rossbach schockiert, »so hieß Werners Freundin. Er war seit der 6. Klasse mit ihr zusammen. Das müssen sie sein. Ein ganz liebes, freundliches Mädchen. Um Himmels willen, was haben wir denn mit dieser Scheiß-Tontine bloß ausgelöst?«

»Und die Todesursachen?«, wollte Palinski bewusst knapp und sachlich wissen.

»Laut dieser Zeitungsmeldung ist die ungarische Polizei von Mord und Selbstmord ausgegangen«, stellte Florian fest. »Das Paar geriet in Streit, er zog eine Waffe, erschoss seine Frau und dann sich selbst. Ende.«

»Niemals«, stöhnte Axel auf, »so kann sich das unmöglich abgespielt haben. Werner war der friedlichste Mensch der Welt, er konnte keiner Fliege was zuleide tun. Geschweige denn seiner geliebten Annemarie. Er hat seinerzeit am heftigsten dagegen protestiert, dass der militärische Schund meines Großvaters in die Tontine aufgenommen wird.«

»Und was ist mit der Waffe?« Palinski war ebenso berührt wie der Zahnarzt, versuchte aber ganz bewusst, kühl zu bleiben.

»Die wurde nicht gefunden.« Florian runzelte die Stirne. »Aber eines ist interessant. Bei den Patronen, mit denen die beiden getötet worden sind, handelte es sich ebenfalls um Kaliber 9 mm. Theoretisch wäre es durchaus möglich, dass sie aus derselben Waffe abgefeuert worden sind, mit der auch Friedrich Rutzmann getötet worden ist.«

Wieder einmal gratulierte sich Palinski insgeheim zu diesem Glücksfall von Mitarbeiter. Zu ausführlicheren Würdigungen Nowotnys klaren Verstands und seiner meisterhaften Beherrschung der Internet-Recherche war jetzt aber keine Zeit.

»So, nun müssen wir aber einen Gang zulegen«, stellte er fest.

»Wir haben zwei, nein, drei Tote, die möglicherweise mit derselben Waffe erschossen worden sind. Zwei davon waren Angehörige der ›Sieben‹. Auf einen dritten ›Siebener‹ wurden innerhalb weniger Tage zwei Anschläge verübt. Dass es dabei nur einen Schwerverletzten gegeben hat, war reines Glück.«

Er stand auf und ging zum Fenster, um etwas frische Luft hereinzulassen. »Falls ich mich nicht verzählt habe, bleiben noch drei Männer über, von denen wir nicht wissen, wo sie sich aufhalten. Und von denen zumindest zwei bis zum 22. Dezember in höchster Lebensgefahr schweben. Wir sollten«, er schüttelte den Kopf, »nein, wir müssen jetzt die Polizei ins Spiel bringen. Sonst machen wir uns an weiteren Morden mitschuldig.«

»Wieso nur zwei«, wollte Axel wissen, »wieso schweben nicht alle drei in Lebensgefahr?«

So begriffsstutzig konnte nur ein unmittelbar Beteiligter sein, dachte Palinski. »Weil die Wahrscheinlichkeit sehr groß ist, dass einer von euch fabulösen ›Siebenern‹ den mysteriösen Metallkoffer samt Inhalt ganz für sich allein haben möchte.«

»Klar«, der Zahnarzt schluckte mehrmals wie ein Ertrinkender. »Das ist logisch, gleichzeitig aber auch unvorstellbar. Ich kann mir nicht vorstellen, dass einer von uns …«

Er ließ den Satz unvollendet, wohl um die mitleidigen, auf eine seltsam pervertierte Art belustigt wirkenden Blicke der beiden anderen nicht zu verlängern.

»Ich frage mich nur, warum der ›Böse‹, wer immer es auch sein mag, zunächst 28 Jahre untätig ist«, wunderte sich Florian, »bevor er den ersten ›Siebener‹ eliminiert hat. Dann lässt er sich fast zwei Jahre Zeit, bis er den zweiten erledigt. Schließlich vergehen wieder einige Wochen, ohne dass etwas geschieht. Zumindest soweit wir bisher wissen. Und jetzt, knapp vor Erreichen der ›dead line‹«, der Begriff hätte nicht besser gewählt sein können, fand Palinski, »wird er hektisch, überaktiv. Und wahrscheinlich auch schlampig und unvorsichtig. Ich bin sicher, in dem seltsamen Timing steckt ein Teil der Lösung.«

»Und Sie wollen jetzt wirklich diesen Inspektor Musch informieren?«, wunderte sich Rossbach. »Der Mensch ist so was von borniert. Ich glaube nicht, dass uns Musch helfen wird.«

»Nein, nein«, beruhigte ihn Palinski, während er zum wiederholten Male versuchte, seinen Freund Oberinspektor Helmut Wallner zu erreichen. Das war dieser Tage gar nicht so einfach, denn der noch bis 31. Dezember offizielle Leiter der Kripo Döbling war schon intensiv mit seiner bevorstehenden Übersiedlung ins Bundeskriminalamt beschäftigt.

Nach mehreren vergeblichen Versuchen resignierte Palinski und rief Ministerialrat Dr. Schneckenburger an, den Vertreter und Kontaktmann des Ministers im bzw. zum BK. Und plötzlich war ihm das Glück doppelt hold. Nicht nur, dass er seinen Freund Miki sofort an den Apparat bekam, nein, Schneckenburger war auch gerade in einer Besprechung mit Helmut Wallner.

Bereits zehn Minuten später befand sich Palinski in Begleitung einer durchaus attraktiven, wenn auch etwas männlich wirkenden Schwarzhaarigen in einem Taxi auf dem Weg in die Innenstadt. Zum Termin mit Ministerialrat Dr. Schneckenburger und dem zukünftigen Chefinspektor Wallner im Innenministerium.

*

Wilma Bachler war ihrer Schulkollegin Ollie Kiesler sehr dankbar dafür, dass sie ihr in dieser unangenehmen Situation so vorbehaltlos ihre Hilfe angeboten hatte. In ihrer übertrieben besorgten Art ging ihr die gute Ollie allerdings langsam aber sicher ein wenig auf die Nerven. Sie behandelte sie nicht wie eine Frau, die Streit mit ihrem Mann gehabt hatte, sondern eher wie eine Mutter ein geistig leicht zurückgebliebenes Kind. Beim Frühstück hatte Ollie ihr doch allen Ernstes angeboten, die Butter auf die Semmel zu schmieren. Und wenn Wilma etwas noch mehr hasste als derzeit Palinski, dann war es Bevormundung. Das war exakt das Gegenteil zu der Behandlung, die sie von Mario gewöhnt war. Auf der einen Seite dieses extreme ›Laissez faire‹, das Mario pflegte. Auf der anderen Seite diese liebe Glucke, die es sicher gut meinte, Wilma aber zunehmend die Luft zum Atmen nahm. Warum konnte es nicht einen ausgewogenen Mix aus beiden Extremen geben, mit den jeweiligen Situationen angepassten Dosierungen? Aber das war wohl reines Wunschdenken.

Um einen Grund zu haben, aus dem Haus zu kommen und ein bisschen auslüften zu können, sowohl faktisch als auch im übertragenen Sinn, hatte Wilma sich mit Franca Wallner in der Stadt verabredet. Die Frau von Palinskis gutem Freund, die Wilma in den letzten Monaten ebenfalls zur Freundin geworden war, hatte sich über das Angebot gefreut, sich mit Wilma beim ›Sluka‹ am Rathausplatz zu treffen.

Das war sicher eine der besten Adressen für Frustfresser in Wien. Wilma war aber genau das Gegenteil davon. War sie traurig, zornig oder sonst wie aus der Mitte, dann verweigerte sie unbewusst jegliche Nahrungsaufnahme. Böse Zungen behaupteten daher auch, dass Palinskis gelegentliche Extravaganzen und Spinnereien der wahre Grund für Wilmas nach wie vor makellose Figur waren. Und das nach zwei Kindern und mit immerhin schon … Na, lassen wird das.

Dass sie heute nach einer hervorragenden Maroniroulade noch eine Kardinalschnitte zu sich nahm, war daher als Indikator dafür zu werten, dass es ihr schon wieder besser ging. Nicht zuletzt war es auch der einfühlsamen Gesprächseinlassung Francas zu verdanken, dass Wilma dieses ›Besserfühlen‹ im Lauf des Gespräches auch bewusst wurde.

»Ich meine, ich kann viel verkraften«, versicherte sie der Freundin. »Und Marios Arbeit ist nun einmal schwer mit herkömmlichen Berufen zu vergleichen. Er muss tun, was getan werden muss, und das zum richtigen Zeitpunkt. Das verträgt sich nun einmal nicht mit einem Achtstundentag und freiem Wochenende. Aber wem sage ich das?« Sie lachte Franca an. »Mit Helmut muss es dir ja ebenso gehen.«

»So ist es«, bestätigte die Freundin. »Mir selbst geht es ja auch nicht anders. Wenngleich ich vielleicht nicht so …« Sie zögerte.

»Was willst du damit sagen?«, bohrte Wilma nach.

»Na ja, ich möchte das das ›Räuber-und-Gendarm-Syndrom‹ nennen, das bei unseren Männern noch dazukommt. Beide sind lebenslange Kinder, Buben, die es nicht lassen können, ständig dem Sieg des Guten über das Böse nachzujagen. Nicht nur beruflich, professionell, sondern manchmal schon fast zwanghaft.«

Franca lachte sarkastisch auf. »Im Klartext, sie können nicht abschalten. Dabei geht es in 90 Prozent der Fälle gar nicht um Tod oder Leben.«

»Ja, und dann immer dieses selbstverliebte Getue, das manchmal fast schon peinliche Buhlen um noch mehr anerkennende Worte.« Wilma musste lachen. »So etwas Lächerliches, diese Sucht nach permanenter Bestätigung. Aber auch wieder irgendwie lieb.«

Wilma wehrte sich gegen das leise aufkommende, nur allzu bekannte Gefühl, wieder einmal für alles Verständnis aufzubringen, was Mario ihr zumutete. So nach dem Motto: »Alles verstehen heißt alles verzeihen.«

»Aber eine andere Frau, das geht nicht. Nicht mit mir.« Sie war wild entschlossen, sauer auf Palinski zu bleiben. »Ich meine, wenn er einmal daherkommen sollte und mir eröffnet, dass er sich in eine andere verliebt hat. Bitte, das ist schlimm, aber dagegen ist halt kein Kraut gewachsen. Aber so ein Abenteuer nebenbei, ein Pantscherl, nur, um sein angeknackstes Ego wiederaufzurichten, nein. Da spiele ich nicht mit.« Entschlossen verschränkte sie die Arme vor ihrer Brust.

»Und du bist sicher, Mario würde so etwas ausgerechnet in seinem Büro, schräg unterhalb von eurer Wohnung, abziehen? Ich weiß nicht recht. Dafür halte ich ihn für zu intelligent.« Damit hatte Franca natürlich auch wieder recht. »Und die Frau hat eine Reisetasche mit sich getragen? Das sieht doch eher danach aus, als ob er eine Zeugin bei sich einquartiert hat.«

Wilma war jetzt richtig unsicher geworden. »Dass er einen ›One-Night-Stand‹ bei sich einquartiert, ist wirklich nicht anzunehmen«, gab sie zu. »Vielleicht hätte ich ihm doch eine Chance geben sollen, mir das Ganze zu erklären. Ich werde heute Abend wieder nach Hause gehen.«

»Nicht so schnell mit den jungen Rössern«, ermahnte Franca, der der Sinneswandel etwas zu rasch erfolgte. »Jetzt, wo du schon einmal ausgezogen bist, bleib doch noch ein wenig konsequent. Hilft es nichts, schadet es sicher auch nicht. Vielleicht unternimmt Mario ja etwas von sich aus, um die Sache wieder ins Lot zu bringen. Und falls nicht, hast du spätestens bei Helmuts Ausstand beim Heurigen in zwei Tagen Gelegenheit, die Friedensgespräche aufzunehmen.«

Das war ein guter Vorschlag, das gefiel Wilma. Wie die Bauern im Waldviertel zu sagen pflegten: »Lass das Fleisch so lange in der Sur, bis es richtig mürb ist.« Diese Gelegenheit sollte sie wirklich nutzen. Für sich, aber auch für Mario.

*

Palinski war es in kürzester Zeit gelungen, die volle Aufmerksamkeit Wallners und Schneckenburgers zu erringen. Mehr noch, seine Schlussfolgerung, dass es sich bei dem Fall der ›Siebener-Tontine‹ um eine Verschwörung mit dem Ziel handeln musste, sämtliche Berechtigten bis auf einen einzigen zu beseitigen, und das bis zum 22. Dezember, wurde von den beiden hochrangigen Beamten voll akzeptiert.

»Hier wird eindeutig nach einer Todesliste vorgegangen«, hielt Palinski eindringlich fest. »Und wenn die Aktionen auch überhastet und improvisiert wirken, so geht der Täter gleichzeitig doch sehr systematisch vor. Damit wäre jeder Kripo-Leiter eines Bezirkskommissariats überfordert. Und erst recht dieser Musch.« Er sprach den Namen wie ein Schimpfwort aus.

»Ist der Mann wirklich so arg, wie man allgemein hört?«, wollte Schneckenburger wissen.

»Noch schlimmer«, antworteten Wallner und Palinski unisono, und sogar ›Madame‹ Rossbach nickte bestätigend mit dem anmutigen Köpfchen. »Ich bin der Meinung, das Kriminalamt sollte den Fall an sich ziehen«, meinte der Zahnarzt dann fast leidenschaftlich. »Nicht nur wegen der Komplexität, sondern auch in Hinblick auf die regionalen und internationalen Implikationen. Immerhin ist einer der ›Sieben‹, Jakob Fahlbichler, also ein potenzielles Opfer ebenso wie auch ein möglicher Täter, wahrscheinlich in Australien zu Hause.«

Schneckenburger und Wallner stimmten dem wortlos zu, indem sich jeder ein Telefon krallte, um die erforderlichen Schritte in die Wege zu leiten.

»Aber du bist weiterhin mit von der Partie«, stellte der Ministerialrat fest und meinte damit Palinski. Das war keine Frage gewesen, sondern eine Feststellung.

Offenbar wirkte die allgemeine Telefoniererei stimulierend auf die Handys von Palinski und Rossbach.

»Hier Major Brandtner von Landeskriminalamt Niederösterreich«, vernahm Palinski. »Sind Sie der Herr Palinski, der im Jänner diesen ausgezeichneten Vortrag im Austria Center gehalten hat?«

Nicht schon wieder so ein Schleimer, hoffte Mario, dem die gelegentlichen Fananrufe, wie er sie nannte, inzwischen nicht mehr schmeichelten, sondern ganz schön auf die Nerven gingen.

»Jaaa«, meinte er gedehnt und bemüht, einen würdigen Eindruck zu machen. »Wie kann ich Ihnen helfen?«

»Ich arbeite an einem etwas außergewöhnlichen Fall, in dem ein und dieselbe Person entweder Opfer oder Täter ist«, begann der Major.

»Sind wir das nicht gelegentlich alle?«, rutschte es Palinski ungewollt heraus. Er hatte keine Ahnung, warum er das tat, aber er hatte den Eindruck, dass der Sager nicht gerade sehr glücklich geraten war.

»Wie meinen Sie?« Brandtner wirkte leicht irritiert.

»Entschuldigen Sie, das war nicht für Sie bestimmt, sondern für meinen Kollegen hier«, schwindelte er dem Major vor. »Also, der Mann, von dem Sie sprechen, ist gleichermaßen verdächtig als auch gefährdet?«

»So in etwa trifft das zu. Ich wollte mich erkundigen, ob es in Ihrer ›Wunderdatei‹, wenn ich sie so nennen darf, dazu irgendwelche Hinweise gibt«, wollte Brandtner wissen.

Klang da Skepsis durch, oder war das ehrlich gemeint? Palinski wusste es nicht. Das war aber auch egal. Wenn ihn Musch weiter nur ignorierte, konnte es nicht schaden, andere Partner bei der Polizei zu suchen.

Schließlich musste er ja für die 30.000 Euro jährliche Subvention fürs Institut auch etwas leisten.

»Darf ich vorschlagen, dass Sie mich …«, Palinski unterbrach sich, da Rossbach ganz aufgeregt winkte und etwas von ›Jakob hat sich gemeldet‹ rief.

»Kann ich Sie in den nächsten Minuten zurückrufen, wir haben hier eine unerwartete Entwicklung. Ich melde mich in Kürze wieder.« Er wartete die Zustimmung Brandtners gar nicht erst ab und beendete das Gespräch.

»Meine Sprechstundendame hat mich eben informiert, dass eine längere Nachricht von einem Jakob Fahlbichler auf dem Anrufbeantworter ist. Er ist offenbar unterwegs nach Wien. Was soll ich tun?«

»Hier«, Wallner reichte dem Zahnarzt sein kleines Aufnahmegerät. »Sagen Sie Ihrer Mitarbeiterin, sie soll die Nachricht abspielen und den Telefonhörer über das Gerät halten. Und Sie drücken auf ›Record‹ und nehmen das Gespräch einfach auf.«

Und so geschah es auch. Palinski nützte die aufnahmebedingte Pause und erkundigte sich bei Wallner, ob ihm ein Major Brandtner bekannt sei. »Vom LK Niederösterreich?«, wollte der Oberinspektor wissen. »Sehr guter Mann«, urteilte er dann. »Kompetent, zuverlässig und absolut integer. Warum?«

Da Fahlbichler offenbar noch immer etwas zu sagen hatte, erledigte Palinski gleich auch noch den zugesagten Rückruf. Er entschuldigte sich bei dem Kriminalbeamten, und die beiden vereinbarten einen Termin für morgen 9 Uhr im ›Institut für Krimiliteranalogie‹.

Nachdem sich die vier Männer, Pardon, die drei Männer und ›Madame‹ Jakobs Nachricht angehört hatten, was mindestens 15 Minuten in Anspruch nahm, blickte Rossbach auf seine Armbanduhr.

»Falls die Maschine keine Verspätung hat, dann ist sie bereits vor zwölf Minuten gelandet«, verkündete er.

»Dann müssen wir aber rasch etwas unternehmen«, rief Wallner, »denn das Ganze sieht mir nach einer Falle aus. In Wien gibt es viele Hotels, aber soviel ich weiß keines, das ›Roxy‹ heißt.«

Er ließ sich sofort mit Oberstleutnant Mayerhofer verbinden, dem Leiter der Flughafenpolizei. Den erreichte er zwar nicht, aber dessen Stellvertreter, der ihm zusicherte, sofort nach dem aus Paris angekommenen Passagier Jakob Fahlbichler zu suchen und ihn in Sicherheitsverwahrung zu nehmen.

»Ich muss jetzt unbedingt in die Ordination«, Rossbach gab noch immer keine Ruhe. »Katrin, Dr. Wechsler, meine Partnerin in der Ordination, muss dringend ins Spital. Magister Blum ist jetzt ansprechbar, und da will sie natürlich zu ihrem Freund. Ich soll ihre Patienten heute Nachmittag übernehmen. Da kann man ja wohl kaum Nein sagen.«

»Dann werde ich mich auch ins Krankenhaus begeben und Herrn Blum zu einigen Punkten befragen. Könnt ihr einen Polizisten abstellen, der auf Dr. Rossbach aufpasst, bis ich aus dem Spital zurück bin?«, wollte Palinski wissen.

Wallner nickte und erledigte das Nötige durch einen Anruf im Kommissariat Hohe Warte. Immerhin war noch immer er Leiter der Kriminalabteilung. Und nicht dieser Schnösel Musch. Noch nicht.

7

Anni Enigler, die während Garbers Abwesenheit die Filiale der ›Kreditbank Austria AG‹ in der Obkirchergasse leitete, wunderte sich über die Vorgangsweise der Polizei. Sie, die immer eine Verfechterin eines gemäßigten ›Law and Order‹-Kurses gewesen war, konnte die lasche Art, wie dieser Inspektor Musch und seine Leute den Banküberfall bearbeiteten, nicht verstehen. Dabei hatte der neue Chef auf der Hohen Warte, als der er sich vorgestellt hatte, ja eine eindrucksvolle Antrittsvorstellung geliefert. Hände hoch, tat er nicht, der Bösewicht, dann Peng, und der Überfall war schon wieder Geschichte. Dass der zweite Weihnachtsmann, der sich im Hintergrund gehalten hatte, in dem nach dem Schuss ausgebrochenen Trubel entfliehen und bisher nicht gestellt werden konnte, war in Hinblick auf das Gesamtergebnis nur ein kleiner Wermutstropfen. Aber dass sich die Polizei mit der Erschießung des Bankräubers scheinbar zufriedengab und keinerlei Interesse an den Hintergründen des Verbrechens zeigte, war schon eigenartig. Das Ganze war ihrer Meinung nach mehr im Stile eines Westerns abgelaufen denn als zeitgemäßer Polizeiarbeit. High Noon und das war's dann auch schon gewesen.

So hatte sich bisher keine Sau, Frau Enigler hätte diesen Ausdruck im Gespräch nie verwendet, aber die Gedanken waren schließlich frei, also kein Schwanz für die Aufzeichnungen der sechs Überwachungskameras interessiert. Da waren diese Dinger für viel Geld installiert worden, angeblich, um die Sicherheit zu verbessern, und dann warf niemand auch nur einen einzigen Blick auf die sicher hochinteressanten Aufnahmen.

Daher hatte sie sich Erich geholt, einen technisch äußerst versierten Schüler, den sie von der Aktion ›Jugendsparen‹ her kannte. Gegen eine relativ bescheidene Aufbesserung seines Taschengeldes war das junge Genie gerne bereit, die Videobänder der Überwachungskameras so zum Laufen und gegebenenfalls auch zum Anhalten zu bringen, dass Anni sich ein möglichst umfassendes Gesamtbild der gestrigen Ereignisse machen konnte.

Während der junge Mann noch seine Vorbereitungen traf, klingelte Annies Telefon. Es war Hans Garber, ihr derzeit freigestellter Chef. Er schien sich wieder so weit gefasst zu haben, dass er zumindest ein generelles Interesse für die Geschehnisse in der Filiale zeigte. Ehe er wieder auflegte, wollte sie von ihm wissen, wie er zu erreichen war. »Nur für den Notfall«, meinte sie. Garber wollte ihr schon die Rufnummer seines privaten Handys geben, als ihm einfiel, dass sich dieses noch in seinem Wagen und dieser zur Untersuchung bei der Polizei befand. Und so gab er Frau Enigler die Nummer, die er auf dem kleinen Kärtchen am Apparat Gutenbrunners fand. »Aber wirklich nur für den Notfall«, schärfte er ihr nochmals ein. Irgendwie war es ihm peinlich, die Nummer ohne Zustimmung des Hausherrn, der im Garten herumwerkte, weitergegeben zu haben.

Erich war inzwischen so weit und begann mit dem Abspielen der Videobänder. Nach etwas mehr als einer Stunde stand dann eindeutig fest, dass die Neugier der stellvertretenden Filialleiterin mehr als berechtigt gewesen war. Da war einmal deutlich zu sehen gewesen, wie der im Hintergrund wartende Komplize nervös mit dem am Bord links vom Eingang befindlichen Kugelschreiber gespielt und, so nahm Anni, daher auch Fingerabdrücke hinterlassen hatte. Gut, dass sie den Griffel gleich nachher als Beweismittel sichergestellt hatte.

Zweitens hatte der getötete Weihnachtsmann kurz vor dem finalen Schuss einen Blick zu dem zweiten Santa Claus geworfen, und der hatte unmerklich, aber eindeutig zustimmend mit dem Kopf genickt. Dabei entstand durchaus der Eindruck, dass der zweite, noch flüchtige Komplize nicht nur ein unwichtiger Mitläufer war. Nein, er hatte dem Vorhaben eindeutig zugestimmt. Es vielleicht sogar genehmigt. Damit war er möglicherweise sogar der Kopf der Minibande gewesen.

Also, diese Erkenntnisse konnte nicht einmal dieser unfreundliche Inspektor ignorieren. Wie hieß er noch schnell? Sein Name war so ähnlich wie der Titel eines pornografischen Videos, das sie bei den Sachen ihres Gatten gefunden hatte, kurz bevor sie die Scheidung eingereicht hatte. Ach ja, ›Heiße Muschi sucht Kühlung‹ hatte sich die Sauerei genannt. Pfui Teufel.

Entschlossen wählte sie die Nummer des Kommissariats Döbling und verlangte den Inspektor. Musch hörte sich das Vorbringen der Frau erstaunlich geduldig an, meinte dann aber nur, dass der Täter tot und der Fall daher abgeschlossen sei.

»Es ist aber schön zu sehen, dass die Bevölkerung an der Arbeit der Polizei so Anteil nimmt. Ich danke Ihnen, Frau Endbiegler.«

»Aber ...«, wollte Frau Enigler einwenden, doch der Inspektor hatte schon wieder aufgelegt. So ein arrogantes ..., so frei waren ihre Gedanken auch wieder nicht, Kerl, dachte sie und war wild entschlossen, ihr essenzielles Wissen auf jeden Fall weiterzugeben. Aber an wen?

Da fiel ihr eine Lichtgestalt aus ihrer Jugend ein. Ein junger Bezirksinspektor, sehr fesch in seiner schneidigen Uniform, war in die 3 A der Volksschule in der Kreindlgasse gekommen und hatte die Neunjährigen über die Gefahren des Straßenverkehrs aufgeklärt. Anni war so beeindruckt gewesen, dass sie noch als Zwölfjährige Polizistin werden wollte. Erst dann war sie von Romy Schneider angeregt worden, zum Film gehen zu wollen.

Der Mann musste jetzt, sie überlegte, einiges über 70 Jahre alt sein. Falls aber seine damaligen Abschiedsworte ›Wenn ihr irgendwann ein Problem habt, könnt ihr euch jederzeit an mich wenden‹ ernst gemeint gewesen waren, dann mussten sie eigentlich auch noch heute gelten. Unbefristete Versprechungen verjähren ja bekanntlich nicht. Hoffentlich lebte Albert Göllner noch, ja, an den Namen erinnerte sich Anni noch ganz genau. Und hoffentlich lebte er in Wien.

Tatsächlich, in Wien gab es zwei Albert Göllner. Der eine wohnte in Oberlaa, der zweite ... in der Billrothstraße. An so viel Glück wagte sie nicht zu glauben und rief daher zuerst den Göllner am anderen Ende Wiens an. Doch tatsächlich war der zweite Albert jener, den sie suchte. Der, der quasi um die Ecke wohnte. Und sich freute, die ›gnädige Frau‹ um 17 Uhr bei sich empfangen zu dürfen, wie seine leidlich freundliche Haushälterin ausrichtete.

*

Etwa eine halbe Stunde, nachdem Palinski zu Magister Blum ins AKH und Dr. Rossbach in seine Ordination gefahren waren, meldete sich Major Eberlich von der Flughafenpolizei in Wien-Schwechat. Da die Maschine aus Paris wegen Rückenwindes bereits zwölf Minuten vor der offiziellen Ankunftszeit gelandet war, hatten sämtliche Passagiere bereits den Ankunftsbereich des Flughafens verlassen gehabt. Er bedauerte, dass der gewünschten Festnahme Jakob Fahlbichlers daher der Erfolg versagt geblieben war.

Bei Durchsicht der Kontrollvideos hätten sie allerdings zwei wartende Personen ausgemacht, einen Mann und eine Frau, die eine Tafel mit dem Namen ›Mr. Fahlbichler‹ in die Höhe gehalten hatten. Auf einem späteren Bild war zu erkennen, wie ein kleiner, stämmiger Mann zu den beiden trat, sie begrüßte und mit ihnen wegging.

Darüber hinaus hatten die Kollegen vom Flughafen noch einen Taxichauffeur ausfindig gemacht, der sich an die drei erinnerte. »Wäu die Frau sea fesch und an hoibn Kopf gressa woar wia die beidn Mäna«, war ihm das Trio aufgefallen. Sie hatten einen großen, schwarzen Kombi, wahrscheinlich einen Audi oder BMW, bestiegen und waren abgefahren.

»Natürlich steht Ihnen das Videomaterial zur weiteren Bearbeitung zur Verfügung«, stellte Eberlich fest.

»Wir sind gerade dabei, eine Kopie anzufertigen, und lassen sie dann sofort zu Ihnen bringen.«

Das war zwar kein Erfolg, aber dennoch gute Arbeit gewesen.

Als Nächstes ließ sich Oberinspektor Wallner mit der Wiener Notariatskammer verbinden. Inzwischen hatte er nämlich feststellen müssen, dass es den in Fahlbichlers Anruf als Nachfolger Dr. Wieselbergers genannten Dr. Reiberhammer nicht gab. Ein Notar dieses Namens war weder in Wien noch in Niederösterreich existent.

Entweder war auch das nur eine falsche Information gewesen wie die mit dem ›Roxy‹. Oder vielleicht doch ein Irrtum? Aber gleich zwei Irrtümer in einem Gespräch? Was konnte damit bezweckt worden sein? Oder war der …, wer immer auch dafür verantwortlich war, ganz einfach nur ein pathologischer Lügner? Ließ das Schlüsse auf das Täterprofil zu?

Die Kammer teilte ihm schließlich mit, dass die Kanzlei Wieselberger vor ungefähr acht Jahren von Dr. Franz Jacomi übernommen worden war. Vor etwas mehr als neun Jahren hatte Jacomi seinen Neffen Erwin, der vorher als Konzipient bei seinem Vater, Rechtsanwalt Dr. Wolfram Jacomi, tätig gewesen war, als Notariatsanwärter in seine Kanzlei aufgenommen. Der Grund dafür war, dass der Vater seinen eigenen Sohn für nicht sonderlich tüchtig gehalten und ihn in die seiner Meinung nach weniger anspruchsvolle Notariatskarriere hatte abschieben wollen. Zwei Jahre später war Wolfram auf tragische Weise ums Leben gekommen. Soweit festgestellt worden war, war er eines Nachts vor einem Geldausgabeautomaten überfallen und erschossen worden. Von dem Täter fehlte nach wie vor jede Spur, sodass der Fall unerledigt abgelegt worden war.

Nachdem Erwin seine Notariatsprüfung absolviert hatte, war er von seinem Onkel als Partner in die Kanzlei genommen worden. Wenig später waren Jacomi & Jacomi in ein bedeutend größeres Büro in der Muthgasse übersiedelt.

Also diese Kanzlei war jetzt für die Abwicklung dieser komischen ›Siebener-Tontine‹ zuständig, dachte Wallner und tippte die Rufnummer ein, die ihm der Referent der Kammer freundlicherweise genannt hatte.

Ja, man wusste Bescheid über diesen ungewöhnlichen Vertrag, der in drei Tagen ablaufen würde. Aber nein, von dieser Kanzlei hatte niemand mit einem der Vertragspartner Kontakt aufgenommen, schon gar nicht in Australien.

»Das ist laut Vertrag auch gar nicht vorgesehen. Die überlebenden Berechtigten müssen von sich aus ihren Anspruch anmelden. Dazu kommt noch, dass unser Chef extrem kostenbewusst ist«, vertraute ihm die Kanzleileiterin an. Eine Zimmerreservierung oder eine Abholung vom Flughafen kam daher logischerweise auch nicht infrage.

Wallner notierte sich ›Telefonlisten anfordern‹ und wollte schon das Gespräch beenden, als ihm noch ein kleines Detail einfiel.

»Sagen Sie, gibt es in Ihrer Kanzlei vielleicht einen Mitarbeiter, der lispelt?«

Der Inspektor hatte das Gefühl, dass das Schweigen am anderen Ende der Verbindung unter ›betreten‹ einzuordnen war. »Wie meinen Sie?«, meldete sich die

Büroleiterin nach einigen Sekunden. »Was verstehen Sie unter Lispeln?«

»Na ja ...«, er überlegte, wie man das am treffendsten umschreiben konnte, »es klingt etwas eigenartig, wenn man ein ›S‹ spricht. Sonnenschein klingt dann wie ›Thonnenthein‹. Das ›S‹ klingt wie das englische ›th‹. Wie bei ›Mrs. Thatcher‹. Sie erinnern sich, die ehemalige britische Premierministerin.«

»Sie meinen also, wenn jemand beim Sprechen eines ›S‹ mit der Zunge an den Zähnen anstößt?«, definierte die Büroleiterin druckreif. »Nein, so jemand haben wir nicht hier.« Im Hintergrund konnte Wallner noch so etwas wie nervöses Gelächter vernehmen, ehe das Gespräch endgültig beendet war.

Nachdem jetzt definitiv feststand, dass Jakob Fahlbichler offenbar nach Wien gelockt und von Menschen, die ihm nicht unbedingt Gutes wollten, vom Flughafen abgeholt worden war, war dringender Handlungsbedarf gegeben. Er veranlasste daher sofort, dass der Suche nach dem Austroaustralier höchste Priorität eingeräumt wurde. Als die gut geölte Maschinerie der Alarmfahndung so richtig zu schnurren begann, war es nicht nur auf Wallners Uhr bereits kurz vor 15.30 Uhr.

*

Auf der Suche nach Gregor Atzinger hatte Florian Nowotny einen ersten Hinweis entdeckt. Im Benediktinerkloster Martinsfeld gab es angeblich einen Bruder Gregor, der, ein zweites Mal angeblich, in seinem früheren Leben den Namen Atzinger getragen haben sollte. Pater Gregor war in der Gärtnerei tätig, mehr hatte Florian auf die Schnelle nicht in Erfahrung bringen können. Der folgende Anruf machte der zart aufkeimenden Hoffnung, den vorletzten ›Siebener‹ gefunden zu haben, aber rasch wieder ein Ende. Dieser Gregor war bereits 69 Jahre alt und kam daher als Gesuchter nicht infrage. Langsam dachte der sonst so geduldige, positiv denkende jungen Mann daran, zu resignieren. Wo sollte er jetzt noch nachforschen? Außer der Fremdenlegion und den Gefängnissen hatte er eigentlich alle Möglichkeiten bereits ausgeschöpft.

Plötzlich hatte Florian eine verrückte Idee. Er ging zur Google-Eingabe ›Bilder‹ und tippte den Namen des Gesuchten ein. Und siehe da, die Suchmaschine war fündig geworden und bot ihm drei Fotos anscheinend etwas älteren Datums an. Sie zeigten einen 30, vielleicht auch schon 35 Jahre alten Mann, der ihm irgendwie bekannt vorkam. Bei den Bildern befand sich auch die Adresse des Copyrightinhabers, in diesem Fall eines Fotostudios in Berlin. Er versuchte drei Mal, die angegebene Nummer zu erreichen, aber erfolglos. Gut, dann musste er es eben später nochmals versuchen.

Dann versuchte er, mit dem gleichen Prozedere vielleicht auch der Person Hans Nehodals, dem Geheimnisvollsten der ›Sieben‹, einen Schritt näher zu kommen. Von diesem Menschen hatte er bis jetzt überhaupt noch keine Spur finden können.

Das Gesicht Atzingers ging Florian nicht aus dem Kopf. Er rief die drei Bilder nochmals auf und druckte sie aus. Vielleicht würde ihm ja im Laufe des Abends noch einfallen, wo er diesen Menschen schon gesehen hatte. Möglich auch, dass Mario etwas dazu einfiel oder ›Madame Axel‹.

*

Mario Palinski erkannte die am Bett Magister Blums sitzende Dr. Katrin Wechsler auf den ersten Blick. Er hatte die Ärztin schon wiederholt auf ihrem Weg zur Ordination gesehen.

Aber auch sie schien ihn zu erkennen. Offenbar hatte Rossbach mit ihr über sein aktuelles Problem gesprochen, denn sie stellte ihn ihrem Freund auch gleich vor. »Das ist Herr Palinski, Johannes. Er hilft Axel bei der Bewältigung der aktuellen Situation und hat sicher ein paar Fragen an dich. Es ist dir doch recht?«

Blum nickte nur, das Sprechen fiel ihm offenbar doch noch etwas schwer.

»Die Ärzte haben festgestellt, dass Johannes auch gewürgt worden ist«, griff seine Freundin mit einem überraschenden, vor allem aber sehr bedeutsamen Detail dem Bericht Blums vor. »Er wurde also nicht nur in diesen Unfall verwickelt, sondern es wurde auch versucht, ihn gezielt umzubringen.« Dr. Wechsler hatte Tränen in den Augen.

Falls Palinski die stockenden, leisen und undeutlichen Ausführungen des Schwerverletzten richtig verstanden hatte, hatte sich die Sache so abgespielt: Blum hatte Rossbachs Wagen an der Einmündung in die Neuwaldeggerstraße verkehrsbedingt anhalten müssen. Eigentlich hätte er hier ja links abbiegen und Richtung Stadt fahren müssen, aber er wollte die Gelegenheit nutzen und mit dem großen BMW des Zahnarztes eine kleine Sonderrunde drehen. Etwas pubertär, aber verständlich, fand Palinski. Vor allem aber hätte es kaum etwas an dem folgenden Ablauf geändert.

Plötzlich hatte er einen Schubs verspürt, ganz so, als ob ein anderes Auto mit geringer Geschwindigkeit in den stehenden BMW gerollt wäre. Blum war sofort ausgestiegen und zum Heck des Wagens gegangen. Hier sah er eine schwangere Frau, die über dem Steuer ihres auf den BMW aufgefahrenen Kleinwagens zusammengesunken war. »Mein Gott, die Wehen haben eingesetzt«, hatte sie gejammert und entschuldigend gemeint, dass der Termin eigentlich erst in zwei Wochen sein sollte.

Blum hatte die Frau rasch auf die Rückbank der großen Limousine verfrachtet, ihren Pkw am Straßenrand abgestellt und mit dem Pannendreieck abgesichert. Dann hatte er sie auf direktem Weg ins nächste Krankenhaus bringen wollen.

Kaum hatte er Platz hinter dem Lenkrad genommen, als er auch schon die Klinge eines Messers an seinem Hals spürte. Oder sonst einer spitzen Waffe. Blum kannte sich mit den Dingen nicht so aus, was Palinski gut verstehen konnte. Er brachte die Waffen auch immer durcheinander.

»Sie hat mich gezwungen, die Exelbergstraße zu nehmen«, murmelte Blum verbittert. Nachdem sie die Tullnerstraße erreicht hatten, hatte ihn die Frau kurz vor der Zufahrt zur Sophienalpe mit fester Stimme aufgefordert, rechts ranzufahren und den Motor abzustellen. Dann hatte er noch einen leichten Stich im Nacken verspürt und war erst im Krankenhaus wieder zu sich gekommen.

»Können Sie irgendwelche Angaben zur Person dieser Frau machen?«, wollte Palinski jetzt noch wissen.

Blum überlegte etwas, dann meinte er flüsternd: »Die Frau hatte einen ganz leichten Akzent, so ein bisschen slawisch. Und«, er grübelte noch, schien sich aber plötzlich ganz sicher zu sein, »da war noch etwas. Das erste Glied des kleinen Fingers der …, ich glaube, rechten Hand hat gefehlt. Ich habe mich noch gefragt, wie einer so hübschen Frau so etwas passieren konnte.« Er lachte entschuldigend. »Blöd, was? Als ob das bei weniger feschen Menschen natürlich wäre.«

Palinski las dem Kranken seine Aufzeichnungen nochmals vor, schien aber alles richtig verstanden zu haben. Denn Blum nickte nur bestätigend und hatte keine Korrekturen oder Ergänzungen anzubringen.

*

Die letzten Strahlen der untergehenden Sonne liebkosten gerade noch Abschied nehmend die Gipfel der umliegenden Berge, als die Scheinwerfer entlang der riesigen Skiflugschanze in Planica schlagartig angingen und mit ihrem gleißenden Licht die gewaltige Anlage bis auf den letzten Zentimeter ausleuchteten.

Im Gegensatz zu den Menschenmassen, die bei den sportlichen Großereignissen hier in Slowenien, knapp hinter der österreichischen Grenze, üblicherweise den riesigen Zuschauerbereich bevölkerten, waren heute nur relativ wenige Menschen anwesend. Leute von der Produktionsfirma, von der Werbeagentur und von der internationalen Versicherungsgesellschaft, die diesen Werbespot in Auftrag gegeben hatten. Und natürlich auch einige Einheimische, die sich das Spektakel ein paar Tage vor dem Heiligen Abend nicht entgehen lassen wollten.

Das von einem Team der kreativsten Köpfe des Landes nach tagelangem Brainstorming entwickelte Skript ließ wirklich einige ungemein spektakuläre Szenen erwarten. Und Aufnahmen, wie man sie in dieser Art wohl noch nie gesehen hatte.

Die Story war simpel, aber originell: Ein Tourist säuft in der Skihütte zu viel ›Jagertee‹ und versäumt darüber die letzte Seilbahn. Er borgt sich eine Rodel und macht sich total beduselt auf die Fahrt ins Tal. In der Dunkelheit rutscht er hilflos zwischen den Bäumen herum, hat nur die Lichter im Tal als einzige Orientierungshilfe. Endlich erreicht er eine breite, gut beleuchtete Schneise, die direkt hinunterzuführen scheint. Erfreut richtet er sein Fahrzeug in die Falllinie, preist noch die Weitsichtigkeit des örtlichen Tourismusvereins und rast auch schon los. Talwärts, nach Hause in sein kuscheliges Vier-Sterne-Hotelzimmer.

Als er dann endlich bemerkt, dass er sich in der Anlaufspur einer riesigen Sprungschanze befindet, ist es zu spät, die Rodel anzuhalten. Der Mann und sein Gefährt schießen über den Bakken hinaus und steigen hoch in die Luft.

Als das ›Geschoss‹ den höchsten Punkt der Flugbahn erreicht, öffnet sich völlig unerwartet ein riesiger Fallschirm, der den zufrieden lächelnden Mann langsam, aber sicher zu Boden schweben lässt.

Dazu hatten sich die Kreativen der schreibenden Zunft ergreifende Aussagen wie ›Auf alles vorbereitet sein‹, ›Damit Ihnen nichts Schlimmeres passiert‹ und ›Nur nichts dem Zufall überlassen‹ überlegt. Natürlich jeweils mit dem Hinweis auf den Auftraggeber, die ›Europäische Assekuranz AG‹.

Anlass für diesen Höhepunkt schöpferischen Schaffens war der Umstand, dass die Versicherung ›Offizieller Sponsor der Skiflug WM‹ im März kommenden Jahres sein würde. Und das sollte ab Jänner möglichst vielen Menschen über das Fernsehen mitgeteilt werden.

Greg Feeder, der in Wirklichkeit anders hieß, war froh, dass er mit seinen immerhin schon 48 Jahren diese Rolle erhalten hatte. Daran waren zweifellos sein gutes Aussehen und seine durchtrainierte Figur schuld, vor allem aber auch die Tatsache, dass er sich bereit erklärt hatte, den erforderlichen Stunt selbst durchzuführen. Greg, dessen angenommener Name ›Fieder‹ ausgesprochen wurde und ›Fütterer‹, eine freie Assoziation mit seinem wirklichen Namen, bedeuten sollte, war im zarten Alter von 20 in die USA ausgewandert. Dort hatte er sich als Kleindarsteller und Stuntman in Hollywood durchgeschlagen. Er war nie in die erste Reihe der Spezialisten für Sprünge aus dem 20. Stockwerk, rasante Fahrten durch brennende Anlagen oder aberwitzige Verfolgungsjagden über Dächer und mit Motorrädern aufgerückt. Hatte aber genug gelernt, um nach seiner Rückkehr in den Alten Kontinent ein gefragter Hero in europäischen Produktionen zu werden. Da er dazu auch über einiges schauspielerisches Talent verfügte, war er in den letzten Jahren immer häufiger in deutschen Fernsehfilmen zu sehen gewesen. In ›Schauplatz Nordfriedhof‹ hatte er sogar 18 Sätze zu sprechen gehabt, in ›Schlamassel in Bad Godesberg‹ zwar nur 14, dafür aber wesentlich längere.

Die Rolle jetzt war ein echter Glücksfall. Die Kombination mit dem Stunt brachte ihm mit 12.000 Euro die bisher höchste Gage seines Lebens. Nicht schlecht für drei Tage vor der Kamera und eine sanfte Landung mit dem Fallschirm.

Jetzt stand er mit der speziell aufgemotzten Rodel am oberen Ende der gigantischen Schanze und blickte in die Tiefe. Er hatte ein eigenartiges Gefühl im Magen, aber das war normal und schärfte nur seine Sinne. Sein Flug mit der Rodel würde lediglich maximal 80 Meter weit und zehn Meter hoch gehen, aber durch die raffinierte Kameratechnik und -führung wesentlich weiter und höher wirken. Und der scheinbare Absprung mit dem Fallschirm würde auch nur ein technisch-optischer Trick sein, der das Ganze im Endprodukt entsprechend bedeutsam wirken lassen würde.

Der Assistent am Bakken, der mittels Funk mit der Bodenstelle verbunden war, hielt die rechte Hand hoch. Es war vereinbart worden, dass Greg mit seinem Schlitten loskatapultiert wurde, sobald alle fünf Finger nach oben zeigten. Ja, loskatapultiert, da die Rodel ohne technische Tricks nicht genügend Geschwindigkeit bekommen würde, um über den Vorbau der riesigen Schanze hinauszufliegen.

Und dann ging es endlich los, und die aufgestaute Spannung wich diesem herrlichen Gefühl, etwas Besonders zu leisten. Greg gab sich diesem Gefühl hin, während er mit zunehmender Geschwindigkeit den Schanzentisch hinunterraste und dann endlich abhob.

Irgendetwas mussten die Spezialisten falsch berechnet haben, schoss es ihm durch den Kopf, denn die tatsächliche Flugbahn war deutlich niedriger als die angenommenen zehn Meter. Die Rodel setzte ziemlich genau am Ende des Vorbaus einmal auf, wurde wieder in die Höhe geschleudert und flog in unkontrollierter Schräglage weiter. Dadurch irritiert, zog Greg etwas verspätet die Reißleine für den nur optisch wirksam werdenden Fallschirm und fürchtete, deswegen einen Anschiss vom Regisseur erwarten zu müssen. Hoffentlich musste die Szene nicht wiederholt werden, das mochten die Kerle gar nicht.

Irgendwie öffnete sich der Fallschirm auch nicht richtig, sondern fiel Greg quasi ins Gesicht. In aufsteigender Panik zerrte er den Stoff von seinem Gesicht weg und versuchte ihn nach hinten zu bekommen. Dabei schlang sich das eine Führungsseil so unglücklich um seinen Hals, dass er bei dem Versuch, sich wieder zu befreien, von der noch etwa in einer Höhe von einem Meter befindlichen Rodel heruntergezerrt wurde und mit dem Rücken hart auf dem Auslauf aufschlug. Gleichzeitig wurde der Fallschirm mit Luft erfüllt. Nicht zur Gänze, aber doch genug, um den rutschenden Körper Feeders ruckartig abzubremsen, ohne ihn wirklich am Weiterrutschen zu hindern. Der schlagartige Druck auf seine bereits vor Jahren angeknackste Wirbelsäule war zu viel für den nun schon ziemlich gemarterten Leib. Sein Genick brach ohne viel Aufhebens und bewahrte Greg damit vor dem wohl noch unangenehmeren Tod durch Strangulieren.

Die Leiche rutschte immer weiter und blieb erst am Ende des Auslaufes mit unnatürlich abgewinkeltem Kopf liegen. Ungefähr dort, wo drei Monate später der Sieger der Weltmeisterschaft die Arme triumphierend in die Höhe reißen würde.

»So eine Scheiße«, brüllte der Regisseur, »ich war immer der Meinung, dass der Kerl schon zu alt ist. So ein Murks. Die Mehrkosten werden ihm von der Gage abgezogen.«

Aber sein Assistent hatte bessere Augen oder mehr Gefühl, wahrscheinlich beides, denn er brüllte: »Schnell, einen Arzt!«, dann lief er auch schon zu dem regungslos daliegenden Körper hin.

*

Major Brandtner, den die angebliche Vergewaltigung eigentlich gar nichts anging, war von Natur aus ein neugieriger Mensch. Dazu kam, dass er Leute wie Musch hasste. Nein, Hass war ein zu krasser Begriff, er hasste eigentlich überhaupt niemanden. Außer vielleicht seinen Mathematikprofessor in der 3. Klasse am Gymnasium Amstetten. Und den auch nicht wirklich, nicht mehr.

Aber er mochte Menschen wie Musch nicht und schon gar nicht, wenn sie Polizisten waren. Es war schon so hart genug, Vertrauen zu den Menschen aufzubauen und zu erhalten. Typen wie Musch waren der Grund dafür, dass der Ruf der Ordnungsmacht bei der Bevölkerung nicht gerade der beste war.

Brandtners Neugierde hatte ihn veranlasst, Marlene Mattigs Hintergrund zu durchleuchten. Die 31-jährige Frau war unter ihrem Mädchennamen Anna Marlene Leber zweimal wegen Betrugs verurteilt worden, das zweite Mal unbedingt für immerhin 18 Monate. Im Alter von 28 hatte sie Erich Mattig geheiratet, einen weltfremden Buchhalter, der seine ›Gemahlin‹, wie er sie immer nannte, für einen Engel hielt. Gleichzeitig hatte sie ihren ersten

Vornamen abgelegt und sich von da an nur mehr Marlene genannt. Und diese kleine Retusche hatte tatsächlich gewirkt. Im Zusammenwirken mit der perfekten kleinbürgerlichen Fassade, die ihr ihr Mann ermöglichte, zogen die gar nicht engelhafte Frau und ihr Langzeitgeliebter Ralph Waschill ihre schmutzigen Tricks und Geschäfte ab. Offiziell arbeitete Marlene als Empfangsdame bei einer Finanz-, Vermögens- und Versicherungsberatung, was ihr den ständigen Kontakt mit Männern sicherte, die mehr Geld hatten als Verstand. Waschill wieder leaste alle zwei Jahre einen neuen großen Mercedes und betrieb damit als ›Ein-Mann AG‹ einen Mietwagenbetrieb. Seine Kundschaft bestand zum größten Teil aus betuchten Männern, die ›etwas erleben‹ wollten. Und Ralph hatte fast immer etwas Passendes an der Hand.

Marlene hatte einige Tage Krankenstand genommen, da sich eine Frau mit einem blauen Auge und einem nach wie vor angeschwollenen Gesicht nicht gerade gut als Empfangsdame machte. Als sie Brandtner jetzt die Türe der Mattig'schen Wohnung in der Linzerstraße öffnete, konnte der Major durchaus verstehen, warum Männer wie Garber leicht zu überreden waren, sich ihre Wertpapiere in vertraulicher Umgebung genauer anzusehen. Die kleine, zierliche Frau mit den großen Rehaugen wirkte wie die personifizierte Unschuld. Sie kannte den Fremden vor der Türe nicht, hatte ihn noch nie zuvor gesehen. Aber der leicht fragende, unschuldige und gleichzeitig auch bewundernde Blick ließ sogar den kaltschnäuzigen Bullen nicht ganz unberührt. Er stellte sich vor, zeigte seine Dienstmarke und ersuchte Frau Mattig, ihm noch einige Fragen zu dem ›schlimmen Ereignis der vorletzten Nacht‹ zu beantworten.

Wie auf Kommando begann Marlene zu schluchzen. »Muss das sein?«, stammelte sie unter Tränen. »Ich will nichts anderes, als diese schreckliche Geschichte so schnell wie möglich vergessen. Kennen Sie sich übrigens aus? Kann ich gegen das Schwein eine Schadensersatzklage einbringen?«, wollte sie dann plötzlich wissen.

»Das wird ganz davon abhängen, ob man Ihnen Ihre Geschichte glauben wird«, meinte Brandtner freundlich, aber unmissverständlich. »Und da bin ich mir gar nicht sicher.«

Verständnislos blickte ihn die Frau an. »Was soll das heißen? Der Mann ist doch überführt, das Sperma, das man bei mir gefunden hat, ist doch eindeutig von diesem Monster.«

»Das stimmt schon«, konzidierte Brandtner. »Aber einige andere Details sprechen sehr stark gegen Ihre Version des Geschehens. So zum Beispiel die männlichen Schamhaare, die sich unter die Ihren gemischt haben. Die stammen definitiv nicht von Herrn Garber. Haben Sie sich eigentlich gegen sein angebliches Eindringen gewehrt?«

»Natürlich«, entgegnete Marlene erbost, »bis ich nicht mehr konnte. Er hat mich geprügelt«, ostentativ hielt sie ihm ihr Veilchen hin, »und er war eben stärker. Da hat auch kein Kratzen und kein Beißen geholfen.«

»Und aus diesem Grund haben Sie wohl gleich ganz darauf verzichtet«, stellte der Major ironisch fest.

»Was soll das Gerede?« Die Frau funkelte ihn böse an. »Glauben Sie, ich lüge Sie an? Sie behandeln mich ja so, als ob ich die Schuldige wäre und nicht diese Drecksau.«

»Ihre angebliche Gegenwehr hat nur so überhaupt keine Spuren hinterlassen, weder an Ihrem noch an Herrn Garbers Körper.« Jetzt war es an der Zeit, die Dame etwas härter anzupacken, dachte Brandtner. Ihr Blick verriet zunehmende Unsicherheit.

»Oder haben Sie sich nach der Vergewaltigung noch die Nägel manikürt?«

Marlene Mattig war nahe daran, wieder in Tränen auszubrechen, diesmal aber wirklich. »Aber …«, wollte sie widersprechen, zog es dann allerdings vor, den Mund zu halten.

»Ich werde Ihnen jetzt einmal sagen, wie ich die ganze Angelegenheit sehe«, fuhr der Major ungerührt fort. »Sie haben sich bewusst an Direktor Garber herangemacht, er war von Anfang an als Opfer vorgesehen. Warum, kann ich derzeit nur vermuten, aber darauf komme ich noch. Ihre komische Geschichte, sein Gesicht in einer Zeitung gesehen und ihn daher erkannt zu haben, war Ihr erster Fehler. Wir haben recherchiert, und Garbers Bild ist noch nie in einer Zeitung veröffentlicht worden. Zumindest nicht in dem von Ihnen erwähnten Zusammenhang.«

Das mit der Recherche stimmte zwar nicht ganz, aber Bluffen gehörte nun auch einmal zum Geschäft.

»Dann haben Sie ihn klassisch ›angemacht‹ und ihm mit dem angeblichen Bruderschaftstrunk ein Betäubungsmittel verabreicht. Die Beschaffung des Spermas auf manuellem Wege war für eine Frau mit Ihren Erfahrungen …«

»Was erlauben Sie sich eigentlich?«, empörte sich die Mattig. »Ich bin …«

»… kein Problem.« Brandtner war nicht so leicht

aus dem Konzept zu bringen. »Dann haben Sie Garbers Daumen noch an ein Glas gepresst, das Sie dann in Ihrer Wohnung platziert haben. Das war der zweite, besonders dumme Fehler. Ich kenne niemanden, der ein Glas mit nur einem Finger halten kann. Noch dazu, wenn die Fingerspitze nach unten weist.«

Danach hatte sie ein Komplize, »Ihr Freund Ralph, wie ich vermute«, ein wenig verprügelt, »damit Ihr Gesicht Ihre Angaben bestätigt. Sicher schmerzhaft, aber ohne weitere Spuren dort, wo sie bei solchen Verbrechen nun einmal aufscheinen.«

Danach wurde ein wenig gebumst, wahrscheinlich mehr, um der Sache Authentizität zu verleihen denn aus bloßer Lust. »Ob Sie beide Herrn Garber vorher oder nachher zum Neustifter Friedhof gefahren und auf dem Beifahrersitz fast haben erfrieren lassen, weiß ich nicht, noch nicht. Das kann aber noch einen eigenen Anklagepunkt geben.«

»Aber wir haben doch extra den Motor …« Zu spät bemerkte die Frau ihren schrecklichen Lapsus.

»… laufen lassen. Ja, das haben Sie. Na schön, das wäre einmal geklärt«, meinte Brandtner scheinbar ungerührt. Innerlich jubelte er aber und freute sich, dass ihm wieder einmal jemand auf den Leim gegangen war.

»Wie viel hat Ihnen Herr …«, er zögerte, dann entschied er sich für den Drittgereihten des Besetzungsvorschlages, »… Mannsbart eigentlich für diese miese Inszenierung bezahlt?«

Auch dieser Schuss war ein Volltreffer, denn Marlene Mattig gab nun endgültig auf. »Keine Ahnung, das hat Ralph ausgehandelt«, sagte sie tonlos. »Ich habe 1.500 Euro bekommen.«

Jetzt begann sie wieder zu jammern, sagte etwas, das wie ›Scheiß Ralph‹ klang, der sie immer wieder in Schwierigkeiten brächte. Dann weinte sie aufs Neue, und diesmal nahm Brandtner es ihr sogar ab.

»Dabei habe ich so gehofft, dass das mit meiner Heirat endlich aufhört. Erich ist so ein wunderbarer Mensch, er hat so was wie mich nicht verdient.« Sie schluchzte und blickte den Major verzweifelt an. »Sagen Sie mir, was ich jetzt machen soll?«

Dem Major ging es nicht um Rache, sondern um Gerechtigkeit. Und er wusste genau, dass die wahren Bösen dieser Geschichte nicht in diesem Raum waren. Die Frau vor ihm, die ihm mit einer Mischung aus Theater und echter Verzweiflung fast ein wenig leidtat, war nur das Werkzeug bei diesem verbrecherischen Mobbing gewesen. Also sehr wohl Täter als gleichzeitig auch Opfer. Die wahren Schweine hießen Waschill und Mannsbart.

»Gut«, meinte er, »vielleicht geht's ja so. Sie gehen sofort zur Polizei, packen aus und vergessen vor allem nicht, die Rolle, die Ralph und Mannsbart bei der Sache spielen, ausführlich darzustellen. Dann werde ich alles versuchen, damit Sie um ein Strafverfahren herumkommen. Garber scheint ein netter Mensch zu sein, vielleicht verzichtet er ja auf ein Verfahren gegen Sie wegen Rufschädigung.«

Er blickte sie eindringlich an und fuhr nach einigen Sekunden fort. »Oder ich verhafte Sie jetzt und hier, und Sie gehen wegen Behinderung der Behörden, Vortäuschung einer Straftat und …, na ja, bei drei Beteiligten kann man wohl auch schon von einer Verschwörung sprechen, also auch wegen Beteiligung an einer

Verschwörung einige Jahre hinter Gitter. Ich glaube nicht, dass das Ihrem Erich gefallen würde.«

»Da habe ich ja wohl kaum eine Wahl.« Marlene hatte sich wieder gefasst. »Gut, ich gehe morgen früh gleich als Erstes aufs Kommissariat und stelle die Angelegenheit richtig.«

Brandtner blickte sie mitleidig an. »Sind Sie so naiv oder halten Sie mich für blöd?«, schnauzte er die Mattig an. »Mein Angebot gilt genau noch fünf Minuten. Entweder Sie sind dann so weit, mit mir zur Polizei zu fahren, oder ich nehme Sie fest. Also, es liegt an Ihnen.« Demonstrativ blickte er auf seine Uhr. »Die Zeit läuft.«

Bereits vier Minuten später waren der Major und Marlene Mattig unterwegs zur Polizei. Allerdings nicht zu Inspektor Musch, sondern zu Helmut Wallner. Immerhin war der immer noch Leiter der Kriminalpolizei am Kommissariat Döbling. Wenn auch nur für zwölf Tage.

*

Albert Göllner war 78 Jahre alt und vor seinem Ruhestand 16 Jahre lang Leiter der Kripo Döbling gewesen. Er wurde auch der ›wachsame Albert‹ genannt, weil er seine ›senile Bettflucht‹ jede Nacht dazu nützte, den Abschnitt der Billrothstraße vor seinem Haus vom Fenster aus zu überwachen, und auch nicht zögerte, gelegentlich Warnschüsse mit einer Schreckschusspistole abzugeben. Vor einiger Zeit hatte ihn das sogar in den Verdacht gebracht, irrtümlich ein junges Paar erschossen zu haben.*

---

* ›Tortenkomplott‹, Gmeiner-Verlag.

Jetzt begrüßte der alte Charmeur Anni Enigler formvollendet mit einem angedeuteten Handkuss. »Ihr jungen Frauen von heute werdet immer schöner«, meinte er zu der Mittfünfzigerin. »Was kann ich für Sie tun, gnädige Frau?«

Anni musste lächeln. »Sie haben mir vor vielen Jahren einmal angeboten, mich an Sie zu wenden, falls ich ein Problem habe. Jetzt ist es so weit.« Dann rief sie dem alten Herrn die Geschichte ihrer Bekanntschaft in der Volksschule in Erinnerung.

»Ach, Sie sind das«, meinte Göllner, »ich erinnere mich genau. Sie haben so große blaue Augen gehabt und so eine hübsche Frisur.« Dazu lächelte er verschmitzt, sodass Anni zunächst nicht wusste, ob er sie damit auf den Arm nehmen wollte oder nicht. Aber das war schließlich auch egal.

Nachdem sie ihm den Grund ihres Besuches genannt und auf ihr mangelndes Vertrauen auf Inspektor Musch hingewiesen hatte, war Albert ganz ernst geworden.

»Ich habe auch schon von Oberinspektor Wallners Nachfolger gehört«, räumte er ein. »Und auch nichts Gutes. Aber so viele Fehler in einem einzigen Fall ...«, ungläubig schüttelte er den Kopf. »Ein Wahnsinn, ich bin sehr froh, dass Sie zu mir gekommen sind.«

Dann entschuldigte er sich kurz und ging ins Nebenzimmer, um einige Telefonate zu führen.

Etwa zehn Minuten später kehrte er zurück, setzte sich und schenkte etwas Kaffee ein, den Frau Eiblinger, die Haushälterin, in der Zwischenzeit serviert hatte. »Oberinspektor Wallner ist heute leider unabkömmlich, da laufen eine Großfahndung und dazu noch eine wichtige Einvernahme nach einer Selbstanzeige. Aber ich habe Ihnen einen Termin mit Mario Palinski gemacht, einem Freund und wichtigen Berater der Polizei. Der wird Ihnen weiterhelfen. Er erwartet Sie um 18 Uhr in seinem Büro. Das ist gleich zwei Ecken weiter.« Dann schmunzelte er und meinte nur: »Bis dahin können wir ja noch plaudern und Kaffee trinken. Oder wollen Sie lieber etwas Härteres?«

*

Gwen Masterson hatte neben allen anderen Eigenschaften eine, die die anderen dominierte. Sie hatte ein ausgewachsenes ›Helfer-Syndrom‹ und zerbrach sich ständig den Kopf darüber, welchen Beitrag sie heute leisten konnte, um anderen Menschen das Leben zu erleichtern.

Der letzte Abend oder besser wohl die letzte Nacht hatten ihr ein neues Lieblingsobjekt ihrer Fürsorge beschert. Dieser Mario Palinski mit seinen zum Teil total verkorksten Ansichten war richtig lieb. Besonders wenn er so schuldbewusst dreinblickte. Aber auch, wenn der den ›Harten Mann‹ markieren wollte und dabei nur unfreiwillig lächerlich wirkte. Irgendwie beneidete sie diese Frau Wilma, die nach 24 Jahren noch immer so begehrt wurde. Warum sie sich plötzlich so zickig zeigte, nur weil er nicht selbst gekocht hatte, war schwer verständlich. Und eine bessere Verlegenheitslösung, als sich Essen von den ›Fünf Ulanen‹ bringen zu lassen, war ja wohl kaum vorstellbar. Vielleicht sollte man der Frau einmal ein wenig den Kopf zurechtrücken? Ihr sagen, wie gut sie es mit diesem Mario getroffen hatte.

Nachdem ihr nach der letzten Vorlesung heute klar geworden war, dass sie mit ›man‹ nur sich selbst meinen konnte, war sie auch schon unterwegs zum Sonnbergplatz. War gar nicht so leicht zu finden für Ortsunkundige, aber eine recht nette Gegend. Nachdem sie die Punschhütte der ›Caracals‹ entdeckt hatte, überlegte sie, welche der drei sich hinter dem Tresen wichtigmachenden Frauen wohl Wilma sein mochte. Nach einigen Minuten Beobachtens kam eigentlich nur eine infrage. Gwen trat zu ihr hin und fragte sie ganz einfach: »Guten Abend, sind Sie Wilma?«

»Nein«, antwortete die Blondine, »ich bin Irma. Wilma ist für ein paar Minuten weggegangen, sie wird aber gleich wiederkommen.« Irma blickte sich suchend um. »Dort …«, sie deutete zu einem Stand am anderen Ende des Marktes, »Wilma kauft gerade Weihnachtsschmuck ein, für den Christbaum.«

Das war ein gutes Zeichen, fand Gwen, denn wer kaufte schon Weihnachtsschmuck, wenn er nicht vorhatte, an diesem Abend bei seinen Lieben zu sein? Sie bedankte sich für die Auskunft und ging hinüber zu dem anderen Stand.

»Das macht zusammen 34 Euro 50«, meinte der dicke, ältere Verkäufer gerade und wickelte die Glaskugeln einzeln in Seidenpapier ein. Tolles Service, fand Gwen, während sie sich an Wilma heranschob.

»Frau Bachinger?«, fragte sie leise und wunderte sich, dass Wilma überhaupt nicht darauf reagierte. Das zweite Frau Bachinger klang dann schon etwas forscher und brachte Wilma zur Frage: »Meinen Sie mich?«

»Wilma?«, Gwen wollte auf Nummer sicher gehen.

»Ja, Wilma, aber Bachler, nicht Bachinger.«

»Oh, sorry«, entschlüpfte es der angehenden Dozentin der Universität Cardiff, »ich wusste, es ist etwas mit Bach.«

Dann erzählte sie der zunächst erstaunt, dann wütend und zuletzt zufrieden dreinblickenden Wilma die ganze Geschichte von der Bestellung des Essens bis zum Frühstück heute Morgen.

Nun sah sich Wilma veranlasst, der sympathischen, aber ein wenig aufdringlichen Fremden ihre Version der Geschehnisse zu erzählen, die unter dem Eindruck des eben Gehörten in einigen wesentlichen Punkten eine etwas andere Gewichtung gegenüber der ursprünglichen erhalten hatte.

»Und Sie haben tatsächlich bei uns übernachtet, in Tinas Zimmer?«, vergewisserte sich Wilma abschließend und lachte. »Jetzt bin ich bloß neugierig, wie sich Mario da wieder herausreden will. Wollen Sie mir einen Gefallen tun?«

Gwen hörte sich erst einmal an, was Wilma dabei so vorschwebte. Dann erklärte sie sich lachend dazu bereit, und die beiden gingen zurück zur Giftstation der ›Caracals‹.

8

Ing. Karl Derblinger, ein Jogger, der seine frühen Runden durch den Prater zog, hatte die Leiche kurz nach 6 Uhr in einem Gebüsch in der Nähe des Ameisenhügels gefunden. Eigentlich war es sein Hund gewesen, ein Schäferrüde namens ›Bennie‹, der durch sein lautes Bellen und beharrliches Verweilen bei dem Gestrüpp in etwa sechs Metern Entfernung von der Laufstrecke auf den schrecklichen Fund aufmerksam gemacht hatte.

Da dem Opfer, das offenbar mit einer Art Garotte stranguliert und dabei halb enthauptet worden war, sämtliche Wertgegenstände und Ausweise fehlten, tippte die Polizei zunächst auf Raubmord.

Da der oder die Täter den in seiner Seitentasche befindlichen Ausweis einer Videothek in Melbourne übersehen hatten und dieser auf einen gewissen ›Jake Fahlbichler‹ ausgestellt war, schrillten plötzlich einige Alarmglocken bei den Beamten. War der Mann, dem die bisher erfolglose Alarmfahndung galt, nicht Australier gewesen?

Fünf Minuten später war auch Helmut Wallner informiert, dass die gesuchte Person tot aufgefunden worden war, zwar noch nicht positiv identifiziert, aber mit großer Wahrscheinlichkeit.

Der Oberinspektor traf bereits 25 Minuten später an der Fundstelle der Leiche ein.

*

Anni Enigler hatte heute gleich um 8 Uhr in der Zentrale der ›Kreditbank Austria AG‹ antreten müssen, um dem über die Ereignisse mit und um Direktor Hans Garber besorgten Vorstand Rede und Antwort zu stehen.

Daher war sie auch nicht an ihrem Schreibtisch in der Filiale Obkirchergasse, als gegen 8.45 Uhr ein Anruf der ›Alpenländischen Schaden und Leben‹ einging, der Versicherung, bei der sowohl Garbers Haus als auch das Leben seiner Frau versichert gewesen war.

Romana Gimpel, die Sachbearbeiterin, deren Schreibtisch dem Frau Eniglers am nächsten stand, nahm das Gespräch entgegen. Sie war sehr beeindruckt, dass es sich bei dem Anrufer um einen Dr. Gisbert Hartnagel handelte, den für Schadensregulierungen zuständigen Vorstandsdirektor der Versicherungsgesellschaft. Mit so einem hohen Tier hatte sie noch nie gesprochen. Außer vielleicht mit dem Bischof bei ihrer Firmung. Aber das war ja kein richtiges Gespräch gewesen.

»Eth itht oberthteth Printhip der Gethellschaft«, erläuterte Hartnagel, »den Kunden ihr Schickthal durch rasche Thahlung thu erleichtern. Daher will ich Herrn Direktor Garber noch heute thprechen. Damit er thein Geld noch heuer bekommt.« Er machte eine bedeutungsschwere Pause. »Und nicht ertht näcththeth Jahr. Dath wollen wir doch alle nicht. Altho, wo kann ich Ihren Chef erreichen?«

Frau, der Kerl lispelte, dachte sich Romana, aber sonst nichts weiter. »Einen Moment«, beschied sie dem Anrufer, »ich muss nachsehen, ob ich irgendwo eine Notiz finde.« Hoffentlich war da etwas, denn sie wollte wirklich nicht schuld daran sein, dass ihr Direktor sein Geld möglicherweise erst mit Verspätung bekam und sie dann vielleicht sogar noch zur Verantwortung gezogen würde.

Sie war schon nahe daran zu kapitulieren, als sie endlich fündig wurde. In Anni Eniglers schwarz gebundenem Notizbuch lag eine kleine Notiz: ›Dir.G. Nur für Notfälle 02242/342‹.

»Ich habe leider nur eine Telefonnummer«, bedauerte sie.

»Ther gut«, freute sich der Versicherungsmann, »und wie lautet diethe?« Nachdem er das Gewünschte erhalten hatte, dankte er der Frau fast überschwänglich und versprach, ihre Verdienste Garber gegenüber nicht unerwähnt zu lassen.

Das konnte nicht schaden, freute sich Romana. Auch sie wollte Karriere machen. Wenn jemand mit so einem Sprachfehler eine Topposition erreichen konnte, würde sich ihr Silberblick vielleicht auch nicht allzu negativ auswirken.

*

»Ich glaube, ich kann mich sogar an Sie erinnern«, meinte Palinski zu Major Brandtner. »Sind Sie nicht in der dritten Reihe links gesessen, bei meinem Vortrag im Jänner im Austria Center?«

Brandtner lachte laut auf. »Ihr Gedächtnis möchte ich haben«, meinte er anerkennend. »Es war wirklich die dritte Reihe. Ich finde übrigens Ihren Ansatz über die Literatur hochinteressant. Gerade im Bereich der Kriminalliteratur drängt sich eine gegenseitige Beeinflussung zwischen Realität und Fiktion nahezu auf.«

»Das ist genau der Punkt. Nehmen Sie ein ganz aktuelles Beispiel.« Palinski war in seinem Element. Die beiden saßen in seinem Büro und waren eben dabei, die Begrüßungsrituale zu beenden, als Margit Waismeier mit dem Kaffee hereinkam. Als er Palinskis Büroleiterin erblickte, stand er, ganz Kavalier der alten Schule, auf und stellte sich vor. Margit reichte ihm die Hand und nannte ebenfalls ihren Namen. Und Palinski erinnerte das Ganze an die guten alten Zeiten in der Tanzschule Rittmeister Ellmayers. Aber bitte, es war schön, dass es noch Menschen gab, die sich Zeit für gutes Benehmen nahmen.

»Gestern hatte ich den Besuch einer sehr engagierten Frau, der Filialleiterin einer Bank«, fuhr er fort. Er fand, dass Brandtner Margits Hand nun lange genug gehalten hatte. »Sie hat aus eigener Initiative die Überwachungsbänder eines Überfalls auf ihre Filiale überprüft und dabei sehr interessante Beobachtungen gemacht. Und meine Datenbank hat eine Szene aus dem Roman ›Christmasmurder‹ von Henry A. Tibbits ausgespuckt, die der Realität dieses Überfalls sehr nahekommt. Nur, dass im Roman keiner der beiden Weihnachtsmänner erschossen wird. Aber alles deutet darauf hin, dass auch der reale Überfall nur als Vorwand dazu dienen sollte, den Filialdirektor zu entführen. Zu welchem Zweck auch immer.«

»Sagen Sie bloß, Sie sprechen von dem Überfall in der Obkirchergasse«, warf der Major höchst interessiert ein.

»So ist es tatsächlich, wie kommen Sie darauf?«

»Ach«, Brandtner wollte seine Garber betreffenden Karten noch nicht aufdecken. »Ich habe mit einigen Leuten gesprochen, die damit befasst sind. Dieser Musch soll sich dabei ja nicht gerade ausgezeichnet haben.«

»Na ja, der finale Schuss hat ihn natürlich zum ›Helden‹ gemacht«, räumte Palinski ein. »Obwohl mir diese Burschen, die sofort schießen, eher suspekt sind. Na, und der Rest ist Schweigen. Ein unmöglicher Mensch, kennen Sie ihn?«

»So gut, wie man jemanden nach ein paar Tagen kennen kann«, meinte Brandtner, »aber schon viel zu gut. Ich teile übrigens Ihre Einschätzung. Aber vielleicht gelingt es uns ja noch, ihn ein wenig Mores zu lehren. Ich habe schon mit Oberinspektor Wallner gesprochen.«

»Ach, Sie kennen Helmut?«, meinte Palinski leicht spitz und war ungewollt ein wenig sauer, weil ihm sein Freund noch nichts davon erzählt hatte. Aber er hatte ja kaum Gelegenheit dazu gehabt, musste er zugeben.

»Wallner und ich kennen einander. Immerhin haben sich unsere beruflichen Wege immer wieder gekreuzt«, erläuterte ›Fink‹ Brandtner. »Aber gut kennen würde ich das nicht nennen, da sich die Bekanntschaft bisher lediglich aufs Berufliche beschränkt hat.« Den Major interessierte etwas anderes aber viel mehr.

»Sie meinen also tatsächlich, dass der Überfall auf die Bank möglicherweise dem Ziel diente, Garber, also den Direktor, zu entführen?«, rekapitulierte er. »Um ihn in der Folge, wer weiß, möglicherweise sogar umzubringen? Also war es eigentlich nur eine Vorbereitungstat, die gleichzeitig aber auch die eigentliche Absicht verschleiert. Eine erstaunliche Hypothese.«

»Ich kann natürlich nicht beweisen, dass es tatsächlich so war«, dämpfte Palinski die Erwartungen ein wenig, »aber wenn Sie sich die Videobänder ansehen, spricht doch einiges dafür. Übrigens, diese bemerkenswerte Frau hat auch Beweismittel gesichert. Einen Kugelschreiber, den der zweite Weihnachtsmann in der Hand gehabt hat. Das alles hat Musch nicht interessiert.«

»Haben Sie das Beweisstück schon zur Untersuchung weitergegeben?«, wollte Brandtner aufgeregt wissen.

Palinski schüttelte den Kopf. »Nein, ich habe noch keine Gelegenheit gehabt, Helmut Wallner zu treffen. Ich hoffe, es wird aber im Laufe des Tages noch klappen.«

»Würden Sie mir den Kugelschreiber anvertrauen?«, wollte der Major wissen.

»Warum nicht«, meinte Palinski, »wenn Sie mir die Übernahme quittieren. Ich verstehe nur nicht Ihr besonderes Interesse daran.«

Jetzt musste ›Fink‹ Brandtner wohl Farbe bekennen, oder er lief Gefahr, dass seine Glaubwürdigkeit Schaden nahm.

»Ich muss um Verständnis dafür bitten, dass ich bisher nicht ganz offen zu Ihnen gewesen bin«, der Major beherrschte den ›schuldbewussten Dackelblick‹ fast so gut wie er selbst, musste Palinski anerkennen. »Aber ich habe Sie ja bisher nicht wirklich gekannt. Ich bin an einem Fall dran, in dem auf einen Mann innerhalb von zwölf Stunden zwei, möglicherweise sogar drei Anschläge verübt worden sind. Bei einem davon, einer Gasexplosion, ist die Frau dieses Mannes getötet worden.«

»Handelt es sich um die Geschichte in Klosterneuburg?«, warf Palinski interessiert ein. Der Major nickte nur. »Dieser Mann ist Direktor Garber von der Filiale in der Obkirchergasse. Falls es zutrifft, dass der Überfall nur dazu dienen sollte, den Mann zu entführen, dann gibt das dem Fall eine völlig neue Perspektive.«

»Die Frau, von der ich gesprochen habe, ist Anni Enigler, die stellvertretende Filialleiterin«, ließ jetzt auch Palinski wissen. »Da befassen wir uns mit demselben Fall und wissen es gar nicht.«

»Was noch völlig im Dunkeln liegt, ist ein mögliches Motiv für die beiden Anschläge auf Garber«, beklagte der Major.

»Sie haben aber vorhin von möglicherweise drei Anschlägen gesprochen«, erinnerte der Leiter des ›Instituts für Krimiliteranalogie‹. »Was hat es damit für eine Bewandtnis?«

»Der arme Teufel wurde zu allem Überfluss auch noch wegen Vergewaltigung angezeigt. Die Sache ist zwar so gut wie geklärt. Es ist aber nicht ganz auszuschließen, dass das ›Mobbing‹, das wahrscheinlich dahintersteckt, nicht doch auch mit den anderen beiden Vorfällen in Verbindung steht.« Brandtner seufzte. »Darum wäre es ja so wichtig, endlich ein brauchbares Motiv für den ganzen Wahnsinn zu finden.«

»Wenn Ihr Herr Garber Nehodal hieße, könnte ich Ihnen ein überzeugendes Motiv liefern«, meinte Palinski und erzählte dem Major von den seltsamen Ereignissen um die ›Siebener-Tontine‹.

»Sachen gibt es«, wunderte sich der Major, der schon vieles erlebt, aber so etwas noch nicht einmal gehört hatte.

Aufgeregt stürmte Florian Nowotny ins Büro und drehte den Fernsehapparat auf. »Das sollten Sie sich unbedingt ansehen.« Aufgeregt deutete er auf die eingeblendete Schlagzeile: ›Toter Australier im Prater gefunden‹.

Damit war auch Jakob Fahlbichler ausgefallen. Gleich zweimal, einerseits als Opfer und andererseits auch als potenzieller Täter. »Damit sind es nur mehr drei«, murmelte Palinski. Der aktuelle Saldo hielt aber nicht lange. Denn schon die übernächste Meldung – ›Bekannter Schauspieler und Stuntman bei Werbeaufnahmen tödlich verunglückt‹ –, vor allem aber das nachfolgende Amateurvideo, das ein cleverer Kärntner Zaungast gemacht und dem ORF für viel Geld verkauft hatte, ließ Florian aus seiner gespannten Erstarrung hochschnellen. »Das ist er, das ist er«, rief er aufgeregt, lief nach draußen und kam gleich darauf mit drei Fotoausdrucken wieder.

»Das hier ist Gregor Atzinger«, er deutete auf die Bilder, »und das am Monitor ist Greg Feeder, der tote Schauspieler. Er ist mir gleich so bekannt vorgekommen. Ich habe ihn erst letzte Woche in ›Tumult in Rosenheim‹ gesehen, im Nachtprogramm.«

Palinski und auch Brandtner blickten vom eingeblendeten Bild auf die auf dem Schreibtisch liegenden Fotos. Tatsächlich, obwohl der Mann auf dem Fernsehschirm mehrere Jahre älter war als der auf den Fotos, bestand kein Zweifel für die beiden Kriminalisten. Gregor Atzinger und Greg Feeder waren ein und dieselbe Person … gewesen.

»Und damit waren es nur noch zwei«, flüsterte Palinski. »Axel Rossbach und dieses Phantom Hans Nehodal.«

*

Dr. Franz und Dr. Erwin Jacomi saßen im riesigen Büro des Seniorpartners beisammen und besprachen die bis Weihnachten noch anliegende Arbeit. Da die Kanzlei vom 24.12. bis 7.1. geschlossen bleiben sollte, waren vorher unbedingt noch gewisse Termine und Erledigungen zu beachten.

»Also morgen muss ich auf diesem Kongress in Salzburg referieren«, stellte Dr. Franz fest. »Und übermorgen haben wir noch die Testamentseröffnung Meilbauer und diese komische ›Siebener-Tontine‹. Ich bin schon neugierig, ob sich überhaupt noch jemand von den Berechtigten daran erinnert.« Er schüttelte den Kopf. »So eine Schnapsidee. Aber bitte, die Gebühren sind im Vorhinein bar erlegt worden, und damit ist es für uns ein Vorgang wie jeder andere.«

Dr. Erich schien keiner von der gesprächigen Sorte zu sein. Er nickte immer nur mit dem Kopf oder kratzte sich im Schritt. Meisten beides gleichzeitig. Es sah fast so aus, als ob er still vor sich hin litt.

»Wir machen das so«, fuhr der Alte fort. »Wir warten, ob sich jemand meldet. Falls ja, fährst du sofort zu ›Safe and Deposit‹ und holst den Koffer aus unserem Tresor. Und dann ist die Sache ruck, zuck erledigt.« Er funkelte seinen Neffen böse an. »Kannst du nicht endlich aufhören, dich unentwegt an den Eiern zu kratzen?«

*

Solange Mario Palinski unter Druck stand, musste er nicht an Wilma und das Dilemma vor zwei Abenden denken. Jetzt aber saß er bei ›Mama Maria‹ auf eine schnelle Portion ›Pasta all arrabbiata‹ und ein Glas Barolo und dachte über sein privates Elend nach. Er würde es nicht verkraften, falls sein Lebensmensch die Drohung wahr machte und Weihnachten nicht mit ihm und der Familie verbrachte.

In dieser leicht weinerlichen Stimmung ließ er sich noch ein Dessert einreden, das ihm sicher wieder ein Kilogramm mehr auf der Waage bescheren würde. Das war aber auch egal. Ohne Wilma war es ohnehin wurscht, ob er 80, 90 oder 120 Kilogramm hatte. Während er das wunderbare Tiramisu in sich hineinschaufelte, kam ihm eine Idee. Falls jemand wusste, wo sich Wilma aufhielt und wie er sich am besten bei ihr entschuldigen konnte, dann war es diese Ollie. Frau Kiesler, die wie eine Übermutter über ihre Mitmenschen wachte. Ganz so wie die NSA über die Sicherheit der Vereinigten Staaten. Nur, dass sie noch ausgereiftere Methoden dafür zur Verfügung zu haben schien.

Kurz entschlossen holte er sein Handy heraus und tippte die Nummer von Wilmas Freundin ein.

»Ollie Kiesler«, meldete sich die freundliche, etwas hart klingende Stimme in einem Tonfall, mit dem sich auch das Weiße Haus, der Papst oder vielleicht auch Präsident Putin melden würde. Palinski fragte sich, woher die Frau bloß dieses Selbstbewusstsein nahm, das einen unwillkürlich dazu verleitete, sich als Allererstes einmal für die Störung durch den Anruf entschuldigen zu wollen.

»Hallo Ollie, hier Mario. Ich hoffe, ich störe nicht gerade.«

»Aber nein, mein Lieber, du störst doch nie«, entgegnete sie großzügig. »Wir sitzen nur hier zusammen und besprechen die letzten Details der Weihnachtsfeier am Donnerstag. Du weißt schon, die für die lieben Waisenkinder.«

»Ist Wilma vielleicht auch da?«, murmelte er fast devot.

»Wilma wer? Meinst du die Wilma Bachler, die du vorgestern Abend tödlich beleidigt hast, weil du nicht wie versprochen für sie gekocht hast? Nein, diese Wilma ist nicht da.«

»Aber …«, wollte er erwidern, doch die Kiesler ließ ihm keine Chance.

»Und damit nicht genug, schleppst du auch noch fremde Weiber in dein Büro ab, wahrscheinlich, um ihnen zu zeigen, wo der Bartl den Most versteckt hat.« Palinski fand das Bild ein wenig missglückt, und das nicht nur in semantischer Hinsicht.

»Was für Weiber?«, brauste er auf. »Das ist doch Unsinn. Da waren keine Weiber, Frauen.«

»Und wer war dann die große, schlanke Schwarzhaarige, mit der dich Wilma beim Betreten deiner Lusthöhle …«, fast schien es, als ob ihr das Aussprechen dieses Wortes Brechreiz bereitete, »… beobachtet hat?«

Ach, das war es gewesen. Wilma hatte Axel in seiner Maskerade gesehen und war eifersüchtig geworden. Oh eitel Wonne, holdes Glück. Er lachte erleichtert auf.

»Das war doch keine Frau, sondern der Zahnarzt von der 2. Stiege in Frauenkleidern.« Er schrie fast in den Hörer.

»Ein Transvestit, noch schlimmer«, entgegnete Ollie. Dann war sie aber immerhin bereit, sich Palinskis Erklärung anzuhören.

»Also gut«, meinte sie etwas später mit sanfter Stimme. »Dann komm doch heute Abend bei unserem Stand am Sonnbergplatz vorbei und spende was für die armen Kinder. Wer weiß, wer noch alles da sein wird.«

Mario strahlte. Jetzt hatte er wieder eine Perspektive. Alles würde gut werden. Während er noch einen ›Café corretto‹ genoss, fühlte er sich schon viel besser. Ganz so, als ob er der Welt ein Bein ausreißen könnte. Oder so ähnlich zumindest.

*

Dr. Rossbach war gegen 15 Uhr wieder im Büro erschienen, allerdings nicht verkleidet, sondern weithin erkennbar als der Mann, der er war. Das trug ihm einige Schelte ein, zunächst von Florian und dann auch von dem etwas später aufgetauchten Palinski.

»Das ist unverantwortlich«, schimpfte Mario. »Gut, wenn du dich um jeden Preis in Gefahr bringen willst, ist das deine Sache. Aber solange du hier bist, bringst du damit auch uns in Gefahr.«

Das hatte der Zahnarzt nicht bedacht. Er schien seinen Fehler einzusehen, zumindest tat er so und versprach für die Zukunft mehr Disziplin. »In zwei Tagen ist ohnehin alles vorbei«, meinte Florian, »so lange wirst du es doch noch aushalten, als ›Madame‹ durch die Welt zu gehen.«

»Ich habe da eine Bitte an dich«, Palinski wollte die Gunst der Stunde nützen. »Könntest du mir helfen, die Zuneigung meiner Frau wiederzugewinnen, indem du heute Abend mit mir einen Weihnachtspunsch trinken gehst?«

Rossbach verstand kein Wort, erklärte sich aber nach einigen erklärenden Worten gerne bereit. Wahrscheinlich auch, weil er sich etwas Abwechslung von dem Ausflug versprach. Aber egal, was für Palinski zählte, war einzig und allein das Resultat.

Florian hatte die Suche nach Hans Nehodal noch nicht aufgegeben, im Gegenteil. Der junge, karenzierte Polizist verbiss sich förmlich in diese fast aussichtslos scheinende Aufgabe.

»Ich habe eine Bitte, Axel«, versuchte er es zum wiederholten Mal. »Überlege noch einmal, ob dir nicht doch noch etwas zu deinem Schulkollegen Hans Nehodal einfällt. Selbst wenn es etwas völlig Nebensächliches ist, kann es uns helfen. Der Mann kann sich doch nicht einfach in Luft aufgelöst haben.«

Axel überlegte, versuchte, Hans vor seinem geistigen Auge erscheinen zu lassen. »Er mochte seinen Namen nicht, also den Nachnamen. Er war sehr ehrgeizig und hat immer auf seine Chance gewartet.« War das wirklich alles, was ihm zu einem Freund einfiel, mit dem er acht Jahre lang in die Schule gegangen war?

»Wenn dann einmal eine Chance da war, hat es allerdings eigenartigerweise nie richtig geklappt. Sein praktisches Durchsetzungsvermögen war eher unterentwickelt. Hans war ein sehr netter Kerl, aber eher der Typ Mitläufer. Viel von einem Träumer, keine Führungspersönlichkeit.« Also mehr fiel ihm beim besten Willen nicht ein. Oder? Da war doch noch irgendetwas gewesen?

»Ich erinnere mich dunkel, gehört zu haben, dass Hans nach der Matura ein Jahr oder auch länger im Ausland war. Und dann«, plötzlich fiel ihm wieder ein, was Herwig ihm einmal erzählt hatte, »hat er geheiratet. Ich glaube, es hat geheißen, er hat eine gute Partie gemacht. Irgendeine Frau mit Geld. Ich habe aber keine Ahnung, wer das war.«

»Na, besser als gar nichts«, meinte Florian nicht unzufrieden, »dann versuchen wir es eben einmal mit den Standesämtern. Auf das hätte ich selbst auch schon kommen können.«

*

Direktor Garber hatte in den letzten Stunden viel nachgedacht. Hier im sicheren Haus gab es nicht viele Möglichkeiten, sich die Zeit zu vertreiben, und das Fernsehen war für ihn immer schon vor allem Information gewesen. Unterhaltung nur in seltenen Ausnahmefällen. Sein Hausherr war ein ausgesprochen netter Mann, aber kein großer Redner und schon gar kein Animateur.

Im Grund genommen waren die Ruhe und der Zwang zur Untätigkeit genau das, was der Banker jetzt brauchte.

Da war zunächst einmal die Tatsache, dass Doris tot war. Mit der musste er erst einmal fertig werden. Auch wenn ihre Ehe in den letzten Jahren nur mehr auf dem Papier bestanden hatte und eher einer gegenseitigen Zerfleischung geähnelt hatte als einer Partnerschaft, so hatte er sie doch einmal sehr geliebt. Die Frau, die er vor vielen Jahren geheiratet hatte, war zwar schon lange nicht mehr da gewesen. Jetzt war aber auch jede Chance dahin, dass sie eines Tages vielleicht doch wiederauftauchte. Und das machte ihn sehr traurig.

Aber auch die Frage nach seiner Zukunft machte ihm zu schaffen. Zwar hatte ihm dieser freundliche Major gerade vorhin versichert, dass der Vergewaltigungsvorwurf gegen ihn bereits entkräftet und seine Unschuld bewiesen war, aber seinen Karrieresprung konnte er trotzdem vergessen. Dem Bankvorstand war ein geheimer Sünder allemal lieber als ein notorisch Unschuldiger, der vorher in den Medien angepatzt worden war. Dass Mannsbart zu so etwas fähig war, hatte er zunächst nicht glauben wollen. Aber wie es aussah, war dieser Mensch tatsächlich ein Schwein, ein ganz mieser Opportunist, der sich offenbar nicht scheute, auch über Leichen zu gehen. Man konnte halt in niemanden hineinsehen.

Da er seines Wissens nach der einzige Erbe von Doris war, hatte er keinerlei finanzielle Probleme mehr bis zu seinem Lebensende. Vielleicht sollte er irgendetwas unternehmen, was ihr gefallen hätte und wo er mit ihrem Geld Gutes erreichen konnte. Früher hatte sie sich immer vehement für junge Künstler eingesetzt und sie nach Möglichkeit gefördert. Wie wäre es mit einem ›Doris-Garber-Stipendium‹ für begabte junge Menschen aus Ländern, denen es nicht so gut ging wie jenen in der EU? Er musste in Ruhe darüber nachdenken.

Garber stand auf, um frisches Wasser für Tee aufzusetzen. Gutenbrunner war hinter dem Haus, um etwas Holz für den Kamin zu holen. Bei den Außentemperaturen würde sich der alte Herr sicher über ein Häferl heißen Tee freuen, sobald er hereinkam.

Der Banker blickte in die Dunkelheit hinaus. Das Leben auf dem Lande hatte einen ganz besonderen Reiz. Diese Ruhe und Gelassenheit, die die Natur vermittelte.

Nicht, dass er immer hier leben wollte, aber vielleicht sollte er sich später einmal, wenn das hier vorüber war, irgendwo auch so ein kleines Häuschen zulegen. Für die Wochenenden und die Sommermonate. Das war doch entschieden schöner, als sich in überfüllten Flugzeugen an ebensolche Strände schippern zu lassen.

Gleich nach Doris' Beerdigung würde er beginnen, sich umzusehen. Aber es konnte noch dauern, bis die Gerichtsmedizin die Leiche freigab, hatte ihn Brandtner wissen lassen.

Während er so vor sich hin sinnierte, bemerkte er, wie ein Fahrzeug von der Hauptstraße ab und in die rund 300 Meter lange Zufahrt zu dem Haus eingebogen war. Wie ihm Gutenbrunner für solche Fälle eingetrichtert hatte, legte er sofort alles hin, stand auf und ging zu dem kleinen Teppich in der Mitte des Raumes. Den hob er leicht an, wodurch sich die darunter befindliche und mit dem Teppich fest verbundene Falltüre öffnete. Garber stieg hinunter, griff sich die in einer Nische befindliche Taschenlampe, knipste sie an und verkroch sich in einem hinter einem alten Kasten versteckten Verschlag.

Franz Gutenbrunner hatte den nahenden Wagen natürlich auch gehört und war rasch ins Haus geeilt. Er holte seinen Revolver hervor, steckte ihn in den Hosenbund und zog den dicken Pullover darüber. Dann wartete er, bis es an der Tür klopfte.

»Wer ist da?«, rief Gutenbrunner hinaus.

»Ich bin von der Potht und habe ein Eilpaket abthugeben«, antwortete der Mann vor der Türe.

*

Das Paar näherte sich dem Markt auf dem Sonnbergplatz und strebte direkt dem Punschstand der ›Caracals‹ zu. Ollie, Vally und Wilma, die etliche durstige Kehlen zu betreuen hatten, erblickten Palinski und seine Begleiterin erst, als die beiden bereits direkt an der Bude standen. Die Reaktion der drei Frauen hätte nicht unterschiedlicher sein können. Ollie lachte los, dass sich die imaginären Balken bogen. Sie wusste Bescheid, hatte nichts verraten und genoss die Situation daher umso mehr. Vally wieder hatte die dunkle Schöne an Palinskis Seite auf die Schnelle mit einer Freundin ihres Bruders verwechselt. Sie stammelte: »Vanessa, was machst du denn hier«, ehe sie ihren Irrtum bemerkte und betreten lächelnd wieder schwieg.

Wilma stand der Schreck förmlich ins Gesicht geschrieben. Sie hatte sich zwar gewünscht, Mario wiederzusehen, aber auf diese, diese … Tussi hätte sie gut verzichten können. Ärgerlich blinzelte sie Mario an. »Was soll das?«

»Ich wollte dir nur meine neue Freundin vorstellen«, er hatte Probleme damit, nicht laut loszuprusten. »Das ist ›Axel‹, sie schläft vorübergehend im Büro.«

Wilma blickte ›Axelin‹ genauer an, vielmehr den deutlichen Anflug von Bart am Kinn und über der Oberlippe.

»Aber Sie kenne ich doch«, entfuhr es ihr jetzt, »Sie sind doch der Zahnarzt auf der Nebenstiege. Entschuldigen Sie, dass ich Sie so anstarre, aber ich habe noch nie einen Transvestiten aus der Nähe gesehen.«

»Aber …«, wollte Dr. Rossbach mit normaler Stimme erwidern …

»Nein, nein, ich finde es toll, dass Sie sich offen dazu bekennen«, kam sie ihm zuvor. Das nun einsetzende allgemeine Gelächter konnte sie damit aber nicht verhindern. Im Gegenteil.

»Ehe ich noch in falschen Verdacht gerate«, warf Mario rasch ein, »darf ich dir die Sache erklären.«

Wenige Sekunden später waren sämtliche Missverständnisse beseitigt worden, und Palinski spürte das erste Mal in diesem Jahr so etwas wie weihnachtliche Gefühle aufkommen. Nun stand einem schönen und vor allem gemeinsamen Abend mit Wilma nichts mehr im Wege.

Man sollte sich aber nie zu früh freuen, denn oft entwickelten sich die Dinge anders als man dachte. Das konnte mit einem harmlosen Telefongespräch beginnen, wie jenem, das sich eben mit einer polyfonen Version der Arie der ›Königin der Nacht‹ ankündigte.

Es war Brandtner, der völlig fassungslos war. »Gutenbrunner ist angeschossen und schwer verletzt worden. Er befindet sich im Spital in Klosterneuburg.« Seine Stimme überschlug sich fast. »Die Ärzte sind nicht sicher, ob er durchkommen wird. Und Garber ist verschwunden. Können Sie versuchen, Wallner zu erreichen? Und es würde mir sehr helfen, wenn Sie nach Klosterneuburg kämen. Ich bin im Krankenhaus.«

*

Dank eines offenen Kamintürls war Garber zumindest akustisch Zeuge dessen geworden, was sich in dem Raum über ihm abgespielt hatte. Zunächst hatte Franz Gutenbrunner beharrlich bestritten, dass außer ihm noch jemand im Hause war. »Thie lügen«, hatte eine fremde männliche Stimme behauptet. »Ich frage Thie jettht nur noch ein Mal, wo itht der Mann?«

Dann hatte der Banker nur mehr zwei klatschende Schläge gehört, ganz so, als ob sich beide geohrfeigt hätten. Oder einer der beiden den anderen zweimal. Dann waren zwei Schüsse zu hören gewesen, und ein Körper war zu Boden gefallen. Die fremde Stimme hatte gerufen: »Scheithe, ich bin verletzt!« Da hatte der Banker gewusst, dass es seinen Hausherrn erwischt haben musste.

Als Nächstes hatte er gehört, wie der Fremde zur Türe gegangen war und geschrien hatte: »Tatjana, schwing deinen Arsch herein. Wir müththen den Kerl finden, er muth doch irgendwo thein.«

»Ich komme schon«, hatte eine tiefe weibliche Stimme geantwortet. »Aber sei bitte nicht immer so ordinär.« Ein astreiner Alt, war es dem Opernfan Garber durch den Kopf gegangen. Komisch, was einem in Extremsituationen so alles auffiel.

»Du bist ja verletzt«, hatte der Banker die Frau noch sagen gehört, aber der Mann mit dem Sprachfehler hatte sie beruhigt. »Thieht schlimmer auth, alth eth itht, nur ein Kratther an der Schulter. Den verbinden wir nachher.«

Dann hatten die beiden noch etwa 15 Minuten das ganze Haus abgesucht, aber nichts mehr gesprochen. Garber hatte nur die gelegentlichen Flüche des ›Th-Mannes‹ gehört. Dann war die Türe zugeschlagen worden, und es war wieder still gewesen.

Zehn Minuten später hatte sich der Direktor aus seinem Versteck gewagt. Oben im Zimmer hatte er den schwerverletzten Gutenbrunner vorgefunden, bewusstlos, aber mit erfreulich regelmäßigem Puls. Gott sei Dank hatten sich die beiden Täter nicht auch am Telefon vergriffen, sodass Garber keine Probleme hatte, die Polizei zu verständigen. Dann war er in den Anorak geschlüpft, hatte die festen Schuhe angezogen und war in den Wald gerannt. Sicher war sicher, man konnte ja nicht wissen, ob die beiden Wahnsinnigen nicht noch einmal zurückkamen.

Jetzt, etwas mehr als eine Stunde später, gewann die Kälte Oberhand gegenüber der Vorsicht. Langsam ging er zurück zu dem Haus, vor dem schon zwei Einsatzfahrzeuge der Polizei warteten. Im Hause angelangt, stellte er sich dem Leiter der Spurensicherung vor und machte ihn darauf aufmerksam, dass auch der Täter verletzt sein musste. Dann bat er ihn, Major Brandtner anzurufen.

*

Spät in der Nacht traf Palinski mit Brandtner, Wallner und Hans Garber in seinem Büro ein.

Wilma war nicht sehr erfreut gewesen, dass sie ihn gleich wieder ›verloren‹ hatte, nachdem er ihr gerade erst wieder ›zugewachsen‹ war. Aber sie hatte Verständnis gehabt. In wenigen Tagen war das alles ohnehin vorüber.

Im Spital hatte sich der behandelnde Arzt inzwischen zu dem beruhigenden Befund ›keine Lebensgefahr mehr‹ durchgerungen und damit eine deutliche Stimmungsverbesserung bei allen Betroffenen bewirkt. Auf dem Weg nach St. Andrä war dann auch noch die erlösende Meldung eingetroffen, dass Garber wieder-aufgetaucht war, und das unverletzt.

Die primär zu beantwortende Frage hatte nun gelautet: Wohin mit dem Bankdirektor, denn in dem ehemals sicheren Haus konnte er ja wirklich nicht bleiben. Palinski wäre nicht Palinski gewesen, wäre ihm nichts eingefallen. In dem zweiten Büro im Institut befand sich eine Schlafcouch, die konnte Herr Garber natürlich gerne benutzen.

Für einen weiteren Höhepunkt des Abends sorgte dann noch Florian Nowotny. Er war extra aufgeblieben, um seinem Chef die erfreuliche Nachricht sofort kredenzen zu können.

»Mario, wir haben diesen Nehodal ausfindig gemacht«, kündigte er bereits an, ehe die Ankommenden überhaupt noch alle in der guten Stube waren. »Er hat am 27. April vor 23 Jahren im Standesamt in der Martinstraße eine Doris ...«, er blickte auf seinen Notizblock, um den Namen abzulesen.

»Garber geheiratet«, fuhr Hans Garber fort. »Und dabei ...«

Aber so leicht ließ sich Florian nicht um seinen Erfolg bringen.

»Und dabei hat er von der gesetzlichen Möglichkeit Gebrauch gemacht, den Familiennamen seiner Frau anzunehmen.«

Überrascht blickten alle auf Nehodal, Pardon, Garber. »So einfach und logisch«, kommentierte Palinski das ungläubige Schweigen, »und trotzdem so schwer, draufzukommen, wenn man nicht in dieser Richtung sucht.«

Inzwischen war auch Axel, der bereits im Bett gewesen war, aufgetaucht. »Was ist denn hier los?«, wollte er wissen und blickte den Neuankömmling an.

»Hans, bist du das?«, fragte er ungläubig. Garber nickte nur, dann sagte er: »Axel, ich freue mich wahnsinnig, dich wiederzusehen.« Die beiden Männer umarmten sich. »Hast du eine Ahnung, was eigentlich los ist?«

Es ging noch lange her an diesem Abend bzw. bis in den nächsten Morgen hinein. Und zum Teil auch hoch.

9

Für Situationen wie die letzte Nacht und die damit verbundenen ›Menschenmassen‹ war das ›Institut für Krimiliteranalogie‹ fast schon zu klein. Dabei waren Palinski die beiden zusammengelegten ehemaligen Hausbesorgerwohnungen mit ihren insgesamt sechs Räumen bisher wie ein kleines Palais, ›sein‹ Palais, vorgekommen.

Mit drei weiteren Schlafgästen – neben Florian, Dr. Rossbach, Garber und den beiden Hunden Max und Moritz hatten auch ›Fink‹ Brandtner sowie das Ehepaar Wallner die Nacht hier verbracht – waren die entsprechenden Kapazitäten aber mehr als ausgelastet gewesen.

Franca Wallner, die stellvertretende Kripochefin am Kommissariat Josefstadt, war auf Wunsch ihres Mannes zu der Runde gestoßen, um mit ihrem scharfen Verstand zur Zusammenführung und Konsolidierung der bisher zwei Fälle zu einem einzigen beizutragen.

Jetzt saß die Runde, zu der sich auch Palinski gesellt hatte, beim Kaffee. Mario, der den kurzen Rest der Nacht ausführlich genutzt hatte, sich wiederholt mit Wilma zu versöhnen, sah ziemlich ramponiert aus. Aber seine ansteckende Fröhlichkeit ließ die dunklen Ringe unter seinen Augen aussehen wie Ehrenzeichen.

»Von den ursprünglichen ›Sieben‹ sind jetzt nur mehr zwei am Leben«, fasste Franca Wallner zusammen. »Und das sind Dr. Rossbach und Direktor Garber. Herwig Nestler ist vor Jahren eines natürlichen Todes gestorben. Soweit Krebs natürlich ist«, schränkte sie ein. »Gregor Atzinger ist aller Wahrscheinlichkeit nach einem Unfall zum Opfer gefallen, auch wenn der Zeitfaktor einen gewissen Zusammenhang mit diesem Fall nicht ganz ausschließt. Jakob Fahlbichler wurde eindeutig ermordet, ziemlich sicher auch Friedrich Rutzmann. Bleibt noch der eigenartig anmutende Selbstmord Werner Dudeks nach dem angeblichen Mord an seiner Frau. Habe ich etwas vergessen?«

Franca hatte nicht und fuhr fort: »Sind übrigens die Patronen schon miteinander verglichen worden, mit denen Rutzmann und Dudek getötet worden sind? Und die Kugel, mit der der arme Gutenbrunner angeschossen worden ist, sollte auch in diese Betrachtung einbezogen werden.«

»Rutzmann und das Ehepaar Dudek wurden jeweils mit einer Patrone Kaliber 9 mm erschossen«, wusste Florian, »also wäre es durchaus denkbar, dass in beiden Fällen dieselbe Waffe verwendet worden ist.«

Wallner, der stolz auf seine Frau war, der das Selbstverständliche immer kurz vor den anderen aufzufallen schien, hatte schon sein Handy heraußen, um die notwendigen Veranlassungen zu treffen.

»Der Täter scheint also eine Schusswaffe zu bevorzugen«, warf Palinski ein. »Warum wurde der Australier, dieser Fahlbichler, dann aber stranguliert? Das ist doch ein völlig anderes Muster!«

»Auch bei dem Anschlag auf Magister Blum war keine Schusswaffe im Spiel«, ergänzte Axel Rossbach durchaus richtig.

»Ich habe heute um 17 Uhr ein Treffen mit einer unserer Profilerinnen«, kündigte Wallner an, »die werde ich auch dazu befragen. Vielleicht solltest du und Sie an der Besprechung teilnehmen.« Dabei blickte er auf Palinski und ›Fink‹ Brandtner.

»An der Ermordung Fahlbichlers waren möglicherweise zwei Personen beteiligt«, rief Florian in Erinnerung. »Und im Falle Blum war da neben der falschen Schwangeren sicher auch noch eine zweite Person. Eine allein hätte die Tat in der offenbar beabsichtigten Form gar nicht begehen können. Vielleicht hängt die Wahl der Waffe davon ab, ob der Killer allein ist oder mit einer Komplizin vorgeht.«

»Das ist ein sehr kluger Bursche, den Sie da haben, Palinski«, anerkannte Brandtner. Und dann zu dem Gelobten direkt: »Falls Sie einmal Lust haben sollten, zum Landeskriminalamt zu kommen, lassen Sie es mich wissen.«

Palinski bemerkte, dass Axel Rossbach irgendetwas auf der Seele lag. »Ist was, Axel? Du wirkst irgendwie irritiert.«

Der Angesprochene blickte auf, zögerte und entgegnete schließlich: »Es ist eigentlich nichts. Bloß, ich höre in letzter Zeit immer öfter den Ausdruck ›Profiler‹. Auch im Fernsehen und überhaupt. Ist das ein neuer Beruf? Was bedeutet das eigentlich?«

Palinski grinste, und Wallner lachte, nur Major Brandtner nahm die Frage des Zahnarztes ernst und ihn damit gleichzeitig in Schutz.

»Sie haben völlig recht. Dadurch, dass wir gänzlich ohne Not jeden angloamerikanischen Begriff in unsere Sprache aufnehmen, geben wir immer mehr von unserer Identität auf. In 50 Jahren werden wir eine Art ›Kitchen-Deutsch‹ sprechen, viel Englisch, durchsetzt mit einigen deutschen Vokabeln und österreichischen Dialektausdrücken. Na prost Mahlzeit.« Er schüttelte den Kopf. »Na gut, bei ›Computer‹ und anderen Begriffen, für die wir über keine eigenen Ausdrücke verfügen, geht das schon o. k., also in Ordnung. Aber warum die guten alten Psychologen plötzlich Profiler heißen müssen, ich weiß es nicht.«

»Gut«, ›Deputy Chief‹ Franca Wallner versuchte, wieder Ordnung in das Gespräch zu bringen. »Wir haben also einen Täter, eine Mittäterin oder Komplizin und zwei Tatmuster. Allein tötet der Killer mit einer Faustfeuerwaffe, zu zweit werden andere Methoden gewählt. Vielleicht hasst die Komplizin Schusswaffen? Und hat gleichzeitig entsprechenden Einfluss auf den Täter, deren Einsatz in ihrer Gegenwart auch zu verhindern.«

Inzwischen hatte es nicht nur zu schneien begonnen, auch Margit Waismeier war eingetroffen, die Leiterin von Palinskis Büro. Schlagartig verwandelte sich ›Fink‹ Brandtners Konzentration auf den ›Fall‹ in scheues, unübersehbares Interesse für die aparte Frau und Mutter eines Siebenjährigen. Zweiteres wusste der Major, der Margit am Vortag zum ersten Mal gesehen hatte, aber noch nicht.

Palinski war bereits gestern aufgefallen, dass seine Büroleiterin dem Mann vom Landeskriminalamt Niederösterreich zu gefallen schien. Und er registrierte jetzt mit Befriedigung, dass er sich bei dieser Einschätzung offensichtlich nicht geirrt hatte.

Falls es ›Fink‹ Brandtner gelang, Margits derzeitigen Freund, den Münchner Diplomingenieur, auszustechen, wäre er, Palinski, wahrscheinlich eine große Sorge los. Denn der Major würde mit Sicherheit nicht ins Ausland übersiedeln und seine Bürochefin mitnehmen. Palinski beschloss daher, die sich anbahnende Beziehung diskret zu fördern.

»Willst du dich nicht zu uns setzen, Margit, du kannst uns mit deiner Erfahrung sicher hilfreich sein?«, meinte er scheinheilig und deutete auf den freien Platz neben dem Major.

Doch das Leben geht oft andere Wege. »Tut mir leid«, erwiderte sie und lächelte ›Fink‹ dabei an, dass es ihm das Herz vor Freude zusammenzog. »Aber ich muss einige Sachen fertig machen, die unbedingt noch heute zur Post sollen.« Sprach's und verschwand wieder in ihrem Vorzimmer.

Franca war wirklich klasse, fand nicht nur ihr Mann. Nachdem sich die durch Margits Ankunft entstandene Unruhe gelegt hatte, nahm sie den Faden genau wieder dort auf, wo sie ihn vor einigen Minuten abgelegt hatte.

»Auch dazu wird die Psychologin sicher einiges sagen können.« Sie meinte damit die wechselnden, möglicherweise von der Anzahl der Täter abhängigen Tatmuster.

»Abgesehen davon, ergibt sich jetzt ein ganz konkretes Problem. Nachdem sich die ›Sieben‹ auf zwei reduziert haben, sind die beiden Überlebenden, also die Herren Rossbach und Garber, zwar noch grundsätzlich verdächtig.« Das war den beiden bisher offenbar gar nicht bewusst gewesen, denn sie blickten verdutzt, ja betreten zu Franca und den anderen Kriminalisten. »Aber«, fuhr Frau Wallner fort, »ich glaube, aufgrund der jüngsten Erfahrungen können die beiden Herren als Täter faktisch ausgeschlossen werden.«

Die ›beiden Herren‹ wirkten erleichtert und waren sowieso dieser Meinung, aber auch die anderen schlossen sich, selbst nonverbal deutlich erkennbar, dieser Einschätzung an.

»Das bedeutet gleichzeitig aber auch, dass die Frage ›Welcher der ›Sieben‹ möchte den Koffer und seinen Inhalt ganz für sich allein haben‹ nicht mehr aktuell ist. Wie muss die richtige Frage jetzt aber lauten?«

Das war der entscheidende Punkt. Sie standen eigentlich wieder ganz am Anfang.

Garber, dem die Sache mit der ›Siebener-Tontine‹ total entfallen und erst im Laufe des nächtlichen Gespräches wieder in Erinnerung gerufen worden war, wie er zumindest glaubwürdig versicherte, wollte zunächst noch etwas anderes wissen. »Kannst du dich erinnern«, er wandte sich an Rossbach, »was mit diesem Koffer eigentlich geschehen soll, falls keiner von uns Anspruch darauf erhebt?«

Rossbach runzelte seine Stirne. »Ich kann mich dunkel erinnern, dass der Vertrag den Notar in diesem Fall ermächtigt, den Koffer bzw. seinen Inhalt zu verwerten, noch offene Gebühren vom Erlös einzubehalten und den Rest einer karitativen Einrichtung zur Verfügung zu stellen. Welcher, kann er sich aussuchen, glaube ich.«

Während die Gruppe weiter vor sich hin grübelte, betrat Margit wieder den Raum und reichte Palinski ein Schreiben. »Ich glaube, wir sollten diese Geschichte endgültig vergessen«, kommentierte sie. »Das sind doch alles nur Ausreden. Ich habe den Eindruck, er lässt nichts unversucht, um zu verhindern, dass wir uns das Haus ansehen. Sieht aus, als ob etwas damit nicht in Ordnung ist.«

Mario hatte das Schreiben überflogen und nickte. »Ja, schreib ihm, er kann uns gernhaben. Aber etwas diplomatischer.« Dann verließ Margit wieder das Büro, nicht ohne ›Fink‹ einen kurzen Blick zuzuwerfen, wie Palinski beobachtet zu haben glaubte.

»Ich denke, Frau Waismeier hat deine Frage gerade unbewusst beantwortet«, meinte Helmut Wallner zu seiner Frau. »Wenn es nicht darum geht, den Koffer und seinen Inhalt für sich allein zu bekommen, dann geht es vielleicht um das genaue Gegenteil.« Gespannt starrten alle auf Wallner. »Vielleicht möchte jemand um jeden Preis verhindern, dass auch nur einer der ›Sieben‹ den Koffer bekommt oder einen Blick hineinwirft.«

»Aber warum sollte das jemand tun?«, wunderte sich Palinski. Die etwas naiv wirkende Frage war aber kniffliger zu beantworten, als man annehmen sollte. Nach einigen Minuten konzentrierten Nachdenkens war es dennoch so weit. Und diesmal war es einer der beiden ›Siebener‹, der den entscheidenden Input brachte.

»Da gibt es eigentlich nur eine einzige logische Antwort darauf und damit auch nur eine Handvoll Personen, die als Täter infrage kommen«, meinte Hans Garber und entwickelte eine äußerst interessante, vor allem aber logische Theorie.

*

Der Täter und seine Komplizin kannten sich schon jahrelang. Sie hatte mit ihrem Studium eben erst begonnen, als er sich bereits auf seine abschließenden Prüfungen vorbereitet hatte. Kennengelernt hatten sich oder besser aufeinandergetroffen waren die beiden in der Mensa, als er gestolpert war und ihr Fruchtsalat und Kakao relativ gleichmäßig über Pulli und Jeans verteilt hatte.

Zunächst war Tatjana stocksauer gewesen, aber die verzweifelten Bemühungen des um fünf Jahre älteren Mannes hatten sie rasch versöhnt. Vor allem hatte es ihr sein, wie sie fand, entzückender Sprachfehler angetan. Sie konnte bis heute nicht verstehen, wie man sich über diese sanfte Variante der Aussprache des an sich eher scharfen Buchstabens »s« so belustigen konnte, wie das so viele Menschen taten und ihren ›Winnie‹ damit verletzten.

Obwohl die beiden rein äußerlich so gar nicht zusammenzupassen schienen, sie war mit mehr als 1,80 doch eher groß und kräftig, nicht mollig, aber doch athletisch, er einen halben Kopf kleiner und eher zierlich gebaut. Ein bisschen sah er wie Dustin Hoffman in ›Die Reifeprüfung‹ aus, fand sie und fühlte sich dabei wie Anne Bancroft. Nur jünger halt.

Beide hatten in ihrer Jugend unter dominanten Vätern gelitten, die die jugendlichen Herzen und Seelen verkorkst hatten. Dazu kam noch, dass Tatjanas Vater der knapp Dreijährigen beim Putzen seiner Pistole versehentlich die Fingerspitze und das erste Glied des kleinen Fingers der rechten Hand abgeschossen hatte. Diesen Schock hatte die Frau bis heute nicht vollständig überwunden.

Auch ›Winnies‹ Vater war ein Schwein gewesen, aber im Gegensatz zu ihrem Alten, der sabbernd und verwirrt in einem Pflegeheim dahinvegetierte, schon lange ›heimgegangen‹, wie ihr Freund den Mord euphemistisch zu bezeichnen pflegte. Der bekannte Anwalt war vor 13 Jahren in Wien erschossen und ausgeraubt worden, als er eines Nachts bei einem Geldausgabeautomaten angehalten hatte, um sich ein wenig Bares für die Nutten zu besorgen.

Die beiden hatten jetzt den Dachboden über der 2. Stiege erreicht. Nachdem er bei der Baupolizei in Erfahrung gebracht hatte, dass die vier Stiegen des alten Großbürgerhauses über den Dachboden als Fluchtweg miteinander verbunden waren, war auch klar gewesen, wie sie, ungesehen von diesem komischen Institutsmenschen auf Stiege 4, in Rossbachs Ordination gelangen konnten. Sie hatten gewartet, bis jemand aus der 4. Stiege gekommen war, waren durch das nun geöffnete Tor ins Stiegenhaus gelangt und mit dem Lift nach ganz oben gefahren. Da bei einem Fluchtweg alle Türen offen sein mussten, war der Rest nur mehr ein Kinderspiel gewesen.

Und so betraten sie jetzt völlig ungehindert die Zweier-Stiege und machten sich leise und vorsichtig auf den Weg hinunter in den 2. Stock. Ehe Winnie die Türe mit sanfter Gewalt öffnete, klingelte er vorsorglich, um zu sehen, ob nicht doch bereits jemand in der Ordination war. Obwohl die Sprechstunden erst in mehr als zwei Stunden beginnen sollten. Und er war gut beraten damit, denn fast sofort öffnete Bärbel, die langjährige Sprechstundenhilfe Rossbachs, die Türe. Sie war heute früher gekommen, um vor den Feiertagen noch einigen Papierkram wegzuarbeiten.

»Tut mir leid«, Bärbel wollte die beiden schnell abschasseln, um wieder an ihre Arbeit zurückzukommen, »aber der Herr Doktor kommt erst um 14 Uhr.«

»Aber dath macht doch nichtth«, meinte Winnie freundlich, drückte die Türe einfach auf und stieß die perplexe Sprechstundenhilfe ins Innere. Mit einem Messer in der Hand dirigierte er die vor Schreck erstarrte Bärbel zum Telefon. »Jetzt rufen Thie schnell Ihren Doktor an und fordern ihn auf, thofort hier thu erscheinen. Thagen Thie ihm einfach, jemand«, er überlegte, »von der Ärthtekammer will ihn dringend thprechen. Ein Notfall. Und kein falscheth Wort, thontht …« Er überließ es Bärbels Fantasie, ihr ausreichend Angst zu machen.

Nach dem erzwungenen Telefonat verpasste Tatjana der Sprechstundenhilfe kurz und fast schmerzlos das dafür vorbereitete Jauckerl. Zwei Minuten später hing die Gute bereits leicht schnarchend in einem der beiden bequemen Fauteuils im Wartezimmer.

*

Anni Enigler war der Mann, der bereits kurz nach 8 Uhr das erste Mal aufgetaucht war, sofort aufgefallen. Irgendetwas an der Art, wie er dastand, die Hände bewegte, mit dem Kugelschreiber am Kundenpult spielte, kam ihr bekannt vor. Bekannt nicht in dem Sinn, dass ihr dieser Mensch irgendwie nahestand, sondern nur, dass er ihr schon einmal über den Weg gelaufen war.

Und obwohl ihr der Gedanke an den Kerl wie eine Klette im Gehirn haften blieb und sie ständig überlegte, wo sie das Gesicht hintun sollte, fiel ihr partout nicht ein, wer er war. Als ihr Kopf dann endlich wieder frei für anderes war, war ›Mr. Mysterious‹ noch einmal in die Filiale gekommen. Diesmal begnügte er sich nicht mit dem Beobachten der Vorgänge in der Filiale, sondern er trat auch an die Kasse und ersuchte den Kollegen, einen größeren Schein zu wechseln. Während der Kassier die Scheine hinzählte und mit dem Kunden einige Worte wechselte, fiel ihr plötzlich ein, wer der Kerl war. Oder zumindest, an wen er sie erinnerte. Sie war sich plötzlich ziemlich sicher, dass es sich dabei um den flüchtigen Weihnachtsmann handelte, den Bankräuber, dem die Flucht geglückt war. Rasch ging sie zum Kundenpult, um wieder einmal einen Kugelschreiber als Beweisstück sicherzustellen. Herr Palinski würde sicher wissen, was damit am besten zu geschehen hatte.

Nachdem sie das Ding mit einem Taschentuch aufgenommen und vorsichtig in einem Plastiksackerl deponiert hatte, ganz so, wie sie es aus ›Tatort‹ und den anderen Krimireihen kannte, bat sie den Kollegen von der Kasse um eine kurze Unterredung.

»Der Mann wollte wissen, wann Direktor Garber wieder im Dienst sein wird und ob man ihn irgendwo erreichen kann«, berichtete der Kassier auf Annis Frage. »Er hat gemeint, er hätte dringend etwas sehr Wichtiges mit ihm zu besprechen.«

»Und was haben Sie darauf geantwortet?«

»Nur die Wahrheit«, erwiderte der Kassier, »dass ich nicht die geringste Ahnung habe, wann Herr Garber wieder gesund sein wird. Und daher auch nicht, wann er wieder da sein wird.«

»Ist Ihnen sonst etwas Ungewöhnliches an dem Herrn aufgefallen?« Frau Enigler war wirklich nicht so leicht zufriedenzustellen.

»Das kann man wohl sagen«, meinte ihr Kollege. »Der Mann hat gelispelt. Aber nicht schlampert.«

Gut, fand Anni Enigler, damit konnte die Polizei sicher etwas anfangen. Der Gedanke an diesen unmöglichen Inspektor Musch veranlasste sie aber, sich neuerlich nicht direkt mit den Ordnungshütern in Verbindung zu setzen, sondern ein weiteres Mal die Vermittlung Palinskis in Anspruch zu nehmen. Rasch tippte sie seine Handynummer ein, doch der »Teilnehmer ist im Augenblick leider nicht erreichbar. Versuchen Sie es später noch einmal«. Na bitte, dann eben etwas später.

*

Der Anruf für Axel Rossbach leitete gleichzeitig auch den Auflösungsprozess der Runde in Palinskis Büro ein.

»So was Dummes«, moserte der Zahnarzt, »hat die Kammer ein paar Tage vor Weihnachten wirklich nichts Besseres zu tun, als ihre Mitglieder zu besuchen? Ich muss kurz in die Ordination«, meinte er zu Palinski, »unsere Bärbel braucht dringend meine Unterstützung.«

Im Hinausgehen rief ihm Wallner noch ein »Sie kommen doch heute auch zu meinem Ausstand zum ›Wurzbacher‹? Würde mich freuen« nach. »Falls mein Wachhund es erlaubt, gerne«, scherzte der Zahnarzt und war schon draußen.

Das war so schnell gegangen, dass Palinski keine Chance gehabt hatte, gegen den spontanen Ausritt Axels zu protestieren. Aber was sollte jetzt auch groß geschehen, am Vormittag und mit der Polizei im Haus, versuchte er sich zu beruhigen. Allerdings mit nur geringem Erfolg. Irgendwie erschien es ihm eigenartig, dass gerade jetzt jemand von der Ärztekammer Rossbach sprechen wollte. Das war zumindest ungewöhnlich. Und auf Ungewöhnliches reagierte Palinski nun einmal mit Argwohn.

Wallner hatte inzwischen auch alle anderen Anwesenden für den Abend zum ›Wurzbacher‹ gebeten und war dabei, aufzubrechen. Ebenso wie Major Brandtner, der hoffte, dass die Einladung auch für Margit Waismeier galt und vor allem auch von ihr angenommen wurde.

Unruhig ging Palinski zum Fenster und blickte in den Innenhof. Es hatte zwar zu schneien aufgehört, aber die knappe Stunde Schneefall hatte gereicht, die Szenerie vor seinen Augen in eine wunderschöne Winterlandschaft zu verwandeln. Irgendetwas fehlte allerdings. Zuerst konnte er nicht erkennen, was das war. Als aber die Schuhe Wallners ihre ersten Spuren im jungfräulichen Schnee hinterließen, wusste er plötzlich, was ihn störte. Falls der Herr von der Kammer innerhalb der letzten halben Stunde gekommen war, und daran bestand vernünftigerweise ja kein Zweifel, dann musste er von der Straße zum Eingang Stiege 2, auf der sich Rossbachs Ordination befand, geflogen sein. Denn der verschneite Zugang war frei von jeglichen Schuhabdrücken.

Das konnte aber nur eines bedeuten, nämlich, dass etwas nicht stimmte, irgendeine riesige Sauerei gegen Rossbach im Gange war.

Er rannte aus seinem Büro, schnappte sich im Vorzimmer einen dieser langen Schuhlöffel aus Metall, die mit viel Fantasie wie ein römisches Kurzschwert aussehen konnten, brüllte: »Holt schnell Wallner oder Brandtner zurück, in der Ordination Rossbachs stimmt irgendetwas nicht!«, und rannte auch schon ins Freie. So schnell, wie es ihm mit seiner doch recht respektablen Wampe möglich war.

*

Auf dem Weg in den zweiten Stock gingen Dr. Rossbach die unterschiedlichsten Dinge durch den Kopf. Was denn bloß die Ärztekammer von ihm wollte, ob er Bärbel neben dem üblichen Weihnachtsgeschenk nicht doch auch noch eine Prämie für ihren außerordentlichen Einsatz zahlen sollte? Vor allem aber nahm er sich vor, diese Gelegenheit wahrzunehmen, wieder einmal ungestört mit seiner Frau zu sprechen. Seine Familie fehlte ihm schon ziemlich.

Was ihm in dieser Situation allerdings völlig abging, war das, was man allgemein als ›Instinkt‹ bezeichnete. Jenes Gefühl, das eine drohende Gefahr ankündigt, ohne dass diese bereits objektiv wahrnehmbar war. Wie zum Beispiel im Dunkeln den Kopf einzuziehen, ehe man damit gegen den zu niedrigen Türstock rannte. Nein, dieses mitunter existenzielle Sensorium war Rossbach abhandengekommen, zumindest für heute.

Deswegen betrat er die Ordination auch völlig arglos und wurde erst aus seinem Sinnieren gerissen, als ihm plötzlich ein spitzer Gegenstand an den Hals gedrückt wurde und eine Stimme flüsterte: »Keine falsche Bewegung oder Thie thterben …«

Schlagartig bekam der Zahnarzt ernsthafte Probleme mit den Schließmuskeln an beiden Pforten. Irgendwie schaffte es sein Stolz aber noch, dem ›Lispler‹ nicht die Genugtuung zu verschaffen, sich vor ihm anzumachen. Diese Sau war für den Tod Jakob Fahlbichlers verantwortlich und hatte mit ihm sicher auch nicht viel anderes im Sinn.

»Wenn es Ihnen um Geld geht, dann gehen Sie mit mir zur Bank.« Rossbach versuchte, auf Zeit zu spielen. »Ich habe mindestens 62.000 Euro auf dem Konto, die ich Ihnen geben kann. Wenn Sie mir bis nach den Feiertagen Zeit geben, kann ich auch noch mehr beschaffen.«

»Ich will kein Geld«, erklärte Winnie, »aber Thie behindern meine Pläne.« Es wäre nichts Persönliches, meinte der irre Killer noch, aber Rossbach müsste einfach aus dem Weg. Dann bewegte er den Arm, in dessen Hand er das Messer hielt, kurz hin und her. »Tatjana, wo bleibtht du mit der Injekthion? Mir schläft schon der Arm ein.«

»Ich komme sofort, Winnie«, brüllte Tatjana. »Ich fürchte nur, die Spritze müssen wir vergessen.«

»Ja, warum denn?«, schrie Winnie zurück. »Itht thie etwa kaputt?«

Wie sich aber herausstellte, hatte die Gute ihre medizinische Ausrüstung heute lediglich zu Hause vergessen. Wo immer das auch war. »Aber die Substanz habe ich mit«, fügte die Frau entschuldigend hinzu.

»Wenn es nur um die Spritze geht«, meinte Rossbach äußerlich forsch, »davon haben wir jede Menge hier. Wenn Sie wollen …«

»Wo?«, wollte Winnie wissen, »und machen Thie keine falsche Bewegung. Thontht bleibt die Injekthion einfach weg, und Ihr Tod wird umtho schmerthhafter.«

»Nein«, widersprach da Tatjana, »das tun wir nicht. Du weißt, was wir ausgemacht haben. Keine Schusswaffen in meiner Gegenwart, und den Todeskandidaten wird das Sterben so leicht wie möglich gemacht. Sonst kannst du mich vergessen, du Sadist.«

Unter anderen Umständen hätte Axel Rossbach diesen absurden, wie aus einem Stück von Genet oder Ionesco klingenden Dialog genossen und herzhaft darüber gelacht. So aber musste er sich zwischen blankem Entsetzen und wildem Aufbegehren gegen ein scheinbar schon beschlossenes Schicksal entscheiden.

Diese Entscheidung wurde maßgeblich durch ein leises Knarren beeinflusst, das er eben vernahm und das mit Sicherheit von dem losen Stück Parkett im Eingangsbereich stammte. Er hatte Bärbel und auch Dr. Wechslers Ordinationshilfe schon wiederholt darauf aufmerksam gemacht, die Reparatur des Schadens in Auftrag zu geben. Jetzt war er aber heilfroh darüber, dass man sich so konsequent über seine Anordnungen hinweggesetzt hatte. Denn der kleine Knarrer klang in seinen Ohren wie das Angriffssignal der Kavallerie, die endlich zur Rettung der Siedler vor den ›bösen Rothäuten‹ eingetroffen war.

Was jetzt angesagt war, war in jedem Fall Ablenkung, damit sich die Retter in eine möglichst gute Position bringen konnten.

»Die frischen Spritzen sind da drinnen«, er deutete auf die Türe des verschlossenen Röntgenraumes. »Ich hole jetzt den Schlüsselbund aus der Hosentasche und gebe ihn an Sie weiter. Ist das o. k?«

Während Winnie noch überlegte, stimmte Tatjana bereits zu und näherte sich Rossbach.

»Gut«, brummte jetzt auch der Mann, »aber vorthichtig und keine falsche Bewegung.«

Während sich Rossbach jetzt vorsichtig zuerst mit der rechten Hand in die rechte und dann noch mit der linken in die linke Hosentasche fuhr, baute sich Tatjana vor ihm auf und streckte ihre Hand fordernd aus. Und da wusste Rossbach zweifelsfrei, wen er vor sich hatte, und neuer Zorn durchflutete ihn. »Sagen Sie, gnä Frau«, hänselte er Tatjana mit eiskalter Stimme, »wie geht es denn dem Baby? Wieso wollten Sie eigentlich Herrn Garber am nächsten Tag im Krankenhaus vergiften?«

Im Gegensatz zu dem Mann schien die Frau noch eine Spur von dem zu haben, was man landläufig unter Gewissen verstand. »Tut mir leid, aber da wusste ich noch nicht, dass der Herr gar nicht Sie war«, erklärte sie.

Endlich hatte der Arzt den Schlüsselbund aus der Tasche gefischt und … schleuderte ihn mitten in den Raum. Die nicht unriskante Finte funktionierte tatsächlich, denn sowohl Tatjana als auch Winnie wandten sich kurz vom Doktor ab und stürzten sich auf den am Boden gelandeten Gegenstand ihrer Begierde.

Das war auch der richtige Moment für die im Vorraum wartende Entsatztruppe, endlich aktiv in das Geschehen einzugreifen.

*

Margit Waismeier war sofort nach Palinskis gebrüllter Aufforderung auf die Straße geeilt und hatte versucht, noch einen der beiden Kriminalbeamten zu erwischen. Leider konnte sie nur mehr Wallners Fahrzeug ausmachen, das eben in die Schegargasse einbog. Von Brandtner war nichts zu sehen, welches Fahrzeug er fuhr, wusste sie nicht.

Der Major gefiel der Witwe eines Kriminalbeamten sehr gut, nicht nur als Mann, sondern auch als potenzielle Leitfigur für Markus, ihren siebenjährigen Sohn. Der war fasziniert von der Arbeit seines Vaters gewesen und wollte unbedingt später einmal in dessen Fußstapfen treten.

Aber für solche Gedanken war jetzt keine Zeit, schalt sich Margit und eilte zurück ins Büro. Nach einigen Versuchen gelang es ihr, Brandtner zu erreichen, der sein sofortiges Kommen zusagte. Wenig später hatte sie auch Franca Wallner am Apparat, die ihr zusagte, ihren Mann so rasch wie möglich zu informieren.

Unabhängig davon hatte sich Florian Nowotny bereits auf den Weg gemacht, um Rossbach und Palinski zur Hilfe zu eilen. Hans Garber war nur mit Mühe davon zu überzeugen gewesen, dass es eine größere Hilfe war, im Büro zu bleiben als sich Florian anzuschließen, wie der Banker spontan angeboten hatte.

*

Palinski, der über den als Fluchtweg konzipierten, alle vier Stiegen verbindenden Dachboden natürlich Bescheid wusste, hatte sich als grundsätzlich bequemer Mensch zunächst vom Lift in den 4. Stock bringen lassen. Auf dem Weg zur Stiege 2 waren ihm zum Teil noch feuchte, im Wesentlichen aber schmutzige Spuren aufgefallen, die von zwei Personen zu stammen schienen. Falls der Lispler heute paarweise auftrat, bestand berechtigte Hoffnung, dass er keine Schusswaffe verwendete. Ob man sich darauf allerdings verlassen konnte, wusste Palinski natürlich nicht. Entschlossen klammerte er sich an den rund einen Meter langen Schuhlöffel aus Metall, seine einzige ›Waffe‹. Ob sich die Bösen allerdings davon beeindrucken lassen würden, bezweifelte er eher. Aber es gab ihm selbst ein ganz klein wenig Sicherheit und war damit besser als gar nichts.

Als er das Stockwerk mit der Ordination erreichte, bemerkte er, dass die Türe lediglich angelehnt war. Das war gut so und erleichterte ihm das unbemerkte Betreten der Gemeinschaftspraxis. Die Gesprächsfetzen, die ihn aus einem der hinteren Räume erreichten, ließen die vage Hoffnung zu, dass das diabolische Pärchen im Moment nicht gerade einer Meinung zu sein schien. Vorsichtig ging er weiter und … verdammt, ein knarrendes Dielenholz war jetzt genau das, was er nicht brauchte. Er blieb stehen und wartete auf irgendeine Reaktion darauf. Aber das Geräusch war offenbar in dem Disput der beiden untergegangen. Langsam schlich er weiter, den Schuhlöffel jederzeit einsatzbereit in die Höhe gereckt.

Jetzt hatte Palinski eine Position erreicht, aus der er über einen Wandspiegel den Ablauf der Geschehnisse beobachten konnte. Das bedeutete gleichzeitig natürlich auch, dass er selbst ebenso gesehen werden konnte. Dass er sich im Gegensatz zu den anderen im Halbdunkel befand, war dabei nur ein geringer Vorteil.

Eben warf Axel etwas, das er aus seiner Hosentasche geholt hatte, zwischen seine beiden Peiniger auf den Boden. Und die beiden reagierten wie weiland der legendäre Pawlow'sche Hund, sie stürzten sich auf das Ding.

Bessere Voraussetzungen würde es für sein Eingreifen in nächster Zeit wohl kaum geben, dachte Palinski und setzte sich entschlossen in Bewegung. Als Erstes schlug er dem Mann mit äußerster Kraft den Metallschuhlöffel über das Gelenk der Hand, mit dem er ein Messer hielt. Dann drehte er sich kurz um und hieb der rechts knienden Frau die Schlüssel aus der Hand wie Tiger Woods den Ball beim Abschlag zu den All American Masterchips oder wie das Golfdings sonst heißen mochte.

Axel Rossbach war inzwischen nicht untätig geblieben und hatte Tatjana, die offenbar davonlaufen wollte, am Arm ergriffen. »Mit mir nicht, so nicht«, brüllte er, »Sie bleiben jetzt schön hier, bis die Polizei kommt.« Doch die Frau dachte nicht daran, klein beizugeben, sondern trat auf Verdacht in die Richtung, wo es Männern am meisten weh tat. Und sie war erstaunlich erfolgreich damit. Während sich der Zahnarzt noch am Boden krümmte, war sie bereits unterwegs zurück zum rettenden Dachboden.

Palinski dagegen hatte mit dem lispelnden Mistkerl einen Gegner, der nicht so rasch aufgab. Im Gegenteil, er versuchte sogar, wieder in den Besitz des gefährlich aussehenden Messers zu gelangen. Wild entschlossen prügelte Palinski mit der metallenen Schuhanziehhilfe auf den Mann ein. Dabei merkte er, wie der kleine Scheißer besonders bei Schlägen auf die rechte Schulter schmerzhaft zusammenzuckte und schließlich auch immer lauter aufstöhnte. Richtig, fiel ihm ein, bei dem Schusswechsel mit dem armen Gutenbacher oder wie er hieß war der Arsch ja auch angeschossen worden. Es war gut, richtig gut, wenn man die Schwachstelle seines Gegners kannte, dachte Palinski und prügelte entschlossen weiter auf die ganz bestimmte Stelle ein.

Endlich gab Winnie den Versuch auf, wieder ans Messer zu kommen. Dafür fuhr er Palinski an die Gurgel und versuchte, ihn mit erstaunlicher Kraft zu würgen. Während es unser Held mit letzter Kraft schaffte, zunächst einmal eine Hand von seinem Hals wegzubekommen, sprangen ihm zwei Narben am Gelenk des Angreifers ins Auge. Dann gelang es ihm endlich, sich aus dem Zugriff der zweiten Hand zu befreien.

Fuchsteufelswild schlug Palinski jetzt wieder und wieder auf den Kleinen ein. Dem wurde das Ganze langsam doch zu viel, denn er verpasste Mario noch einen Schlag auf das rechte Auge. Dann sprang er flink auf, trat Rossbach, der sich eben erst ein wenig erholt hatte und gerade aufstehen wollte, nochmals in die Seite, rannte durch den Vorraum und dann die Türe hinaus.

Als Florian eine Minute später und Brandtner gleich danach am Schauplatz des unwürdigen Geschehens eintrafen, fanden sie zwei vor allem in ihrer Ehre verletzte Männer vor. Rossbach würde darüber hinaus auch ein, zwei Tage auf die Freuden körperlicher Liebe verzichten müssen. Aber das machte nichts aus, seine Frau war ohnehin in Bischofshofen.

Die Ordinationshilfe Bärbel, die erst gut drei Stunden später aufwachte, sollte einige Tage danach einer ebenfalls von Schlafstörungen geplagten Freundin anvertrauen, schon lange nicht mehr so gut geschlafen zu haben wie die vier Stunden im Wartezimmer Dr. Rossbachs.

*

Wie zwei verletzte Wildtiere in der Steppe zogen sich Tatjana und Winnie in ihre ›Lodge‹ zurück, um ihre physischen, vor allem aber die psychischen Wunden zu lecken. Die ›Lodge‹, das war ein kleiner, alter Hof in Nickelshausen, einem winzigen Ort etwa 20 Kilometer nordöstlich von Wien. Hier versteckten sie nicht nur sich, sondern auch ihre eigenen und die jeweils gestohlenen Autos. Darüber hinaus zelebrierten die beiden hier eine Art ›Bonny und Clyde‹-Romantik und sonnten sich gelegentlich im selbst verpassten Robin-Hood-Image.

Jetzt war von der üblichen Seelenverwandtschaft aber wenig zu bemerken. Auf ihrem Fluchtweg zurück zur Stiege 4, der direkte Weg nach unten war durch den hörbar näher kommenden Florian Nowotny blockiert gewesen, hatten sich Tatjana und Winnie noch ganz ruhig verhalten. Auch während des fast zwei Stunden langen Wartens in einer Ecke des Dachbodens, bis sich die Lage wieder beruhigt hatte, hatten die beiden kaum ein Wort miteinander gewechselt. Im Auto dann war es aber losgegangen mit gegenseitigen Vorwürfen und Schuldzuweisungen. Die Diskussion drehte sich vor allem um die Frage, wer die Verantwortung dafür zu tragen hatte, dass die Türe zum Gang nicht verschlossen worden war. »Wäre dieser Mensch von vis-a-vis nicht plötzlich aufgetaucht, würde sich der Zahnarzt schon längst bei seinen Urahnen aufhalten«, schimpfte Tatjana sachlich nicht ganz zu Unrecht.

»Ja, warum hatht du dann die Türe nicht zugemacht?«, zeterte Winnie ebenso berechtigt zurück. »Damit können wir den Plan vergethen. Bith morgen schaffen wir die beiden nicht. Itht viel thu gefährlich.«

»Dann müssen wir uns eben etwas anderes einfallen lassen«, stellte Tatjana fest, die sich wieder etwas beruhigt hatte. »Ich habe auch schon eine Idee.«

Nachdem sie ihm ihre Überlegungen klargemacht hatte und die beiden die Details durchgegangen waren, meinte Winnie plötzlich: »Ein einfacher, aber grandiother Plan. Eigenartig, wenn wir daran schon früher gedacht hätten, hätten wir viel Ärger vermieden.«

»Und vor allem einige Tote«, ergänzte Tatjana trocken. »Irgendwie wäre mir das sympathischer gewesen.«

»Und wenn schon«, erwiderte Winnie, »no rithk, no fun.« Seine Geliebte und Komplizin war seit Kurzem manchmal so zickig, fand der Psychopath. Besonders seit der Ermordung dieses Australiers, wie hatte er noch schnell geheißen? Da meinte man, man machte ihr eine Freude und erschoss das Opfer nicht, sondern verwendete einmal etwas Neues, und wieder passte es der Dame nicht. Nur weil er die Garotte zu fest zugezogen hatte und dabei bis zum Halswirbel durchgedrungen war. Da war sie ihm fast zusammengeklappt. Er hatte nicht geahnt, dass Tatjana zu so einem hysterischen Anfall überhaupt fähig war.

»Scheith dich nicht an, Schatzi, wo gehobelt wird, da fallen halt Thpäne«, versuchte er abzuwiegeln.

»Ach leck mich doch …«, murmelte sie und verweigerte mehr als zwei Stunden lang jede Kommunikation.

Später besann sie sich wieder, und sie sprachen den Plan für morgen noch einmal in allen Punkten durch.

10

Major Brandtner hatte in Abstimmung mit allen Beteiligten Hans Garber bei Palinski zurückgelassen. Florian Nowotny schien ihm durchaus imstande zu sein, nicht nur Rossbach, sondern auch den zweiten noch lebenden ›Siebener‹ vor einem Angriff zu schützen, mit dem nach den heutigen Ereignissen allerdings niemand mehr so richtig rechnete. »Die Luft ist draußen«, hatte auch Helmut Wallner gemeint. »Das heißt aber noch lange nicht, dass sich die beiden Irren nicht noch etwas einfallen lassen.«

Ehe Brandtner ging, um sich auch wieder einmal in seinem Büro zu zeigen, nahm er noch kurz den Bankdirektor zur Seite. Ihm war eingefallen, dass er Marlene Mattig ein Versprechen gegeben hatte.

»Da wäre noch eine Sache zu besprechen, Herr Garber«, begann er. »Ich habe der Frau, die Sie der Vergewaltigung beschuldigt hat, zugesagt, mich bei Ihnen für sie zu verwenden. Das war unter anderem auch der Grund, dass sie relativ rasch mit der Wahrheit herausgerückt ist und ihre Hintermänner hingehängt hat.«

Garber lehnte zunächst jeden Gedanken an Nachsicht vehement ab. »Das kann doch nicht Ihr Ernst sein, Herr Major. Da wird man von einer Hure verleumdet, eines Verbrechens bezichtigt, und dann soll man einfach sagen ›Schwamm drüber, es war eh nicht so schlimm‹. Das ist doch nicht Ihr Ernst.«

»Also aus Ihrer Sicht wäre es sicher nicht unvernünftig«, konterte der Major mit samtweicher Stimme. »Was bringt Ihnen eine zivilrechtliche Klage schon? Geld haben Sie genug, im Gegensatz zur Mattig. Auch Ihr Ruf ist noch einigermaßen intakt. Wenn dann aber im Zuge des Verfahrens pikante Details bekannt werden, dann ...« Er überließ sein Gegenüber geschickt der Macht der Vorstellung.

Garber überlegte einige Zeit, dann meinte er: »Was ist eigentlich damals geschehen? Ich weiß es nicht, ich war ja völlig weggetreten.«

»Ich war nicht dabei und weiß es daher auch nicht«, erwiderte Brandtner. »Aber so, wie ich Marlene verstanden habe, hat sie Ihnen zunächst einmal einen runtergeholt.« Dann ging er weiter auf die technisch-manipulative Vorgangsweise ein.

»Ich glaube, man kann das auch anders sehen«, sinnierte Garber, der kurz sogar rot geworden war, nach einer Weile nachdenklich. »Eigentlich hat diese Frau ja Sex mit mir gemacht. Sehr einseitig, ohne Vergnügen daran zu haben und mit bösen Hintergedanken, aber immerhin Sex. Vielleicht sogar guten Sex, von dem ich allerdings nichts gehabt habe. Immerhin, der erste Sex nach mehr als zwei Jahren, und ich habe nicht das Geringste mitbekommen. Welche Verschwendung.« Dann grinste er. Etwas dümmlich, für einen seriösen Bankdirektor aber fast schon ferkelig. »Wie könnte ich so einer Frau wohl Schwierigkeiten machen?«

»Gut«, stellte der Major fest. »Das ist eine gute Entscheidung.« Und er meinte es auch so.

*

Palinski hatte über dem aufregenden Abschluss des Vormittags fast das Treffen mit der Polizeipsychologin vergessen. Er war schon immer davon fasziniert gewesen, wie diese Spezies Mensch, egal ob weiblich oder männlich, es anstellte, aus einigen mitunter zweifelhaften Informationen ein mehr oder weniger komplexes Bild eines Verbrechers zu entwickeln, verbindliche Aussagen zu Verhaltensmustern, Motiven und weiterer Vorgangsweise zu treffen. Und diese Prognosen, er war fast versucht, von Prophezeiungen zu sprechen, stimmten dann häufig auch noch. Es war faszinierend.

Als Palinski im provisorischen Büro Wallners im Amtsgebäude am Lichtenwerderplatz eintraf, war es bereits 17.15 Uhr. Neben dem Oberinspektor, der eben inoffiziell von seiner bevorstehenden Ernennung zum Chefinspektor erfahren hatte und entsprechend freudig erregt war, hatten sich auch noch ›Fink‹ Brandtner, sein Assistent Lorenz Egger und Dr. Eva Maria Linsinger-Beitelsheim eingefunden.

Brandtner war kurz zuvor bei Franz Gutenbrunner im Spital gewesen und konnte daher aus erster Hand berichten, dass es dem alten Haudegen erfreulicherweise schon viel besser ging. »Für unser Treffen hier hat er mir die Information mitgegeben, dass der Mann, der ihn angeschossen hat, einen Sprachfehler und auf dem Handgelenk der linken Hand zwei Narben hat«, berichtete der Major. Damit stand nun zweifelsfrei fest, was ohnehin niemand bezweifelt hatte. Der Mann, der Gutenbrunner angeschossen, und der, der Rossbach überfallen hatte, waren ein und dieselbe Person.

»Die beiden Narben am Handgelenk lassen deutlich auf einen labilen Menschen schließen«, griff Dr. Linsinger-Beitelsheim die Vorlage auf, »und auf mindestens einen Selbstmordversuch.«

»Ich habe diese Narben auch gesehen«, fiel Palinski ein. »Und dann noch, dass der Frau ein Teil des kleinen Fingers gefehlt hat. Im Übrigen waren beide zu gut maskiert mit Perücken und Sonnenbrillen. Er hatte dazu noch einen Bart wie Rübezahl.«

Er konzentrierte sich wieder auf das eindeutige Merkmal. »Ich bin zwar kein Fachmann, aber die eine Narbe war wesentlich wulstiger, sah irgendwie ›frischer‹ aus als die zweite. Die war bereits sehr gut verheilt und nur mehr schwach zu erkennen.«

»Das würde dann zwei Suizidversuche bedeuten«, stellte die Psychologin fest. »Übrigens, Herr Palinski«, sie lachte vielsagend. »Was haben Sie denn unserem Dr. Würmler-Dolm angetan? Wann immer Ihr Name genannt wird, spuckt er Gift und Galle. Ich denke, er mag Sie nicht.«

»Na ja«, auch Mario musste grinsen, »er hat ein Problem damit, dass er immer wieder zu Leuten ein Vertrauensverhältnis aufbauen wollte, zu denen ich bereits eines hatte. Das hat ihn regelmäßig fürchterlich wütend gemacht.«*

»Ja, ja, das kann ich mir gut vorstellen«, meinte die noch recht passabel aussehende Frau Mitte vierzig. »Eitelkeit und Eifersucht sind Schwächen, die auch meiner Zunft durchaus nicht fremd sind.«

»Schön, Frau Dr. Linsinger-Beitelsheim, können Sie vielleicht …«, begann Wallner, doch die Psychologin unterbrach ihn nochmals.

»Bitte sagen Sie Linsinger zu mir. Mein Name ist so

---

*›Schnitzelfarce‹ Juli 05 / ›Heurigenpassion‹ Feb 06 , beide Gmeiner-Verlag.

lang, dass ich ihn in keinem amtlichen Formular voll ausschreiben kann. Und auf meiner Kreditkarte steht ›Dr. Angelika Linsinger-Beitel‹. Irgendwie peinlich, oder? Also nur Linsinger bitte.«

Die Frau hatte etwas Unbezahlbares, musste Palinski anerkennen, nämlich Humor. Da konnte sich dieser Würmler-Dolm durchaus ein Beispiel nehmen.

»Gut, Frau Dr. Linsinger, können Sie ein kurzes Täterprofil entwickeln, etwas, das uns hilft, die weitere Vorgangsweise abschätzen zu können?«, fuhr Wallner fort. »Wir wären Ihnen sehr dankbar.«

Nachdem die Gruppe die bekannten Fakten nochmals durchgegangen war, fasste Dr. Linsinger ihre Expertise unter Voransetzung aller möglichen Wenns und Abers zusammen.

»Der Mann dürfte sehr labil sein, vielleicht durch ein übermäßig strenges Elternhaus geschädigt. Irgendwann erfährt er von der ›Siebener-Tontine‹ und den Anspruchsberechtigten. Aus irgendeinem Grund fürchtet er, dass auch nur einer dieser Berechtigten diesen Koffer samt Inhalt bekommt. Warum das so ist? Keine Ahnung. Vielleicht ist etwas in dem Koffer, das Rückschlüsse auf seine Identität oder sein Fehlverhalten zulässt. Oder auch beides.« Sie nahm den vor ihr stehenden Krug mit Wasser, schenkte sich ein Glas voll und trank.

»Vor rund zwei Jahren hat er dann den ersten ›Siebener‹ erledigt, diesen Herrn«, sie blickte in ihre Aufzeichnungen, »Ritzmann. Wahrscheinlich zumindest.«

»Der Projektilvergleich läuft, ich hoffe, dass wir noch heute ein Ergebnis bekommen werden«, warf Wallner ein.

»Dann hat er sich entweder Zeit gelassen oder ist durch irgendeinen Einfluss an der konsequenten Fortsetzung seiner Mordabsichten behindert worden«, fuhr die Linsinger fort. »Das kann eine Krankheit sein, eine Auslandsreise, etwas in der Art. Theoretisch aber auch eine besonders erfüllende Liebesbeziehung, die die Verfolgung anderer, unschöner Ziele ganz einfach unterdrückt hat.«

Jetzt wurde dem Täter aber langsam die Zeit knapp. Dem wahrscheinlichen Doppelmord an Dudek und seiner Frau folgten wieder einige Wochen, in denen nichts geschah. »So hat er sich plötzlich gezwungen gesehen, innerhalb von wenigen Tagen alle restlichen Berechtigten aus dem Weg zu räumen. Dabei ging und geht er allem Anschein nach zwar sehr dynamisch und flexibel vor, beginnt aber auch zu schlampen. Und damit Fehler zu machen.«

Fehler hatte er ja zuletzt zuhauf gemacht. Der Anschlag auf eine unbeteiligte Person, nämlich Magister Blum, die Gasexplosion ebenfalls mit einem unbeteiligten Opfer, heute das zweite verunglückte Attentat auf Rossbach innerhalb von fünf Tagen. Und da war auch noch dieser doch etwas seltsame Banküberfall, der möglicherweise ebenfalls ›nur‹ ein verdeckter Mordversuch an Direktor Garber war.

»Was für einen Rückschluss auf diesen Menschen lässt die Tatsache zu, dass der Mann einen Sprachfehler hat?«, Wallner sprach aus, was auch die anderen bereits gedacht hatten. »Der Kerl lispelt, fast so, als ob das sein Markenzeichen wäre. Ich denke, so ein Sprachfehler macht einen doch irgendwie besonders auffällig. Ist doch so?«

»Also Fernsehmoderator ist er mit Sicherheit keiner«, antwortete Dr. Linsinger und bewies damit neuerlich Humor, ansatzweise sogar schwarzen. »Wahrscheinlich spricht er in seinem zivilen Leben nur sehr wenig oder gar nicht. Auf jeden Fall dürfte er nicht in einem Maße in der Öffentlichkeit stehen, die sein Lispeln zum verräterischen Merkmal werden lässt. Kann auch sein, dass er ein etwas eigenartiges Deutsch spricht. Ich habe einmal eine Frau gekannt, die ebenfalls Probleme mit dem ›S‹ gehabt hat. Sie hat eine erstaunliche Perfektion darin erreicht, verbal zu kommunizieren, ohne Worte mit dem fraglichen Buchstaben zu verwenden. Achten Sie daher auf auffallende Unterschiede im Ausdruck, beim Schreiben und beim Sprechen.«

Besonders beachtlich war auch der Umstand, dass sich der Täter zuletzt offenbar einer Komplizin bediente, »entweder ist sie jemand, die ebenfalls ein sachliches Interesse an seinen Zielen hat, oder eine neue Geliebte«.

Die Tatsache, dass er beim gemeinsamen Vorgehen mit der Frau auf eine Schusswaffe verzichtete, war nach Meinung Linsingers möglicherweise auf einen gewissen, nicht unbeträchtlichen Einfluss der Frau auf den Täter zurückzuführen. »Sie lehnt Pistolen und Revolver ab, aus welchen Gründen auch immer, und er respektiert das. Zumindest bisher.«

»Kann das etwas damit zu tun haben, dass der Frau die Spitze und das erste Glied des kleinen Fingers fehlen?«

»Wenn dieses körperliche Manko auf einen Unfall oder Vorfall mit einer Schusswaffe zurückzuführen ist, kann das durchaus der Fall sein«, bekräftigte die Psychologin. »Wenn sie dabei ist oder auch allein aktiv wird wie im Falle Mag. Blums, greift sie eher zu ›weiblichen‹ Methoden wie einem Betäubungsmittel. Der Einsatz der Garotte dagegen ist sicher von ihm ausgegangen«, vermutete sie. »Das war ein besonders brutaler Mord, sowohl von der Methode her als auch von der Durchführung. Möglich, dass er ihr damit beweisen wollte, trotz aller Rücksichtnahme imstande zu sein, sie zu schockieren, wenn er nur will. Die beiden scheinen permanent einen zumindest leichten Geschlechterkampf miteinander auszutragen.«

»Inwieweit kann das für uns von Bedeutung sein?«, mischte sich jetzt ›Fink‹ Brandtner ein.

»Schwer zu sagen«, meinte Dr. Linsinger. »Das kann sich auf die verschiedensten Arten manifestieren. Als eine Art Wettstreit, wer cleverer ist. Auch, dass einer den anderen hineintheatert, also ihm einen Streich spielt. Natürlich in der Hoffnung, dass der andere rechtzeitig draufkommt und den Fehler gar nicht begeht oder zumindest wieder korrigiert.«

Sie nahm wieder einen Schluck Wasser zu sich. »Trockene Luft hier, Chefinspektor«, meinte sie, »Sie sollten sich einen Luftbefeuchter zulegen.«

Also hatte sich sein Karrieresprung auch schon hier herumgesprochen, ging es Wallner durch den Kopf. Was letztlich auch kein Wunder war, immerhin ging die Beförderung ja auch von hier aus.

»Das eröffnet natürlich auch Chancen, dass die beiden Fehler machen«, knüpfte Dr. Linsinger an ihren letzten Gedanken an. »Und dass Sie sie bei so einer Gelegenheit erwischen.«

»Ist anzunehmen, dass die Sache mit Ablauf der morgigen Fallfrist erledigt sein wird?«, wollte Palinski jetzt wissen. »Oder müssen Garber und Rossbach auch nächste Woche oder in zwei Monaten noch damit rechnen, erschossen oder sonst wie ins Jenseits befördert zu werden? Von unserem Täter, meine ich natürlich.«

»Gute, vor allem wichtige Frage«, lobte die Psychologin, und Mario freute sich über das Lob wie ein Taferlklassler. Na ja, dachte er, schließlich hatte sie es ja studiert. »Das kommt ganz auf das zugrunde liegende Motiv an. Falls der Täter den Koffer oder seinen Inhalt als Bedrohung empfunden hat und diese Bedrohung nach dem 22.12. nicht mehr existiert, dann wird nichts mehr zu befürchten sein. Falls er die ›Sieben‹ dagegen als eine Art Todesliste ansieht, die es nach guter Samurai-Tradition abzuarbeiten gilt, egal, was sonst passiert, dann gute Nacht.«

Es beutelte sie bei dem Gedanken. »Und das gilt auch unabhängig von den beiden konkreten Herrn. So ein Mensch könnte unter Umständen Spenden an den Tierschutzverein als persönliche Bedrohung auffassen und beginnen, alle Spender umzubringen. Oder er hört Stimmen, die ihm den Auftrag geben, alle Spieler des FC Haudrauf zu eliminieren. Weil sie den Rasen im Stadion kaputt machen.« Sie schüttelte bedauernd den Kopf. »Wir wissen viel zu wenig von diesem Menschen und müssen daher nach wie vor mit allem rechnen. Am sichersten wird es sein, Sie stellen den Kerl und seine Freundin so rasch wie möglich und lassen die beiden einmal gründlich untersuchen.«

Der gute, alte Binsen lebe hoch, dachte Palinski, die letzten Weisheiten der Frau Doktor waren wahrhaftig inspirierend gewesen.

Wallner dankte der Psychologin für ihre bemerkenswerten Ausführungen und betonte, wie wichtig diese für die aktuellen Ermittlungen waren. Dann wandte er sich an die übrigen Anwesenden und fragte ihre Meinungen dazu ab.

»Wenn ich das richtig verstanden habe«, meinte Palinski, »dann schränkt das Profil in Verbindung mit dem erforderlichen Insiderwissen die Zahl der infrage kommenden Personen sehr stark ein.«

»Da bin ich ganz Ihrer Meinung, Mario.« ›Fink‹ Brandtner schloss sich der Einschätzung an, ging aber noch ein Stück weiter. »Ich habe auch schon einen ganz konkreten Verdacht und eine Idee, wie wir in der Sache weiter vorgehen sollten.«

*

Nachdem Anni Enigler den ganzen Tag vergeblich versucht hatte, Palinski zu erreichen, hatte sie beschlossen, nach Arbeitsschluss ganz einfach im ›Institut für Krimiliteranalogie‹ vorbeizuschauen. Sie wollte endlich ihre Beobachtungen von heute Morgen weitergeben, ebenso wie den Kugelschreiber mit den neuerlichen Fingerabdrücken des zweiten Bankräubers. Falls er es tatsächlich auch gewesen sein sollte.

Florian Nowotny, dem die engagierte Lady schon gestern bei ihrem ersten Besuch aufgefallen war, hörte sich ihre Geschichte ausführlich an und nahm das Beweisstück Kugelschreiber entgegen. Nachdem er ihr im Namen Palinskis, der Wiener Polizei und des österreichischen Rechtswesens gedankt und ihr zugesichert hatte, sie auf dem Laufenden zu halten, stand sie auf und wollte gehen.

Just in diesem Augenblick kam Hans Garber, der, Langeweile bedingt, ein ausführliches Nickerchen gemacht hatte, ins Büro.

»Hans, was machst du denn hier?« Frau Enigler war echt erstaunt, ihren Chef hier anzutreffen. Fast musste man ja schon sagen, ehemaligen Chef, denn: »Der Vorstand hat dich bis zur Klärung der Vorwürfe vom Dienst suspendiert. Keiner von uns glaubt, dass an der Vergewaltigungsgeschichte etwas dran ist, aber du weißt ja, wie unsere Herren und Meister so sind.«

Garber schüttelte müde den Kopf. »Da rackerst du dich jahrelang ab für das Unternehmen, die vielen unbezahlten Überstunden und die Wochenenden auf Seminaren, statt mit deiner Frau glücklich zu sein. Und dann schüttet dich irgendjemand mit Dreck an, und das reicht, um dich aus purer Vorsicht aus dem Verkehr zu ziehen. Und dich damit für alle Zeiten zu brandmarken.«

Frau Enigler war aufgestanden und strich ihrem Chef mitfühlend über die Haare. »Es wird schon wieder werden, Hans, es wird schon wieder werden«, murmelte sie fast gebetsmühlenartig.

»Es ist schon ausgestanden«, teilte ihr Garber jetzt mit. »Die Frau hat schon gestanden, dass sie mich fälschlich beschuldigt hat. Sie hat 1.500 Euro dafür bekommen, um mich anzupatzen. Und weißt du, wer für dieses Mobbing verantwortlich ist? Da wirst du nie draufkommen.«

»Wenn du mich so fragst und Mobbing im Spiel ist, würde ich auf Mannsbart tippen«, meinte Anni Enigler und versetzte Garber in großes Erstaunen.

»Das ist richtig«, bestätigte er, »aber wie bist du bloß auf diesen Mistkerl gekommen?«

»Erstens ist der Kollege krankhaft ehrgeizig und ausreichend skrupellos«, erläuterte sie. »Vor allem aber hat er Winsberger, du weißt, den Zweitplatzierten aus dem Besetzungsvorschlag, erpresst und dazu gebracht, seine Bewerbung zurückzuziehen. Aber da sind sie ihm draufgekommen und haben ihn fristlos hinausgeschmissen. Ist heute Mittag bekannt geworden. Mir tun bloß die beiden Kinder leid.«

»Schade«, meinte Garber, »ich habe mich schon so gefreut, dass er wegen der Sauerei, die er mir angetan hat, fliegen wird. Ich stehe übrigens auch nicht mehr für diese Position zur Verfügung. Ich habe mich entschlossen, zu kündigen.«

»Ja, und was willst du in Zukunft machen? In deinem Alter findest du doch kaum mehr einen Posten. Und schon gar keinen so guten.«

»Geld ist nicht mein Problem«, meinte der Ex-Banker, »sondern Lebensqualität. Da habe ich einiges nachzuholen und noch eine Menge vor.«

*

Der ›Wurzbacher‹ in Grinzing war einer der schönsten und nobelsten Heurigen in Wien. Na gut, ganz stimmte das so nicht, der ›Wurzbacher‹ war eigentlich ein Heurigenrestaurant und schon allein wegen der Qualität seiner Küche einen Besuch wert. Natürlich hatte das alles auch seinen Preis, aber das Kosten-Nutzen-Verhältnis war in Ordnung. Also echt.

Die altehrwürdigen, gediegen bis exquisit eingerichteten Räumlichkeiten waren hervorragend für kleinere oder auch größere private Veranstaltungen geeignet und wurden sehr gerne dafür benutzt.

Helmut Wallner hatte für seine Ausstandsparty den ›Alten Stadl‹ gewählt, einen riesigen Raum, in dem mindestens 200 Leute Platz fanden. Das Einzige, wovor sich der unerschrockene Kriminalist fürchtete, war, dass die rund 350 eingeladenen Gäste wirklich alle kamen. Und das möglicherweise auch noch zur gleichen Zeit.

Aufregend war auch die Liste der Prominenten, die ihr Kommen zugesagt oder zumindest in Aussicht gestellt hatten. Allen voran wollte es sich Innenminister Dr. Fuscheé nicht nehmen lassen, dem zukünftigen Chefinspektor persönlich die Ehre zu geben. Dann waren da noch der Bürgermeister, zwei seiner Vizes, einige Stadt- und Gemeinderäte, der umtriebige Altbürgermeister und seine Romy und der Bezirksvorsteher an der Spitze einer Kohorte hungriger und durstiger Bezirksgrößen.

Weiters wurden natürlich auch die Spitzen und Zacken der Wiener und der Bundespolizei sowie anderer befreundeter Dienststellen wie Feuerwehr und Rettungsdienste erwartet. Dazu noch eine nicht abschätzbare Menge von mehr oder weniger bekannten Freunden, Verwandten und sonstigen Originalen.

Ja, selbst das Fernsehen war auf seiner ewigen Suche nach nachrichtenwürdigen Ereignissen auf Wallners Event gestoßen und hatte eine kurze Meldung in den Abendnachrichten platziert. Mit dem Hinweis, am nächsten Tag in den Lokalnachrichten ausführlich über den Abschied des verdienstvollen Kriminalbeamten aus Döbling zu berichten.

Kurz vor 19.30 Uhr setzte der Zustrom der Gäste ein, und nur eine halbe Stunde später wirkte der Raum voll besetzt.

*

Auch Winnie und Tatjana hatten die Abendnachrichten im Fernsehen gesehen und damit auch die Kurzmeldung über Wallners Fest vernommen.

»Tüchtiger Mann«, murmelte Winnie anerkennend. »Aber an mir hat er thich die Thähne authgebithen. Wird jetzt bethtimmt ein hoheth Viech.« Nachdenklich kratzte er sich an der Stirne. »Ich bin fatht thicher, die ganze Mischpoke, mit der wir unth herumschlagen müthen, wird heute Abend auch da thein.« Er schloss kurz die Augen, öffnete sie aber gleich wieder. »Eine einmalige Gelegenheit auf ein paar Extrapunkte für den Gröthten.« Er lachte laut auf. »Thind eigentlich die Politheiuniformen hier in der Lodge, Tatjana?«

»Ja«, antwortete sie automatisch, bereute es aber sofort wieder. »Nein, kommt überhaupt nicht infrage, Winnie. Du spinnst ja. Nicht mit mir. Ich streike.«

»Ich thpinne überhaupt nicht. Und wenn du thtreiken willtht, dann thtreike. Dann gehe ich eben allein hin«, meinte er bestimmt.

»Aber warum?«, flehte ihn die Frau an. »Wir haben so einen schönen, effizienten und sicheren Plan für morgen. Und du setzt das alles aufs Spiel mit dieser blöden Idee. Nur um dein krankhaftes Ego in Szene zu setzen. Ich verstehe dich nicht.«

Winnie knurrte böse. »Lath mein Ego aus dem Thpiel. Dath itht eine Frage der Ehre«, stellte er klar, »eine echte Herauthforderung. Ich will die beiden Scheithkerle heute Abend ja nicht umbringen. Aber eth muth doch auch einmal Zeit für ein wenig Thpath sein. Thtell dir vor, wenn wir den beiden genug K.-o.-Tropfen verpathen, dath thie am Tisch einschlafen. Und vielleicht auch noch der eine oder andere Prominente.«

»Du meinst, möglicherweise auch der Innenminister?« Der Gedanke schien Tatjana zu erregen. »Den Scheißkerl habe ich noch nie gemocht. Das Foto in den morgigen Zeitungen wäre schon ein Hammer. Das bringt ihn politisch um.«

»Na, wath meintht du?«, wollte Winnie jetzt wissen, obwohl er die Antwort bereits kannte. »Du bitht doch dabei?«

»Gut, aber nur, wenn du mir versprichst, heute keinen der beiden umzubringen. Und auch niemand anderen.« Sie stand auf, um die Uniformen zu holen. »Das wäre viel zu riskant.«

»Verthprochen«, sagte Winnie. »Mann, dath wird ein Thpath.«

Zehn Minuten später waren die beiden unterwegs in Richtung Wien.

*

Nachdem kurz nach 20.30 Uhr auch die wichtigsten Honoratioren, allen voran der Innenminister, eingetroffen waren, wurde die Fete mit einigen gnädig kurzen

Ansprachen gestartet. Immerhin konnte Helmut Wallner als Hausherr schon kurz vor 21 Uhr die Stampede der hungrigen Adabeis und sonstiger Aasfresser auf den etwa 20 Meter langen und 1,5 Meter breiten, mit Köstlichkeiten aller Art beladenen Tisch im Zentrum des riesigen Raumes mit dem klassischen Satz »Das Buffet ist eröffnet« auslösen.

Als Palinski kurz danach mit Florian Nowotny, Hans Garber und Dr. Axel Rossbach erschien, war die Rangelei um die größeren Teller bereits so gut wie entschieden. Die weniger Glücklichen mussten nicht nur mit den kleineren Näpfen vorliebnehmen, sondern auch den Anblick devastierter Aufschnittplatten, halb entvölkerter Salatschüsseln und klebriger Warmhaltegeräte mit unappetitlich wirkenden Resten von Gulasch- und Bohnensuppe über sich ergehen lassen. Lediglich der Tisch mit den Süßspeisen wirkte noch einigermaßen intakt, hier war bisher nur eine Vorhut der Hunnen und Awaren darübergegangen.

Dazu liefen die Vierterln und die Gspritzten wie geschmiert, und der schockierte Wirt verfluchte von Minute zu Minute mehr die schwache Stunde, in der er sich auf einen Pauschalpreis pro Person eingelassen hatte. Die fraßen und soffen ihm nämlich die letzten Haare vom Kopf.

Palinski blickte sich um und erkannte an einem der hinteren Tische Franca Wallner, die ihm zuwinkte. Neben ihr sah er Major Brandtner und …, tatsächlich, es war Margit Waismeier, deren Sohn Markus heute bei seiner Großmutter übernachtete. Schön, wenn es zwischen den beiden klappen sollte, dann würde die Seele seines Büros wahrscheinlich nicht ins Ausland gehen.

Margit gegenüber und mit dem Rücken zu ihm saß da auch Wilma, die Gott sei Dank gekommen war. Sie hatte es ihm zwar am Telefon versprochen, aber man wusste ja nie. Wer der junge Mann neben der Frau war, mit der er 24 Jahre lang, na ja, inzwischen waren es schon fast 25, nicht verheiratet war, erkannte er … nicht. Oder? Ja, war denn das möglich? Der junge Mann war aufgestanden und hatte sich umgedreht. Palinski wurde plötzlich ganz schwindlig im Kopf. Wieso? Was machte denn er hier? Der junge, große, fesche Mann war niemand anderer als Harry, sein kleiner, pickeliger Sohn, der im September zum Studium nach Konstanz gefahren war und den er seither nicht gesehen hatte.

»Harry«, rief er, lief die letzten Schritte bis zum Tisch und umarmte seinen inzwischen um einen halben Kopf größeren Buben. »Wie schön. Was machst denn du schon hier? Wir haben dich erst für morgen erwartet.«

»Das war meine Überraschung für dich.« Wilma war aufgestanden und hatte sich zu Palinski gesellt. »Harry hat gestern angerufen und angekündigt, dass er schon heute kommt.« Sie lehnte sich gegen Mario. »Na, ist das nicht schön? Habe ich mir da nicht auch einen Willkommenskuss verdient?«

Die verspielte Provokation war gar nicht notwendig gewesen, denn Palinski hatte Wilma schon in die Arme genommen und war nach langer Zeit wieder einmal ziemlich glücklich. Und morgen würde auch noch Tina aus Paris zurückkommen, dann war die Familie wieder einmal vollständig.

Inzwischen hatte Helmut Wallner eine Pause in seiner Tour d' Honneurs eingelegt und sich zu seiner Frau gesetzt. »Für morgen ist übrigens alles klar. Es stehen zwei Beobachtungsteams zur Verfügung, die den Transport des Koffers verfolgen. ›Fink‹ Brandtner und ich werden bei den Teams sein, und du«, er blickte zu Mario, »wirst ein Auge auf unsere beiden Schützlinge Garber und Rossbach haben. Und dann hoffen wir, dass der ganze Zauber bis Mittag vorüber sein wird. Geht das so in Ordnung?«

Alle Beteiligten nickten und wandten sich wieder ihren Gläsern zu.

Margit Waismeier hatte das Stichwort aufgenommen. »Sagen Sie, ›Fink‹, ich darf doch ›Fink‹ sagen?« Nachdem der freudig mit dem Kopf genickt hatte, fuhr sie fort. »Also ›Fink‹, ich frage mich schon die ganze Zeit, wie Ihr richtiger Vorname lautet?«

So viel Interesse an seiner Person verwirrte Brandtner dann doch ein wenig, und er druckste mit der Antwort herum. »Den kennt fast niemand«, quetschte er schließlich heraus. »Er ist auch ein wenig seltsam, ich mag ihn eigentlich nicht.«

Margit sagte kein Wort, blickte den Kriminalbeamten aber weiter neugierig an.

»Sie geben wohl keine Ruhe, bis ich Ihnen mein kleines Geheimnis anvertraut habe?« Jetzt lachte ›Fink‹ verlegen. »Also gut, ich heiße in Wirklichkeit so wie ein Vogel. Eine Möwe, das heißt, eigentlich hat ein Buch über eine Möwe meine Mutter zu meinem Vornamen inspiriert.« Er zuckte mit den Achseln. »Sie wissen ja, wie Mütter oft so sind.«

»Sie heißen doch nicht gar Jonathan?«, strahlte Margit. »Mein Gott, wie schön. ›Die Möwe Jonathan‹, wie ich dieses Buch liebe.« Sie lachte ihn an, und für Jonathan war es das schönste Lachen der Welt. »Sie meinen, der Name gefällt Ihnen wirklich?«

»Ich schwöre es Ihnen, Jonathan. ›Die Möwe Jonathan‹, na, so etwas«, ungläubig schüttelte sie den Kopf. »Wenn Sie wollen, können Sie Margit und du zu mir sagen, Jonathan.«

Palinski fand, dass das alles recht gut und in seinem Sinne lief.

*

Kurz nach 22 Uhr betraten ein Polizist und seine weibliche Kollegin den Heurigen ›Wurzbacher‹ in Grinzing. Beide begrüßten die am Eingang auf den Minister wartenden Kollegen eher salopp und wollten schon weitergehen, als ihnen der Chef der ministeriellen Eskorte etwas zurief.

»Wie bitte?«, meinte Winnie gespannt und bereit, jederzeit die Flucht zu ergreifen.

»Ich habe nur gemeint, dass ihr eure neuen Uniformen wohl noch nicht ausgefasst habt«, grinste der Hauptmann gutmütig. »So in Grün unter lauter Blauen, das muss ein komisches Gefühl sein.«

»Ja, ja, aber man gewöhnt thich daran.« Schade, dachte Winnie, um ein Haar wäre ihm ein Satz ohne ›th‹ gelungen.

»Du Trottel«, flüsterte ihm Tatjana jetzt ins Ohr, »wieso hast du nicht daran gedacht, dass die Polizei neue Uniformen bekommen hat. Wir fallen hier auf wie zwei Fichten in einer Baumschule voll Blautannen.«

»Erthtens hätteth du auch daran denken können, und zweitenth dauert ein genereller Uniformtausch eben Zeit«, kalmierte Winnie seine Partnerin und damit auch sich selbst. »Komm, wir ziehen dath jetzt durch, und dann nichtth wie weg.«

Dann gingen die beiden kurz entschlossen in den Schankraum und reklamierten Getränke für den Tisch der Ehrengäste.

»Der Minithter geht bald weg und hätte vorher gerne noch etwath getrunken«, behauptete Winnie forsch. »Ich nehme Ihnen dath hier einmal ab«, meinte er zu Rita, die eben ein volles Tablett schultern wollte. »Man muth helfen, wann immer eth geht.«

Erstaunt betrachteten die Serviererinnen den eloquenten Zuzler, der ihnen die Arbeit abnehmen wollte. Tatjana, die sich zwei Ein-Liter Karaffen geschnappt hatte, konnte nicht verstehen, warum Winnie sein Maul immer so weit aufreißen musste. Nicht genug, dass er sie immer zulabern und mit seiner Art, ein ›S‹ wie das englische ›ti eitsch‹ auszusprechen, nervte. Nein, dann konnte er es auch in der Öffentlichkeit nicht lassen, blöd herumzuquatschen und Aufmerksamkeit zu erregen.

Unwillkürlich musste sie aber lächeln. Als sie Winnie kennengelernt hatte, hatte sie sein Sprachfehler an einen alten Witz erinnert:

Casting für Nachwuchssprecherinnen beim ORF. »Jetzt kommen wir zur korrekten Aussprache ausländischer Namen«, kündigte der Tester an. »Sagen Sie Barcelona«, forderte er eine junge Dame auf.

»Barthelona«, kam es spontan aus dem reizenden Kind heraus.

»Und jetzt noch Valencia.«

»Valenthia.«

»Bravo, ausgezeichnet, Sie kommen in die nächste Runde, mein Fräulein.«

»Danke thön, Herr Direktor.«

Das war jetzt auch schon bald vier Jahre her, kurz nachdem Winnies Verlobte Selbstmord begangen hatte.

In einer Ecke stellte sie die beiden Karaffen ab, holte das Fläschchen aus ihrer Jackentasche und träufelte eine ausreichende Menge K.-o.-Tropfen in den Wein. Nicht zu viel, doch genug, dass der eine oder andere Gast morgen ein ordentliches Blackout haben würde. Dann blickte sie in den weiten Hof des Lokals. Und sie wusste, in einer der dunklen Ecken würde Winnie jetzt genauso mit den Viertelgläsern umgehen. Natürlich bestand immer die Gefahr, dabei entdeckt zu werden. Aber das erhöhte nur den Nervenkitzel und machte wirklich Spaß. Und, wie ihr Schnuckiputzi so treffend zu sagen pflegte: »No rithk, no fun.«

*

Der Innenminister entkam nur mit viel Glück dem an diesem Abend ausschließlich aus Boshaftigkeit gepaart mit perversem Sportsgeist entspringenden Anschlag auf seine Würde. Als ihm Winnie formvollendet und vor allem ohne dabei zu quatschen ein Vierterl Veltliner, ›aufgebessert‹, versteht sich, reichen wollte, mahnte Ministerialrat Dr. Schneckenburger schon zum fünften Mal zum Aufbruch. »Wir werden seit einer halben Stunde in der Deutschen Botschaft erwartet«, rief er Dr. Fuscheé in Erinnerung. »Sie … haaben ja so recht, Werner«, meinte der Minister letztlich einsichtig und stellte das Glas, das er bereits zum Mund hatte führen wollen, wieder hin. »Ich darf doch Werner zu Ihnen sagen?«

»Selbstverständlich, Herr Minister«, antwortete Michael Schneckenburger. Wenn der Chef diese Laune hatte, widersprach man besser nicht. Sonst übrigens auch nicht.

Der Erste, der Wirkung zeigte, war Major Kranzjenich vom BK, der kurz aufschnaufte, nachdem er ein Glas ex und so, dann die Augen verdrehte und leise schnarchend mit dem Kinn auf der Tischplatte aufschlug. Da man vom ihm Ärgeres gewohnt war, fiel das aber nicht weiter auf, obwohl er sich einen Zahn dabei ausgeschlagen hatte. Etwas später sank das ehrwürdige, müde Haupt Altbürgermeister Ladaks auf die Schulter seiner Romy, die ebenfalls bereits am Einschlafen war.

Richtig auffällig wurde die Sache erst, als es einen Redakteur der ›Society‹-Redaktion erwischte. Er hatte zwei Gläser vom Aufgebesserten ex getrunken, um sich gegen die erwartungsgemäß unsäglich dummen Statements der Prominenten zu wappnen. Dann ging alles blitzartig vor sich. Plötzlich riss er die Augen auf, schloss sie gleich darauf wieder, schnaufte zweimal heftig durch und fiel wie ein gefällter Baum zu Boden. Die Umstehenden starrten ihn ungläubig an, und eine Frau rief plötzlich: »Er atmet nicht mehr. Hilfe, er atmet nicht mehr.« Ehe die Panik aber so richtig um sich greifen konnte, rülpste der Journalist zweimal kräftig, ließ einen Ordentlichen fahren und atmete wieder. Selten zuvor war unangenehmer Geruch kollektiv so erleichtert zur Kenntnis genommen worden.

Spätestens jetzt war Wallner, Brandtner und den vielen anderen anwesenden Vertretern der Ordnungsmacht aber klar geworden, dass etwas nicht in Ordnung war. Aber schon gar nicht.

Zu dem Zeitpunkt befanden sich Winnie und Tatjana aber schon wieder auf dem Weg nach Nickelshausen, zu ihrer Lodge.

Diesmal aber nicht, um ihre Wunden zu lecken, sondern um den ›Suctheth‹ zu feiern.

11

Was für ein verrückter Abend, dachte Palinski. Zunächst waren insgesamt neun Notarztwägen notwenig gewesen, um 23 mehr oder weniger fest schlafende Gäste von Wallners Party zur Untersuchung und Beobachtung ins AKH zu bringen. Dann waren die diensthabenden Kollegen von der Spurensicherung angerückt, um zu sehen, ob und welche forensischen Beweise sich für das, was hier geschehen war, finden ließen.

Und last, but not least war dann, sozusagen als krönender Höhepunkt eines einmaligen Abends, auch noch Inspektor Musch aufgetaucht, um die wenigen Gäste, die sich nicht mehr wohlgefühlt und daher hatten gehen wollen, am Verlassen der Lokalität zu hindern. Mit Müh und Not konnte der sonderbare Kriminalbeamte daran gehindert werden, den ihm unbekannten Gemeinderat Helmberger und seine Gattin zu verhaften, weil sie sich einer spontanen Befragung in der Grinzinger Allee widersetzt hatten.

Während also rundum geamtshandelt wurde, dass St. Bürokratius seine Freude daran gehabt hätte, einigten sich Wallner und die Spitzen der Polizei darauf, den Vorfall bis auf Weiteres als etwas aus dem Ruder gelaufenen ›Abschiedsscherz‹ einiger Kollegen zu behandeln, um unnötige Ausweitungen und Spekulationen in der Öffentlichkeit zu verhindern.

Dann wurde weiter gefressen und getschechert, was das Zeug hielt.

Am späten Abend waren noch drei weitere Personen eingeschlafen, allerdings nicht aufgrund chemischer Einwirkungen, sondern ausschließlich dank des süffigen Heurigen.

Am lustigsten hatte Palinski allerdings die Szene gefunden, als Musch Hans Garber unter den Gästen an Wallners Tisch entdeckt und seine Chance gesehen hatte. Dieser Unglücksfall eines Kriminalbeamten hatte sich doch tatsächlich vor dem Ex-Banker aufgebaut, ihn scharf fixiert und mit den forschen Worten »Herr Garber, ich verhafte Sie wegen des dringenden Verdachtes, in der Nacht von 17. auf 18. Dezember eine Frau vergewaltigt zu haben. Bitte folgen Sie mir!«, zur allgemeinen Heiterkeit beigetragen. Auch Wallner und Brandtner hatten den Auftritt zunächst für einen missglückten Versuch Muschs gehalten, etwas Lustiges zur Gestaltung des Abends beizutragen.

Als der Inspektor aber Handschellen herausgeholt und diese Garber unbedingt auch hatte anlegen wollen, war Helmut Wallner schließlich der Kragenknopf geplatzt.

»Jetzt ist aber genug, Musch«, donnerte er seinen Nachfolger an. »Die Anschuldigung gegen Herrn Garber ist längst entkräftet, wie Sie eigentlich auch schon bemerkt haben müssten. Gegen die anderen Beteiligten läuft bereits eine Untersuchung wegen Falschaussage und Anstiftung zu beziehungsweise Vortäuschen einer Straftat. Also entweder Sie geben jetzt Ruhe, setzen sich zu uns und trinken etwas, oder Sie haben morgen eine

Dienstaufsichtsbeschwerde am Hals, die Sie Ihr Leben lang nicht vergessen werden.«

»Aber Garber hat sich der Verfolgung entzogen«, hatte der kleine Reflexbeißer aufbegehrt, »und dafür werde ich ihn …«

»Kusch, Musch«, war dann plötzlich von einem Tisch weiter hinten zu hören gewesen. Wer diesen Beitrag zu verantworten hatte, hatte später nicht mehr festgestellt werden können.

»Das trifft nicht zu«, nun hatte sich auch Major Brandtner in den Diskurs eingemengt. »Herr Garber war die ganze Zeit über in meinem Gewahrsam, als wichtiger Zeuge in einem Mordfall. Also, Herr Musch, nehmen Sie Platz oder Sie bekommen auch noch eine Beschwerde vom LK Niederösterreich an den Hals, die sich gewaschen hat.«

Musch hatte zunächst noch trotzig vor sich hingeblickt. Dann hatte er resignierend mit den Achseln gezuckt, sich gesetzt und ein Glas Wein genommen.

»Aber das nächste Mal kommen Sie damit nicht durch, Garber«, hatte er dann noch unbedingt loswerden müssen, was mit einem neuerlichen »Kusch, Musch« quittiert worden war.

Dieses Mal allerdings schon vierstimmig.

Später war Palinski von einer ungeheuren Lebenslust erfüllt worden, wahrscheinlich eine Reaktion auf das nicht ungefährliche Erlebnis am Vormittag. Es war wohl so wie nach einer mittelalterlichen Schlacht, als die Überlebenden feierten, als wär's ihr letzter Tag. Zumindest stellte sich Mario dieses Gefühl so vor.

Zweifellos war gestern aber auch ein gewisser Alkoholmissbrauch verantwortlich für sein ausgelassenes

Treiben gewesen. Seinen plötzlichen Versuch, mit zwei jungen Mitarbeiterinnen des Bundeskriminalamts im Hof des Heurigen Kasatschok zu tanzen, der für die drei schließlich kindisch kichernd in einem großen Schneehaufen geendet hatte, hatte Wilma mit einem liebevoll-resignierenden »So ein alter Depp« kommentiert.

Und Margit Waismeier hatte ihr mit einem freundschaftlich-respektlosen »Er ist manchmal halt ein Riesenkasperl, aber ein ganz lieber« sekundiert.

Alles in allem war es doch ein sehr netter Abend gewesen, fand Palinski und nuckelte an seinem zweiten Cappuccino.

*

Dr. Franz Jacomi telefonierte eben mit dem Hotel in Saalbach, in dem er seit Jahren Weihnachten und die darauffolgende Woche bis zum neuen Jahr verbrachte. Er besuchte das Haus in der Hinterglemm bereits seit einem Vierteljahrhundert und gehörte schon so gut wie zur Familie. Wie sehr, wussten nur die Frau des Hoteliers und der Notar selbst. Ob und wann sie ihren zweiten Sohn über die Person seines biologischen Vaters aufklären würde, das zu entscheiden, hatte sich Erna Nageller ganz allein vorbehalten. Aber je mehr Zeit verging, desto schwerer fiel es ihr, Ferdinand die Wahrheit zu sagen.

»Guten Morgen, Erna!« Endlich hatte Jacomi die gewünschte Gesprächspartnerin erreicht. »Wie ist das Wetter bei euch?«

Das war gut, ja hervorragend, aber Erna war in Eile.

Wenn man sich so lange kannte, spürte man das. So beschloss der Notar, sich auf das Wesentliche zu beschränken. »Ich komme wahrscheinlich doch schon heute Nachmittag aus Wien weg und kann so gegen 20 Uhr bei euch sein. Geht das mit dem Zimmer in Ordnung?«

»Jo mei, Fronz«, meinte die Wirtin, »fia di hamma do imma no a Platzl ghobt.« Sie kicherte gerade das für sie so typische Kichern, als Dr. Erwin Jacomi das Büro seines Onkels betrat.

»Also dann bis später«, der Seniorpartner würgte das Gespräch ab und legte auf. »Fährst du jetzt los?«, wollte er dann von seinem Neffen wissen.

Der nickte mit dem Kopf. »Ja, ich fahre jetzt, damit ich rechtzeitig wieder zurück bin. Die Kunden kommen um 11 Uhr?«

»Ja, Dr. Rossbach und Direktor Garber haben sich für 11 Uhr angekündigt und bringen noch einen Sicherheitsmann mit«, bestätigte Dr. Franz. »Angeblich hat es in den letzten Tagen einige Ungereimtheiten in Zusammenhang mit der ›Siebener-Tontine‹ gegeben. Hast du etwas davon gehört?«

»Ich? Nein, ich habe keine Ahnung.« Dr. Erwin deutete einen militärischen Gruß an. »Ich bin dahin.«

Dann holte er aus seinem Büro noch eine dieser großen, schmalen Taschen, die zum Transport von Bildern, Skizzenblöcken oder Ähnlichem dienten, und verließ das Büro, um zur ›Safe and Deposit‹ am Handelskai zu fahren, wo die Kanzlei ein Tresorabteil gemietet hatte. Für aufzubewahrende Wertgegenstände, die zu groß und sperrig für den Safe in der Kanzlei waren.

»Da hat der Junior wahrscheinlich wieder irgendwo günstig eine Grafik abgestaubt«, meinte die Chefsekretärin zu ihrer Kollegin.

»Thththth«, meinte diese, und beide lachten.

*

Palinski hatte eben noch mit Wallner telefoniert, der mit Brandtner und den beiden Überwachungsteams dabei war, in Stellung zu gehen.

»Wir müssen in zehn Minuten los«, informierte er Garber und Rossbach, die noch einträchtig beim Kaffee saßen.

»Übrigens habe ich eben die neuesten Untersuchungsergebnisse erhalten. Die Kugel, mit der Gutenbrunner angeschossen worden ist, ist ebenfalls eine 9 mm. Genau wie die, mit denen die Dudeks und Rutzmann getötet worden sind«, betonte Palinski. »Es ist auch so gut wie sicher, dass immer dieselbe Waffe im Spiel gewesen ist. Das kann aber nur ein Schusstest beweisen, und für den brauchen wir die Waffe.«

Dank Anni Eniglers Initiative stand jetzt auch eindeutig fest, dass der zweite Weihnachtsmann, der, dem die Flucht gelungen war, identisch mit dem Mann war, der die Gasleitung in Garbers Haus, also in seinem ehemaligen Haus, manipuliert hatte. »Einige Abdrücke auf der Leitung im Keller haben die Explosion Gott sei Dank überlebt. Aber auch auf der Plastikflasche mit dem Brandbeschleuniger waren Fingerprints.«

Dieselben Fingerabdrücke waren aber auch im Wagen gefunden worden, mit dem Magister Blum ›verunglückt worden war‹, ebenso auf dem Fläschchen mit ›Aconitum‹.

»Das beweist, dass nicht nur die falsche Krankenschwester, sondern auch der ›Lispler‹ das Gift in der Hand gehabt haben muss. Gut, dass das Schwein nichts von Handschuhen zu halten scheint.«

Eine Viertelstunde später brachen die drei Männer auf, um pünktlich um 11 Uhr in der Notariatskanzlei Jacomi & Jacomi in der Muthgasse zu sein. Um die unselige ›Tontinen-Geschichte‹ endlich aus der Welt zu schaffen.

*

Erwin Jacomi hatte den Metallkoffer aus dem Tresorabteil geholt, sich danach am Empfang wieder ausgetragen und war jetzt auf dem Weg in die Tiefgarage. Im 2. Tiefgeschoss angelangt, ging er zu seinem Mercedes 350, sperrte die Fahrertüre auf, deponierte den Koffer am Boden vor dem Beifahrersitz und legte eine dafür vorbereitete Decke darüber. Dann stieg er ein, steckte den Fahrerschlüssel ins Schloss und drehte ihn. Der schwere Motor sprang sofort an, der Wagen verließ fast geräuschlos die Parklücke und erreichte wenig später die beschrankte Ausfahrt.

Jacomi betätigte den elektrischen Fensterheber, ließ die Scheibe der Fahrertüre herunter und streckte den Arm aus, um mit der bestätigten Parkkarte die Öffnung des Schrankens auszulösen.

In dem Augenblick löste sich eine dunkel gekleidete Gestalt aus einer Nische neben der Ausfahrt, trat zu dem Mercedes und legte Dr. Erwin eine Handschelle um das Handgelenk. Das Gegenstück schnappte ein, nachdem die dunkel gekleidete Person es um eine kurze Stahlverstrebung am Schranken gelegt hatte. Dr. Erwin Jacomi ahnte bereits, was jetzt kommen würde. Er saß fest und konnte nichts dagegen tun, dass der freche Dieb nun die Beifahrertüre öffnete, den Metallkoffer unter der Decke hervorholte und sich damit rasch, aber nicht überhastet entfernte.

Verdammt, dachte der Notar, wie sollte er das bloß den Kunden und vor allem seinem Onkel beibringen.

Er war einige Minuten nicht fähig, etwas zu unternehmen. Während sich hinter seinem Mercedes die ersten Fahrzeuge stauten und heftig hupend die Ausfahrt erzwingen wollten, überlegte er krampfhaft, was jetzt zu geschehen hatte. Der Versuch, an sein Handy zu gelangen, misslang. Nach etwas mehr als zehn Minuten erschienen dann endlich die beiden je von einem aufgebrachten Autofahrer sowie von einem Kollegen vom Koat Döbling alarmierten Funkstreifen fast gleichzeitig. Bis Jacomi aber endlich die Handschellen loswurde und sich der bis dahin auf 28 Pkws angewachsene Stau vor der Ausfahrt wieder auflösen konnte, sollte noch einige Zeit mehr vergehen.

*

Etwa zehn Meter rechts von der Ausfahrt warteten bereits seit geraumer Zeit zwei unauffällige Fahrzeuge des Kriminalamtes.

Neben den jeweils aus zwei Beamten in Zivil bestehenden Besatzungen befand sich in dem ersten Fahrzeug noch Wallner, im zweiten Brandtner.

Da sie einen Überfall auf Jacomis Fahrzeug zwar vorausgesehen, aber nicht bereits in der Garage erwartet hatten, wäre ihnen die dunkel gekleidete Figur mit dem Metallkoffer fast entgangen.

»Achtung, ist das nicht der Koffer?«, brüllte Brandtner plötzlich ins Funkgerät.

»Sieht ganz so aus«, bestätigte Wallner, »bleiben Sie am Koffer dran, ich kümmere mich um den Mann.«

Tatjana, sie steckte in der dunklen Kleidung der Person, die sich den Koffer geschnappt hatte, lenkte ihren kleinen Renault von der Nebengasse, in die die Ausfahrt der Parkgarage mündete, nach rechts bis zur Einmündung in den Handelskai. Hier bog sie nach rechts ab und lenkte den Wagen Richtung Brigittenauer Brücke. Diese überquerte sie dann in vorschriftsmäßigem Tempo, immer darauf bedacht, mit ihrer Fahrweise nicht aufzufallen. Sie blickte immer wieder in den Rückspiegel, konnte aber in dem nur mäßig starken, aber doch unübersichtlichen Verkehr keine Verfolger ausmachen. Unsinn auch, wer sollte ihr denn folgen. Der Plan war so deppensicher, dass die Polizei überhaupt keine Chance hatte.

Tatjana, die doch etwas aufgeregt gewesen war, war jetzt wieder ganz ruhig. Sie beide waren schon ein tolles Team. Vor allem freute sie sich auch auf die bevorstehenden Feiertage. Winnie hatte ihr versprochen, nach Weihnachten einige Tage mit ihr zu verreisen. In den Süden, irgendwohin, wo es warm war und die Sonne schien. Tatjana mochte den Winter nicht sonderlich.

*

Um 11.45 Uhr begann Dr. Franz Jacomi endgültig, nervös zu werden. »Ich verstehe gar nicht, wo mein Partner so lange bleibt«, meinte er entschuldigend zu den wartenden Kunden. »Er ist sonst immer sehr zuverlässig.« Ein Anruf bei ›Safe and Deposit‹ hatte ergeben, dass sich sein Neffe bereits um 10.47 Uhr ausgetragen hatte. Er war also bereits mehr als überfällig. Falls Erwin nicht bald kam, würde der Notar seinen nächsten Termin verschieben müssen. Dadurch würden aber auch seine Reisepläne in Mitleidenschaft gezogen werden, was ihn fast noch mehr störte. Er sehnte sich schon sehr nach einigen Tagen Ruhe und Entspannung. Und nach den kundigen, flinken Fingern Ernas.

Palinski, Garber und Rossbach, die ja wussten, wie die Inszenierung idealerweise ablaufen würde, waren völlig ruhig und entspannt. Erstens schien hier keine Gefahr für sie zu bestehen, und zweitens lag der Ablauf völlig in dem ihnen bekannten Zeitplan. Dass langsam doch eine gewisse nervöse Spannung von ihnen Besitz ergriff, konnten sie aber nicht verhindern. Als die Sekretärin nochmals nach ihren Wünschen fragte, baten sie um Kaffee.

Kurz nach 12 Uhr klingelte das Telefon. Dr. Jacomi stürzte sich auf den Hörer wie ein Ertrinkender auf den Rettungsring. Innerhalb von Sekunden verwandelte sich die hoffnungsvolle Weitsichtigkeit seiner Augen in verkniffen-verzweifelte Niedergeschlagenheit. Der alte Mann sah plötzlich zum Gotterbarmen aus, und Palinski empfand Mitleid mit ihm. Wenn die Dinge tatsächlich so lagen, wie er und die Polizei vermuteten, dann war Doktor Franz Jacomi ebenfalls ein Opfer dieser scheußlichen Geschichte. Allerdings ein noch lebendes.

»Meine Herren, das war mein Partner«, der Notar wankte, einem Kollaps nahe, von seinem Schreibtisch zu den Besuchern. »Es ist mir wahnsinnig peinlich, und ich bin untröstlich, aber der Koffer und damit die ›Siebener-Tontine‹ ist weg. Es ist entsetzlich.«

Schwer ließ er sich in einen freien Besuchersessel fallen und versuchte, seine Atmung wieder unter Kontrolle zu bekommen.

Nachdem er sich einigermaßen gefasst hatte, begann er mit stockender Stimme, das Wenige zu erzählen, das er wusste.

*

Inzwischen hatte Tatjana die Raffineriestraße verlassen und fuhr über den Biberhaufenweg zur Neufahrtbrücke und weiter Richtung Großer Biberhaufen. Als sie das Mühlwasser erreichte, stellte sie ihren Pkw am Straßenrand ab, verließ das Fahrzeug mit dem Metallkoffer und stieg zum Mühlwasser hinunter. Unten angelangt, blickte sie sich um. Nachdem ein einsamer Radfahrer und zwei Klein-Lkws die Stelle passiert hatten, warf sie den Metallkoffer mit viel Schwung in das fast stehende Gewässer. Ehe sie zu ihrem Wagen zurückkehrte, beobachtete sie den ganz langsam dahintreibenden Koffer, der partout nicht untergehen wollte. Vielleicht war die Wahl des Ortes, an dem sie sich des Corpus Delicti hatte entledigen wollen, doch nicht ganz glücklich gewesen.

Nachdem sie wieder losgefahren war, näherte sich

der Wagen mit Brandtner dem Ort der Entledigung eines Beweismittels. Er hatte in sicherem Abstand gewartet, um das primäre Ziel der Aktion, die Sicherstellung des Koffers, nicht zu gefährden.

Der jüngere der beiden Beamten in seiner Begleitung fackelte nicht lange und warf sich in voller Montur in das eiskalte Wasser, um den in einer Entfernung von knapp fünf Metern vom Ufer dahintreibenden Koffer zu bergen. Er war wohl auf eine Beförderung aus oder zumindest auf eine Belobigung. Was heldenhaft wirken sollte, war vor allem aber saudumm, fand Brandtner. Der Major hatte nämlich in der Nähe am Boden einen langen Ast entdeckt, mit dem sich das Objekt der polizeilichen Begierde problemlos auch ohne feuchtes Intermezzo hätte sicherstellen lassen. Um dem jungen Kollegen das Gefühl zu ersparen, sich blöd vorzukommen, verzichtete er darauf, den Ast aufzuheben und damit demonstrativ im Wasser herumzustochern. Er ging vielmehr zum Fahrzeug zurück und holte zwei Decken aus dem Kofferraum. Die legte er dem zitternden und mit den Zähnen klappernden ›Helden vom Mühlwasser‹ um die Schultern.

Dann nahm er sich den Koffer vor, der ihm eigenartig leicht vorkam. Was auch kein Wunder war, denn das gute Stück war völlig l e e r. Nicht einfach leer, nein, so was von Leere wie in diesem Koffer bekam man nicht alle Tage zu sehen.

Brandtner schüttelte den Kopf, holte sein mobiles Telefon heraus und versuchte, eine Verbindung mit Wallner herzustellen.

*

Nachdem die Polizei Dr. Erwin Jacomi von den Handschellen befreit und die Ausfahrt der Parkgarage wieder passierbar gemacht hatte, mischte sich Wallner ein, der den gesamten Vorgang interessiert beobachtet hatte. Er erklärte den uniformierten Kollegen gerade genug, um sie dazu zu bringen, ihm das Opfer des dreisten Überfalls zur weiten Beamtenhandlung willig zu überlassen, was nicht weiter schwierig war, denn die Burschen waren nicht wild darauf, ein umfangreiches Protokoll über diesen Einsatz abfassen zu müssen.

Jetzt ersuchte der Oberinspektor Erwin Jacomi, in seinem Wagen Platz zu nehmen und die Fahrt mit ihm fortzusetzen. Den Mercedes des Notars würde einer der Polizisten zurückbringen. Während der Fahrt schwiegen die Männer, Wallner, weil er sein Pulver nicht zu früh verschießen wollte, und Jacomi, weil er wahrscheinlich ohnehin Bescheid wusste. Als der Wagen durch die Lorenz-Müller-Gasse fuhr, meldete sich das Handy des Oberinspektors. Es war Brandtner, der ihn kurz informierte, dass der Koffer zwar gefunden worden, aber völlig leer war.

Da ihm der Major glaubhaft versicherte, dass der Räuber keine Gelegenheit gehabt hatte, den Kofferinhalt während der Fahrt zum Mühlwasser loszuwerden, stand für den Oberinspektor fest, dass es lediglich zwei Möglichkeiten geben konnte. Entweder der Koffer war schon die ganze Zeit leer gewesen und das der Grund für den inszenierten Raub. Oder der Inhalt befand sich nach wie vor im Tresorabteil des Notariats bei ›Safe and Deposit‹. Wie auch immer, mit dem Fehlen des Inhaltes war ein erster Tatbestand erfüllt.

»Ich verhafte Sie hiermit zunächst einmal wegen

Untreue«, er drehte sich zu Jacomi um. »Der Koffer, der Ihnen angeblich geraubt worden ist, war leer. Aber ich erzähle Ihnen sicher nichts Neues, wenn ich Ihnen verspreche, dass Untreue noch der geringste der Vorwürfe sein wird, die wir Ihnen heute machen werden.«

Der Notar blieb weiter stumm und blickte demonstrativ aus dem Fenster.

*

Dr. Franz Jacomi ging es gar nicht gut. Der immerhin doch schon fast 65-jährige Notar hatte ein hochrotes Gesicht, Atembeschwerden und schwitzte wie in der Sauna nach einem kräftigen Aufguss.

»Sollen wir einen Arzt rufen?«, wollte Rossbach wissen. »Ich bin zwar auch Arzt, aber als Zahnmediziner vielleicht nicht ganz der Richtige für Ihren Zustand.«

»Nein, danke«, wehrte der alte Herr ab. »Wenn Sie so nett wären und mir ein Glas Wasser besorgen könnten, damit ich meine Pillen nehmen kann.« Er kramte umständlich in den Taschen seines Sakkos, das neben ihm auf dem Tisch lag, und förderte eine Pillendose aus schwerem Silber hervor.

Rossbach war inzwischen hinausgegangen und kam mit dem gewünschten Nass zurück. Während der Notar zwei Tabletten in den Mund schob und hastig Wasser nachtrank, meldete sich Palinskis Handy.

»Entschuldigen Sie«, meinte der, stand auf und ging an das eine Ende des schönen, im neunten Stock liegenden Büros. Während er auf die etwa 40 Quadratmeter große Terrasse blickte, die über eine Schiebetüre erreichbar war und die im Sommer ein Traum sein musste, lauschte er aufmerksam, was ihm Florian Nowotny aufgeregt zu berichten hatte.

Jetzt öffnete sich auch die Türe zum Sekretariat, und Brandtner, mit dem Koffer in der Hand, Wallner und der von einem uniformierten Beamten begleitete Dr. Erwin Jacomi betraten den Raum.

»Na endlich, da bist du ja.« Dem Onkel ging es jetzt wieder etwas besser. »Wo warst du denn so lange? Ich habe schon befürchtet, es ist etwas passiert.«

Erst jetzt schien er die Männer in Begleitung seines Partners wahrzunehmen. »Wer sind denn die Herren, die du mitbringst?«

Wallner stellte sich, Brandtner und den uniformierten Kollegen vor und nannte gleich auch den Grund für die gefesselten Handgelenke Dr. Erwin Jacomis. Ungläubig starrte der Seniorpartner zunächst Wallner und dann seinen Neffen an. »Stimmt das, Erwin?«, wollte er mit erstickter Stimme wissen. Doch der Juniorpartner blickte nur wortlos zur Seite. Da fing der alte Herr plötzlich an zu weinen und ging allen Anwesenden damit schrecklich an die Nieren.

Palinski hatte inzwischen sein Telefonat beendet und gab Wallner durch Zeichen zu verstehen, dass er ihn dringend sprechen musste. Doch der Oberinspektor war jetzt nicht zu bremsen.

»Bevor wir weitermachen, habe ich eine große Bitte an Sie, Herr Doktor.« Damit meinte er Erwin. »Sagen Sie einmal ›Sommer, Sonne und Musik‹, bitte. Sprechen Sie mir einfach nach.«

Der Junior blieb stumm und blickte weiter demonstrativ zum Fenster hinaus.

Wallner wieder geriet langsam ein wenig in Rage, und Palinski versuchte weiter verzweifelt, die Aufmerksamkeit des Oberinspektors auf sich zu lenken.

»Ach, das wollen Sie nicht«, fuhr Wallner mit spöttischem Ton fort. »Es sind Ihnen wahrscheinlich zu viele ›S‹ in den vier Worten.«

»Na gut, falls es Sie glücklich macht«, zeigte sich der junge Jacomi jetzt willig. »Sommer, Sonne und Musik.«

Bis auf den alten Herrn, den uniformierten Beamten und Erwin Jacomi selbst waren jetzt alle Anwesenden sprachlos. Baff, von den Socken, auf dem falschen Bein erwischt, was für Ausdrücke immer auch für diese Situation angebracht schienen.

»Was haben Sie gesagt?« Wallner glaubte, sich verhört zu haben, obwohl da eigentlich nichts gewesen war, bei dem man sich hätte verhören können. »Und du hör endlich mit dem Herumwackeln auf, Mario«, forderte er seinen Freund scharf auf. »Das macht mich ganz nervös.«

»Sommer, Sonne und Musik«, wiederholte der Juniorpartner nochmals und wieder in astreiner Aussprache, frei von jeglichem ›th‹ oder sonstigen Fehllauten.

»Er ist es nicht.« Palinski konnte sich jetzt nicht mehr zurückhalten. »Er hat keine Narben am Handgelenk und voraussichtlich hervorragende Alibis für die Morde an den Dudeks und Rutzmann. Wir haben uns geirrt. Vielleicht nicht zur Gänze, aber auf jeden Fall ordentlich.«

Wütend trat Wallner auf den jüngeren Notar zu, packte seinen linken Arm, schob die Manschette des maßgeschneiderten Hemdes hoch und starrte auf … ein ganz normales, unverletztes Handgelenk. Völlig frei von Narben und sonstigen Verletzungen.

»Uije«, entfuhr es Brandtner, »das ist aber peinlich.«

Dann setzte er sich hin und fing an, nervös zu lachen.

Auch Wallner hatte Platz genommen. Der sonst immer so überlegen wirkende Oberinspektor machte regelrecht einen verstörten Eindruck. Nach einigen Minuten peinlichen Schweigens meinte Dr. Erwin Jacomi: »Da ist jetzt wohl eine Entschuldigung fällig«, und sein Onkel nickte heftig dazu.

»Na, wir wollen es doch nicht gleich übertreiben«, meldete sich jetzt Palinski zu Wort. »Immerhin haben Sie das Ihnen anvertraute Eigentum der beiden Herren hier verludert und sich damit als Notar nicht gerade mit Ruhm bekleckert. Aber es gibt da noch etwas, was ihr wissen solltet.«

Neugierig blickten ihn alle Anwesenden an. »Sie meine ich nicht damit«, meinte Palinski zu Dr. Erwin, »was ich gleich sagen werde, ist Ihnen natürlich bestens bekannt. Und Ihnen auch«, er blickte auf den alten Notar. »Zum Teil zumindest.«

Dann begann er zu erzählen, was ihm Florian Nowotny eben mitgeteilt hatte. »Da gibt es einen gewissen Winfried Metzlar, einen Halbbruder von Herrn Dr. Erwin Jacomi. Er hat Publizistik studiert, das Studium aber kurz vor dem Magister geschmissen. Falls ich richtig informiert bin. Jetzt betreibt er eine Online-Zeitung im Internet, die ›Lodgeview-News‹. Ziemlich irre, ein wenig pseudointelektuell, viel Zeitgeistgaga und sehr viel Werbung. Wird angeblich von München aus betrieben, tatsächlich aber von irgendwo im Weinviertel über einen deutschen Provider ins Netz gestellt. Webmasterin ist eine gewisse Tatjana Blümel. Klingelt da etwas bei euch?«

»Na ja«, meinte Wallner nachdenklich, »das allein ist ja noch kein Verbrechen. Und auch kein Beweis für irgendetwas.«

»Dazu kommt aber noch, dass Herr Metzlar in seiner Zeitung sehr offen über sein Leben nachdenkt, seinen Hass auf den Vater und seine zwei Selbstmordversuche. Einen in der Schulzeit, weil ihn seine Mitschüler immer wegen eines Sprachfehlers gehänselt haben. Über den zweiten Versuch hat er sich nicht ausgelassen.« Das saß, und Palinski konnte sich jetzt der ungeteilten Aufmerksamkeit der anderen sicher sein. »Ich kann die Lektüre der Online-Zeitung nur wärmstens empfehlen. Zu finden unter www.lodgeviewnews.com.«

»Also, den Mann sollten wir uns unbedingt aus der Nähe ansehen«, meinte Brandtner. »Wie ist seine Anschrift? Ich schicke ein Team vorbei.«

»Das wissen wir noch nicht genau. Aber wahrscheinlich ist er irgendwo im Dreieck Deutsch Wagram – Mistelbach – Wolkersdorf zu Hause«, mutmaßte Palinski. »Denn die meiste Werbung wird von kleinen Unternehmen aus diesem Gebiet gemacht. Fragt einmal bei den Werbekunden nach.«

»Und woher weißt du das alles?« Wallner, aber nicht nur er, war sichtlich beeindruckt.

»Das Geheimnis lautet: ›Florian plus Internet‹, diese Kombination ist unschlagbar«, antwortete Palinski stolz.

»Und wie geht es jetzt mit der Kanzlei weiter?«, meldete sich Dr. Franz Jacomi zu Wort. »Bin ich jetzt auch verhaftet?«

»Das wird davon abhängen, ob Sie mit uns zusammenarbeiten.« Wallner wusste auch schon genau, wie.

»Ich helfe, wo ich kann«, erklärte sich der alte Herr bereit.

»Gut, dann fangen wir gleich damit an. Fahren Sie jetzt bitte mit dem uniformierten Kollegen ins ›Safe and Deposit‹ und holen Sie den Inhalt des Koffers ab. Der wird sich sehr wahrscheinlich noch da befinden«, forderte ihn der Oberinspektor auf. »In irgendeinem Sack, Karton oder sonst einem unauffälligen Behältnis.«

*

Winnie, der Zeuge der Ereignisse vor der Parkgarage gewesen war, war sehr mit sich zufrieden. Jetzt war der Koffer weg, der Inhalt bis auf einen ganz bestimmten Gegenstand noch sicher im Tresor, und niemand konnte Erwin einen Vorwurf machen. Vor Überfällen dieser Art war man halt auch in Wien nicht sicher, auch wenn die offiziellen Stellen immer so taten, als ob so etwas in dieser Stadt nicht vorkommen konnte. Noch dazu war die Notariatskanzlei gegen solche Vorfälle sicher versichert, sodass die beiden über gebliebenen ›Siebener‹ sogar noch Geld bekamen. So gesehen war ja niemandem wirklich ein Schaden entstanden.

Wie es wohl Tatjana ergangen war? Er holte sein Handy hervor und drückte die entsprechende Kurzwahltaste. Seine Partnerin und Liebe seines Lebens, auch wenn er sich das nicht immer eingestand, war schon in der Lodge eingetroffen.

»Der Koffer ist weg«, berichtete sie ihm. »Ich bin aber nicht ganz sicher, ob er auch untergegangen ist.«

»Warum tholl der Koffer nicht untergegangen thein?« Physik war nicht gerade Winnies Stärke. Immerhin war das gute Stück ja aus Metall, und das war nun einmal schwerer als Wasser.

»Das schon«, erwiderte die junge Frau. »Durch die Luft im Koffer ist aber ein starker Auftrieb gegeben. Vielleicht hätte ich Wasser einfüllen sollen, damit er schwerer wird?«

»Na, wenn schon«, meinte er leichthin, »die Bullen thind ohnehin zu blöd, dath wird schon in Ordnung gehen.«

Für den Nachmittag hatte Tatjana den Friseur und den Besuch einer Freundin in Mistelbach auf dem Programm. Sie wollte gegen 20 Uhr wieder zu Hause sein.

Und so überlegte Winnie, wie er den freien Nachmittag gestalten sollte. Irgendwie ließ ihn diese Unruhe nicht los, die ihn erfasst hatte, nachdem er Erwin ins Polizeiauto hatte steigen sehen. Vielleicht sollte er seinen Bruder kurz anrufen und schauen, ob alles paletti war. Kurz entschlossen wählte er Erwins Handy an. Nach dem dritten Signal meldete sich jemand, von dem Winnie nur eines wusste. Nämlich, dass es nicht sein Bruder war. Das bedeutete nichts Gutes, sein mobiles Kommunikationszentrum war Erwin heilig, er würde es nie freiwillig aus der Hand geben. Was konnten die erbsenzählenden ›Mistelbacher‹* Erwin schon vorwerfen. Dass die Scheißbriefmarken oder das Bild mit der komischen Coca-Cola-Dose nicht mehr da war? Das war doch lächerlich. Hatten die Leute wirklich keine anderen Sorgen?

* Wiener Spitzname für ›Polizisten‹, weil diese früher häufig aus der Bevölkerung Mistelbachs rekrutiert wurden.

Unbewusst hatte er seinen Wagen in Richtung Döbling gelenkt und eben den Anfang der Heiligenstädter Straße erreicht. Vielleicht wäre es gar nicht schlecht, an Ort und Stelle einmal nach dem Rechten zu sehen. Falls Erwin Schwierigkeiten haben sollte, musste Winnie sich etwas einfallen lassen. Sein Bruder hatte ihn immer gegen die anderen beschützt. Falls notwendig, würde er jetzt eben einmal seinem Bruder helfen. Er hatte keine Ahnung, wie, aber ihm würde schon etwas einfallen. Ihm war noch immer etwas eingefallen.

*

»Auch wenn Sie nicht der sind, den wir eigentlich gesucht haben, so befinden Sie sich doch in keiner sehr guten Position, Herr Dr. Jacomi.« Wallner versuchte sein Bestes, den Notar zum Sprechen zu bringen. Bis auf ›Sommer, Sonne und Musik‹ hatte Dr. Erwin noch nichts Sachdienliches von sich gegeben. »Sagen Sie uns wenigstens, warum Ihr Bruder alles versucht, die Anspruchsberechtigten daran zu hindern, den ursprünglichen Inhalt des Metallkoffers zu sehen?«

Jacomi blickte nach wie vor durch die Glasfront auf die davorliegende Terrasse und schwieg.

»Sie wissen genau, dass wir die Antwort finden werden, sobald Ihr Onkel mit den Gegenständen der ›Siebener-Tontine‹ zurückkommen wird. Und Sie wissen auch, dass das geschehen wird, denn Sie selbst haben den Koffer geleert und die Sachen herausgenommen. Was kann denn so belastend sein, dass Ihr Bruder allein in den letzten Tagen versucht hat, drei, nein vier

Menschen deswegen zu töten? Und eine mehr oder weniger unbeteiligte Person in die Luft zu sprengen. Diese Frau ist tot.«

Wallner war richtig leidenschaftlich in seiner Argumentation geworden. »Das ist doch Irrsinn.«

Jetzt zeigte der Notar plötzlich Reaktion.

»Winfried hat waaas? Er soll versucht haben, vier Menschen zu töten? Und eine Frau ist durch ihn gestorben? Das glaube ich nicht.«

Da zwei unmittelbar an diesen Ereignissen beteiligte Personen anwesend waren und ihre Sicht der Dinge schilderten, wurde Dr. Jacomi mit der Zeit doch ziemlich unsicher. Als er dann noch erfuhr, dass Garbers Frau die besagte Tote war, schossen ihm Tränen in die Augen, und er entschuldigte sich leidenschaftlich bei dem Ex-Banker.

»Sie müssen mir glauben, dass ich keine Ahnung davon gehabt habe, was Winnie getrieben hat«, beteuerte er. »Er hat mir auch hoch und heilig versichert, dass er die Waffe weggeschmissen hat. Damals vor neun Jahren.«

»Meinen Sie die Luger 08, die sich im Koffer befunden hat?«, warf Axel Rossbach ein, und Jacomi nickte.

»Mein Gott«, stöhnte der Zahnarzt auf, »wenn ich das Scheißzeug damals bloß vernichtet hätte, statt es in den Koffer zu tun. Und ich Trottel habe nicht einmal die Patronen herausgenommen. Nein, ich war sogar noch stolz darauf, dass die Waffe voll geladen war.«

»Ich will Ihre Schuldgefühle jetzt nicht noch verstärken«, sagte Jacomi, »aber wäre die Luger nicht gewesen, wären wahrscheinlich noch alle am Leben. Mit der blöden Waffe hat nämlich alles begonnen.«

Dann begann er endlich zu sprechen.

12

Winfried Metzlar war etwa 1 ½ Jahre nach Erwin Jacomi zur Welt gekommen. Er war das Ergebnis des Verhältnisses seiner Mutter Lia mit ihrem Chef, dem bekannten Wirtschaftsanwalt Dr. Wolfram Jacomi. Nachdem Erwins Mutter mit einem italienischen Barpianisten durchgebrannt war, anerkannte der Anwalt den unehelichen Sohn, nach dem Tod Lias nahm er ihn sogar in sein Haus auf. Damit war aber das Gute, das Dr. Jacomi für Winfried getan hatte, schon erschöpfend dargestellt. Nicht, dass es dem intelligenten, aber unsicheren und durch einen Sprachfehler beeinträchtigten Burschen an Materiellem gefehlt hätte. Nein, davon war ja genug da. Aber Gefühl hatte Wolfram für seinen Sohn Winfried nicht mehr aufgebracht als beispielsweise der Verteidigungsminister für einen Zeitsoldaten. Wolfram verspürte Verantwortung für Winfried, aber keine Liebe. Nicht einmal Sympathie.

Seinem ehelichen Sohn Erwin ging es aber keineswegs besser. Der mäßig begabte Bub hatte Probleme mit dem Lernen, sowohl in der Schule als auch später auf der Universität. Seine Stärken lagen mehr im Repräsentativen. Er sah gut aus, hatte eine ausgezeichnete Erziehung genossen und konnte ganz gut reden. Damit bot er dem auf Äußerlichkeiten bedachten Vater weniger Angriffspunkte als der Halbbruder. Dafür gab es jede Menge Streit wegen der ›hoffnungslosen Dummheit‹ Erwins, wie Wolfram es nannte.

Jeder der beiden Brüder besaß also etwas, das dem anderen fehlte. Als Team waren sie stark, fühlten sich zeitweise sogar unschlagbar.

Darüber hinaus verband sie brüderliche Liebe, das Gefühl, füreinander da sein zu müssen, und vor allem ein enormer Hass gegen den dominanten und grausamen Vater.

Als die beiden erwachsen waren, schmiss der Anwalt zunächst Winfried aus dem Haus und überließ ihn mit einer Einmalzahlung von umgerechnet knapp 20.000 Euro seinem Schicksal. Einige Zeit später entfernte er Erwin wegen mangelnder Eignung aus seiner Kanzlei. Der hatte allerdings das Glück, bei seinem Onkel Franz, der ein netter, freundlicher Mann war, als Notariatsanwärter und schließlich auch als Partner unterzukommen.

Dann kam es zur Übernahme der Kanzlei Notar Dr. Wieselbergers und damit auch der ›Siebener-Tontine‹. Sein Onkel hatte Erwin mit der Inventarisierung der hinterlegten Wert- und sonstigen Gegenstände beauftragt. Somit wusste Erwin von der Existenz der geladenen Pistole. Und was Erwin wusste, wusste bald darauf meistens auch Winfried. Trotz Verpflichtung zur Verschwiegenheit und all dem anderen gesetzlichen und berufsethischen Quatsch. Schließlich war der Halbbruder ja keine dritte Person, sondern das Alter Ego Erwins, und umgekehrt.

Einige Monate später kamen mehrere Faktoren zusammen: Nach einem Streit mit Winfried, der ins Haus gekommen war und Geld vom Vater verlangt hatte, verprügelte ihn Wolfram derart, dass der Sohn zwei Zähne einbüßte und zwei Wochen im Bett verbringen musste.

Dann konnte die alte Drecksau wieder einmal seine Hosen nicht anbehalten und vögelte ausgerechnet eine junge Frau, mit der Erwin eine Freundschaft mit der Hoffnung auf mehr verband. Als ihn sein Sohn darauf ansprach und Vorwürfe machte, lachte der Vater ihn nur aus und bezeichnete ihn als impotent.

Der berühmte Tropfen, der das Fass zum Überlaufen brachte, fiel dann im Februar des folgenden Jahres. Wolfram traf bei einem Restaurantbesuch zufällig auf die beiden Brüder, die mit zwei jungen Frauen zu Abend aßen. Der alte Miesling entblödete sich tatsächlich nicht, ungefragt am Tisch der beiden Paare Platz zu nehmen und sich auf unflätige Art über die Schwächen seiner Söhne auszulassen. Zum Abschied meinte er dann noch zu den beiden entsetzten Frauen, dass sie sich ruhig an ihn wenden sollten, falls sie einmal Lust auf einen »richtig guten Fick« haben sollten.

Jetzt war wirklich Feuer am Dach der beiden Brüder. Noch in derselben Nacht beschlossen sie, das Problem ›Vater‹ ein für alle Mal zu lösen. Und Winnie hatte auch schon eine Idee. Von Erwin benötigte er lediglich in einem einzigen Punkt Unterstützung. Den Rest wollte er besorgen.

Zwei Wochen später wurde Dr. Wolfram Jacomi erschossen, als er sich spät in der Nacht bei einem Geldautomaten ein wenig Bares holen wollte. Angeblich war er unterwegs zu einer Prostituierten gewesen.

Nach Ansicht der Polizei handelte es sich dabei um einen Raubüberfall mit tödlichem Ausgang, der nach mehr als einem halben Jahr unerledigt abgelegt werden musste.

Just ab diesem Zeitpunkt war auch die Luger 08, die eigentlich in dem Metallkoffer sein sollte, spurlos verschwunden. Einige Zeit später hatte Winfried Erwin anvertraut, dass er die Waffe in den Wienerwaldsee geschmissen habe, da ihm das ›Nazizeug‹ auf die Nerven gegangen war. Sie war also unwiederbringlich weg, würde aber eines Tages fehlen, nämlich am 22. Dezember des Jahres, in dem die ›Siebener-Tontine‹ auslaufen sollte. Spätestens dann würde Erwin Jacomis Versagen auch als Notar öffentlich bekannt werden.

*

»Dieser Gedanke hat mich die ganze Zeit sehr belastet«, gestand Jacomi jetzt. »Aber Winfried hat mich beruhigt und gemeint, es würde ihm schon etwas einfallen. Gestern Abend hat er sich gemeldet und mich über den geplanten ›Überfall‹ informiert. Das schien mir eine vertretbare Lösung zu sein. Die Hauptsache für mich war aber, den äußeren Schein zu wahren und damit meinen Ruf und auch den der Kanzlei nicht zu beschädigen. Dass ich mich damit ins Unrecht setzen würde, war mir natürlich bewusst.«

Dieser Aspekt der ganzen Angelegenheit interessierte Wallner relativ wenig. »Wer hat Ihren Vater jetzt eigentlich umgebracht?«, wollte er viel lieber wissen.

»Ich weiß es nicht«, erwiderte Jacomi bedrückt, »und ich will es auch gar nicht wissen. Auf jeden Fall bin ich an der Ermordung meines Vaters genauso schuldig wie derjenige, der den Abzug betätigt hat.«

Im Raum war es während der Erzählung des Notars ganz ruhig geworden. Vor den Fenstern des Büros hatte es leicht zu schneien begonnen. Und natürlich nicht nur da. Die ganze Stadt war dabei, sich ein weihnachtliches Gewand anzulegen, und das Gefühl des Friedens, das dabei verbreitet wurde, passte so gar nicht zu der hier herrschenden Stimmung.

»Offenbar hat Sie Ihr Bruder belogen, was das Schicksal der Pistole betrifft«, stellte Wallner mit relativ freundlicher Stimme fest. »Die Waffe ist mit großer Wahrscheinlichkeit dieselbe, mit der erst gestern ein pensionierter Polizist in St. Andrä schwer verletzt worden ist. Einer der ›Sieben‹, der definitiv von Ihrem Bruder nach Österreich gelockt worden ist, wurde von ihm oder seiner Komplizin stranguliert. Tut mir leid, das sagen zu müssen. Aber Ihr Alter Ego hat sich zu einem Monster ausgewachsen, dem wir so rasch wie möglich das Handwerk legen müssen.«

Er blickte den Notar ernst an. »Falls Sie uns dabei nicht helfen, machen Sie sich an jedem weiteren Verbrechen mitschuldig.«

»Ich weiß nur, dass er irgendwo auf einem alten Bauernhof im Weinviertel wohnt«, gab Jacomi zu. »Von einer Komplizin ist mir nichts bekannt. Wirklich nicht.«

Plötzlich meldete sich sein Handy und der Notar wollte das Gespräch schon annehmen, doch Wallner nahm ihm das Gerät einfach aus der Hand, drückte den Annahmeknopf und sagte: »Hallo.«

Doch niemand meldete sich, im Hintergrund war lediglich leicht beschleunigter Atem zu hören.

»Ich glaube, das war er.« Er gab Jacomi das Telefon

zurück. »Leider wurde keine Rufnummer angezeigt. Falls er sich nochmals meldet, sprechen Sie mit ihm und versuchen Sie ihn zu überreden, sich zu stellen. Oder halten Sie ihn zumindest so lange hin, dass wir genug Zeit für eine Funkpeilung haben.« Er griff sich nun sein Handy und veranlasste das Notwendige.

»Aber ich kann Winfried doch nicht verraten!« Jacomi sah jetzt schrecklich aus. »Ich bitte Sie, er ist mein Bruder.«

»Winfried hat schon lange vor dem heutigen Tag begonnen, Sie zu verraten«, warf Brandtner ein und hatte damit so unrecht nicht.

*

Winnie, der Mann, um den es ging, war inzwischen vor dem neun Stockwerke hohen Bürogebäude in der Muthgasse eingetroffen. Vor dem Haupteingang standen zwei Polizeifahrzeuge und mehrere Uniformierte, die auf was immer auch warteten. Das sah nicht sehr gut aus für Erwin.

Jetzt kam noch ein weiteres Einsatzfahrzeug vorgefahren, dem sein Onkel und ein Polizist entstiegen. Der Beamte trug einen größeren Karton in Händen und folgte Franz ins Innere des Gebäudes. Winnie wusste nicht, was das zu bedeuten hatte. Aber sicher nichts Gutes. War es möglich, dass Erwin, dieses geliebte Weichei, nicht imstande gewesen war, das Zeug aus dem Koffer verschwinden zu lassen? Sollte letztlich alles vergebens gewesen sein?

Winnie überlegte fieberhaft, was er tun sollte, um aus den verlorenen Schlachten der letzten Zeit doch noch einen Gesamtsieg für Erwin und sich herauszuholen. Er musste etwas unternehmen, das stand fest, er hatte aber nicht die geringste Vorstellung, was das sein sollte. Verdammter Erwin, warum hatte er den Ramsch nicht im Koffer lassen können.

*

Im Büro hatte Dr. Franz Jacomi begonnen, die Wertgegenstände der Tontine auf dem großen Besprechungstisch auszubreiten und mit der beiliegenden Inventarliste zu vergleichen. Tatsächlich, alles war da, außer einem Stück: Pistole Luger 08 mit eingravierter SS-Rune am Lauf, geladen.

Der Onkel blickte den Neffen fragend und gleichzeitig anklagend an. Der zuckte aber nur mit den Achseln und meinte: »Es tut mir leid, Franz. Ich werde so bald wie möglich die Konsequenzen ziehen.«

Jetzt trat der alte Notar, für den dieser Tag einer der dunkelsten seines Lebens sein musste, sowohl beruflich als auch privat, vor Erwin hin und schlug ihm zweimal ins Gesicht. Dann drehte er sich um und verließ wortlos den Raum.

»Falls es Sie interessiert«, Erwin wandte sich jetzt an Rossbach und Garber, »ich habe die Wertentwicklung der Gegenstände verfolgt. Da sich unter den Briefmarken einige seltene Werte aus der ersten Republik und aus der Monarchie befinden, ist bei diesem Posten ein erheblicher Wertzuwachs zu verzeichnen. Am besten haben sich aber die Zeichnungen und Bilder entwickelt, unter denen sich z. B. ein Kumpf befindet sowie eine Skizze von Andy Warhol und vor allem ein echter Walde. Für einzelne Comic-Hefte können angeblich auch bis zu 1.500 Euro erzielt werden. Bei einer Versteigerung könnten Sie für alles zusammen so um die 150.000 Euro lukrieren. Vielleicht auch mehr.«

»Ich bin nicht daran interessiert«, stellte Garber dezidiert fest, »da hängt zu viel Blut daran. Das Einzige, was ich möchte, ist meine alte Uhr. An der hänge ich noch immer. Meinen Anteil am restlichen Erlös werde ich für einen wohltätigen Zweck zur Verfügung stellen.« Rossbach brauchte nicht viel länger, um sich der Entscheidung seines Freundes anzuschließen.

Palinski, der vor wenigen Minuten den Raum verlassen hatte, um dem leidigen Ruf der Natur zu folgen, kam wieder in den Raum, aber nicht allein. Hinter dem mit leicht erhobenen Armen und einer verstört wirkenden Grimasse im Gesicht eintretenden Mario folgte ein Mann, der ihm eine Pistole der Marke Luger 08 an die Schläfe hielt.

»Ja, ich bin'th«, schrie Winnie. »Auth dem Weg, thontht muth ich den netten Mann da erschiethen.« Er drängte Palinski in den hinteren Teil des Raumes, in die Nähe der zur Terrasse führenden Schiebetüre. Dann schoss er einmal in die Decke, wohl um seine Entschlossenheit damit unter Beweis zu stellen.

Der im Raum befindliche uniformierte Beamte wollte schon seine Waffe ziehen, doch Wallner winkte ab. »Keine Waffen, wir machen absolut nichts, was das Leben der Geisel gefährden könnte.«

Komisch, ging es Palinski durch den Kopf, wie anders dieser schon so oft gehörte Spruch doch klang, wenn man selbst den Lauf einer Waffe am Kopf spürte. Bloß jetzt nicht die Nerven verlieren, Mario, beschwor er sich. Seine Chance würde schon noch kommen.

»Gelt, da schaut ihr aber«, lachte Winnie, »dath habt ihr nicht erwartet. Hi, Erwin, wie geht eth dir?«

»Nicht gut, Winnie, wenn ich sehe, was für einen Blödsinn du da abziehst.« Jacomis Stimme zitterte ein wenig. »Leg die Waffe weg und ergib dich«, forderte er seinen Bruder auf. »Es ist doch schon genug passiert, du kommst hier nicht mehr heraus. Bei allem, was du zu verantworten hast, können sie dich doch gar nicht laufen lassen.«

»Na, wath hat man dir denn erthählt?« Winnie lachte wieder. »Bethtimmt nicht alleth. Haben thie dir auch geschildert, wie der Herr Altbürgermeithter gethtern Abend beim Heurigen einfach eingeschlafen itht? Ich wette, dath haben thie nicht.«

»Das waren Sie?«, rief Wallner entgeistert aus. »Sie haben den Wein mit K.-o.-Tropfen versetzt?«

»Nicht nur den Wein, auch den Gthpritthten«, korrigierte der Wahnsinnige mit der Waffe. »Aber gethtern, dath war nur eine Hetz. Thonth hätte eth Tote gegeben. Ich hoffe, thie withen dath zu schätthen.«

Während Jacomi die Eskalation der Lage sichtbar schwer zu schaffen machte, hatte sich Wallner wieder gefasst. Er wollte jetzt versuchen, auf den offensichtlich Irren einzugehen und so Zeit zu gewinnen.

»Das war wirklich lustig, gestern«, räumte er ein und lachte. »Aber warum haben Sie das eigentlich abgezogen?«

»Weil ich dathu in der Lage war«, erwiderte Winnie,

»und weil eth ohnehin thu wenig thu lachen gibt auf diether Welt. Hat Ihnen altho auch gefallen, oder?«, meinte er selbstgefällig.

»Ja, das war wirklich Spitze«, gestand ihm der Oberinspektor zu. »Aber was wollen Sie eigentlich mit Ihrer Show hier erreichen? Die finde ich nämlich gar nicht lustig.«

Es gäbe Zeit zu lachen und Zeit zu handeln, erwiderte der gefährliche Irre. Dann präzisierte er seine Forderungen.

»Erthtenth verlange ich einen Hubschrauber, der meinen Bruder und mich nach …«, er überlegte, »in die Ukraine fliegt. Und dathu eine Million Euro. Glaubtht du«, wollte er von seinem Bruder wissen, »dath wir mit einer Million authkommen werden?«

»Schmink dir das ab, Winfried«, forderte ihn sein Bruder auf. »Ich komme nicht mit. Und du solltest jetzt auch aufgeben. Es wird Zeit, dass wir diese Angelegenheit wieder in Ordnung bringen.«

»Wath bitht du doch für ein Verlierer!« Langsam wurde Winnie böse. »Gut, dann fliege ich eben allein. Dann komme ich auch länger mit dem Geld auth. Ich gebe Ihnen eine halbe Thtunde, Herr Meithter«, meinte er zu Wallner, »dann thteht der Helikopter abflugbereit da drauthen.« Er deutete auf die Terrasse. »Mit einer Tasche mit dem Geld. Thontht …«, er deutete die Betätigung des Abzugsbügels an.

»Das ist doch Irrsinn!« Wallner regte sich jetzt langsam wirklich auf. »Abgesehen von allem anderen ist die Terrasse doch viel zu klein, um einen Hubschrauber darauf zu landen.«

»Dath glaube ich nicht«, Winnie war nicht so leicht

zu überzeugen, »dath werde ich mir jettht einmal anschauen.«

Palinski hatte inzwischen weitgehend abgeschaltet. Einerseits, um dem leichten Sprühregen aus Speichel, den Winnie bei jedem ›th‹ in die Welt, im konkreten Fall in seinen Nacken setzte, zu vergessen. Andererseits war er fieberhaft damit beschäftigt nachzurechnen, wie viele Patronen Winnie mit dieser Pistole bereits verschossen hatte. Angenommen, das Magazin war seinerzeit voll gewesen und der Mann hatte nicht nachgeladen, so mussten sich jetzt noch … Palinski hatte zwei Mal nachgerechnet und war jedes Mal zu demselben ermutigenden Ergebnis gekommen. Sicherheitshalber wollte er die an sich nicht sonderlich schwierige Subtraktion aber noch ein drittes Mal durchführen.

Winnie hatte inzwischen die Schiebetüre geöffnet, war ins Freie getreten und hatte Palinski wie ein Schutzschild mit sich gezogen. Die kalte Luft, die plötzlich auf den im warmen Büro erhitzten Körper Marios traf, war angenehm, aber nur wenige Sekunden, dann begannen sich auch schon die herrschenden Minusgrade zunehmend unangenehm anzufühlen.

Winnie bewegte sich rückwärts zum Ende der Terrasse hin und zählte dabei offenbar die Schritte. Palinski zog er mit sich, er wollte der Polizei keine Angriffsfläche für einen gezielten Schuss bieten. Dieser hatte inzwischen die unter den Umständen gar nicht so einfache Rechenoperation endgültig abgeschlossen und war wieder zu demselben Ergebnis gekommen. Er war zornig, und er war gewillt, das seiner Meinung nach geringe Risiko auf sich zu nehmen, um dem widerlichen Kerl endlich zu zeigen, dass man so nicht mit ihm umging.

Und so drehte er sich plötzlich um und gab dem höchst verblüfften Winfried Metznar zunächst zwei kräftige Ohrfeigen und dann einen ebensolchen Tritt ins Gekröse. Das war von Mann zu Mann zwar etwas unfair, aber unter den gegebenen Umständen durchaus vertretbar. Irgendwie hatte Winnie diesen Angriff aber vorhergesehen und durch das Abdecken der heiklen Zone mit beiden Fäusten das Ärgste verhindern können.

Beide Männer waren jetzt so richtig in Rage gekommen und begannen, um die Pistole in Winnies rechter Faust zu kämpfen. Vorsichtshalber drückte Palinski den Lauf der Waffe in die Höhe, vielleicht hatte er sich ja doch verrechnet. Gleichzeitig versuchte er, seinem Gegner das tödliche Ding zu entreißen.

Während der Kampf hin und her wogte, näherten sich die Helfer vorsichtig von hinten. Plötzlich ging aber alles sehr schnell. Winnie legte alle Kraft in den rechten Arm und riss fest an der Waffe, um sie aus Palinskis Griff zu bekommen. Gleichzeitig musste Palinski aber loslassen, weil der Zug zu stark geworden war. Sein eigener Schwung ließ Winnie nun zwei Schritte zurücktaumeln, wo nur mehr für einen Platz war. Das im späteren Polizeibericht als sträflich niedrig angebrachte Geländer wirkte wie der berühmte feste Punkt, den schon Archimedes gesucht hatte, um die Welt aus den Angeln zu heben. Im vorliegenden Fall war es nicht die Welt, sondern Winnie, der mit dem Ausdruck maßlosen Erstaunens im Gesicht wie im Zeitlupentempo über das Geländer kippte. Dabei ruderte er noch wild mit den Armen, verschwand dann mit einem verzweifelten Schrei und schlug schließlich mit einem hässlichen, dumpfen Geräusch neun Stockwerke weiter unten auf.

Palinski, der den Mann noch irgendwie zu fassen hatte bekommen wollen, schleppte sich schwer atmend in eine Ecke und kotzte in den jungfräulich weißen Schnee.

*

Nachdem der offizielle Teil des höchst ereignisreichen Tages beendet worden war, zu dem auch die Einleitung der Fahndung nach der verschwundenen Tatjana Blümel zählte, setzte sich die gesamte Truppe zur Nachbearbeitung und Manöverkritik zusammen. Schauplatz dieses heftigen, von Pizza und Barolo begleiteten Events war ›Mama Maria‹, Palinskis Lieblingsitaliener in der Döblinger Hauptstraße.

Nachdem alle gegessen und den letzten Rest vorhandenen Frusts hinuntergespült hatten, nahmen sich Wallner und Brandtner den Helden des Tages vor.

»Sag, warst du eigentlich plötzlich von allen guten Geistern verlassen?« Helmut verdrehte die Augen, und ›Fink‹ pflichtete ihm nonverbal mit einem grimmigen Gesichtsausdruck bei. »Drehst dich mir nichts dir nichts um und knallst dem Kerl zwei, einfach so. Was hättest du denn gemacht, wenn er abgedrückt hätte? Dann wäre das hier ein Leichenschmaus geworden.«

»Das Restrisiko war zu vernachlässigen«, erwiderte Palinski richtig goschert. »Ich habe mir ausgerechnet, dass bereits sechs Schuss aus dem Revolver abgeschossen worden sind. Einer hat Jacomi Senior getötet, einer

Rutzmann und zwei die Dudeks. Einer ist für Gutenbrunners Zustand verantwortlich und der letzte vorhin in die Decke gegangen. Macht summa summarum sechs Schuss.«

Er schaute triumphierend auf die beiden.

Die Kriminalisten blickten sich fragend an. »Na und«, meinte Brandtner dann, »was wollen Sie damit zum Ausdruck bringen?«

»Na, sechs Schuss im Revolver, mehr sind doch in einem Magazin nicht drinnen«, stellte Palinski fest, war sich plötzlich aber nicht mehr ganz sicher. »Habe ich zumindest einmal gelesen. Stimmt doch, oder?«

»Erstens ist die Luger 08 eine Pistole«, klärte ihn Brandtner auf.

Scheiße, dachte Palinski, jetzt war das schon sein achter Fall und er konnte Revolver und Pistolen noch immer nicht auseinanderhalten.

»Und zweitens fasst das Magazin acht Patronen«, fuhr der Major ungerührt fort. »Mein Rat lautet also: Tun Sie so etwas nie, niemals wieder.«

Palinski blickte verunsichert zu seinem Freund Wallner. Und Helmut … nickte mit dem Kopf. »Der Kollege hat recht, Mario. Es waren noch zwei Patronen in der Trommel. Du hast sehr viel Glück gehabt.«

In einer Slapstickkomödie hätte Palinski jetzt wohl vor Schreck die Augen verdreht und wäre steif wie ein gefällter Baum zu Boden gestürzt. Bewusstlos natürlich. Aber dies hier war keine Komödie, und so musste er dem plötzlich schrecklich mulmigen Gefühl in seinem Magen mit weniger spektakulären Mitteln zu Leibe rücken. »Maria, un grappa per favore. Ma doppio.«

Dann fiel ihm ein, dass es den Freunden bei seinem tolldreisten Auftritt sicher auch nicht viel besser gegangen sein dürfte.

»E due altre grappe«, rief er Maria nach, »per gli amici!«

12 a

Palinski war nicht abergläubisch, aber überhaupt nicht. Er las zwar regelmäßig die Horoskope in den Tageszeitungen, glaubte an ihre Inhalte aber nur, falls und soweit sie etwas Positives versprachen. Sollte eine schwarze Katze seinen Weg kreuzen, würde er keinen großen Bogen um das Viech herum machen, sondern einfach wieder zurückgehen, von wo er gekommen war. Und es gab noch jede Menge Beispiele dafür, dass Palinski ein streng rational denkender Mensch und frei von esoterischen Spinnereien war. Doch das würde den Rahmen hier sprengen.

Dank seiner lieben alten Großmutter, die ihm bereits in früher Kindheit gewisse Wahrheiten vermittelt hatte, war ein Aberglaube aber nicht aus seinem Kopf herauszubekommen. Sie hatte ihm bereits im zarten Alter von drei Jahren eingetrichtert: »Wenn einmal etwas Außergewöhnliches passiert, dann wiederholt es sich in der Regel noch zweimal innerhalb eines kurzen Zeitraumes.«

Und tatsächlich, starb ein berühmter Hollywoodstar, so machten es zwei weitere auch nicht mehr lange. Oder kratzte ein Politiker ab, so gab es mit Sicherheit bald darauf zwei weitere Begräbnisse mit Eventcharakter.

Der etwas unbestimmte Terminus des ›kurzen Zeitraumes‹ eröffnete allerdings einen gewissen interpretativen Spielraum, denn das konnte drei Tage oder auch drei Wochen bedeuten.

Nachdem Winfried ›Winnie‹ Metzlar tot, Axel Rossbach wieder bei seiner Familie und Hans Garber für einige Tage nach Malta geflogen war, um auszuspannen und sich über seine Zukunft klar zu werden, im Wesentlichen also wieder Normalität eingekehrt war, hätte Palinski eigentlich glücklich und zufrieden sein müssen. Mit Wilma war wieder alles in Ordnung, soweit das in ihrer seltsamen Beziehung überhaupt möglich war, die Kinder waren zu Hause und die Chancen auf ›Weiße Weihnachten‹ noch immer intakt.

Und dennoch, irgendetwas störte ihn, ließ noch nicht zu, dass auch er sich der hemmungslos alles zudeckenden Weihnachtsstimmung hingab. Er glaubte, auch den Grund für diese Unruhe zu kennen.

Vor drei Tagen war er in eine nicht ungefährliche Konfrontation geraten, einen Tag später hatte ihn ein durchgeknallter Psychopath und Massenmörder mit …, was war es jetzt bloß gewesen, … ja, mit einer Pistole bedroht.

Das waren zwei lebensbedrohliche Situationen gewesen und damit eine zu wenig, wenn er an Omis häufig bestätigte ›Dreier-Regel‹ dachte.

Er hatte schon überlegt, Wilma zu bitten, ihn mit einem Küchenmesser zu bedrohen oder mit verdorbenem Sushi, um diese dritte Situation endlich eintreten zu lassen. Dann waren ihm aber Zweifel gekommen, ob sich das Schicksal so einfach austricksen lassen würde.

Das ungewohnt intensive Zusammensein mit seinen Kindern gestern und auch heute hatte das dumpfe Unbehagen allerdings weitgehend überdeckt. Besonders mit Harry hatte er viel Spaß gehabt. Der Bub hatte an der Uni einen Kollegen, der aus einer Zirkusfamilie stammte und ihm einige Tricks beigebracht hatte. So zum Beispiel Jonglieren oder, und das war überhaupt *der* Hit, das ruckartige Wegziehen eines Tischtuches, und zwar derart, dass die darauf befindlichen Geschirr- und Besteckteile sowie die Gläser auf ihrem Platz liegen bzw. stehen blieben.

Also das Jonglieren mit drei Bällen gelang Palinski schon ganz gut, die Sache mit dem Tischtuch hatte er nach drei Versuchen auf äußerst dringende Intervention Wilmas abbrechen müssen.

Ach, war es schön, dass wieder alle zusammen waren. Nächste Woche ging es dann nach Bozen zu Silvana und Fritz.

Und überhaupt, das mit der ›Dreier-Regel‹ war ja wirklich nur Unfug. Es gab keinerlei Grund, sich irgendwelche Sorgen zu machen.

Fröhliche Weihnachten allen, die guten Willens sind.

*

In Wilmas Familie war es immer schon Sitte gewesen, das Christkind relativ früh kommen zu lassen, um durch die aufgeregte Spannung der Kinder das Weihnachtsessen nicht zu einem ›Quick Dinner‹ verkommen zu lassen, sondern es nach der Bescherung in Ruhe und Würde zelebrieren zu können. Das hatte sich auch erhalten, nachdem aus den Kindern Erwachsene geworden waren. Zu Recht, denn Spannung bleibt Spannung.

Also war Christbaum anzünden und Geschenke auspacken für 18 Uhr vorgesehen und danach das große Schlemmen. Neben der engsten Familie waren auch dieses Jahr wieder ein, zwei Besucher angesagt, die andernfalls den Heiligen Abend allein oder mit Fremden in ihrer Herberge hätten verbringen müssen.

Palinski hatte ›Fink‹ Brandtner eingeladen. Er verstand sich gut mit dem gestandenen Single, der sich mit den Resten seiner Familie nicht allzu gut verstand. »Es genügt völlig, wenn wir uns am zweiten Feiertag in die Haare geraten«, hatte der Major gemeint und den Ausflug nach Eibiswald erst für den Stefanitag geplant.

Wilma dagegen hatte eine neue Freundin angekündigt, eine »entzückende Ausländerin, die mir erst unlängst die Augen geöffnet und damit einen großen Gefallen getan hat«.

Palinski war mehr als überrascht, als er nach seiner Rückkehr von einem langen Weihnachtsspaziergang mit Max und Moritz nach Hause kam und … Gwen im recht vertraut wirkenden Gespräch mit ›Fink‹ erblickte.

Ui, das war jetzt aber etwas peinlich. In der Hektik der letzten Tage hatte er völlig vergessen, Wilma von dieser kleinen, völlig harmlosen Episode mit dem feenhaften Wesen aus dem fernen Avalon zu erzählen. Bei den Frauen mit ihrem ewigen Misstrauen wusste man nie, wie so eine ›Beichte‹ aufgenommen werden würde.

Dennoch, er kam wohl nicht darum herum, etwas zu sagen. Jetzt. Was getan werden musste, musste getan werden.

»Kann ich dich einen Augenblick sprechen?«, flüsterte er Wilma zu. Die winkte aber ab. »Ich weiß alles von dir und Gwen, sie hat mich am Punschstand besucht und mir zu meinem tollen Mann gratuliert.«

Sie lachte neckisch und zwinkerte Gwen zu. »Und ich weiß auch, dass du mir das schon die ganze Zeit hast erzählen wollen. Aber in der Hektik der letzten Tage …«

Palinski war sprachlos und seine Wilma einmalig, er liebte diese Frau.

Etwas später, nach dem Absingen der Weihnachtslieder, ging es ans Auspacken der Geschenke. Darunter befand sich auch ein reichlich großes Paket, darauf ein kleines Kärtchen mit der Aufschrift ›Für Wilma und ihre Lieben. Alles Gute, Tante Anita‹.

Das bedeutete nichts Gutes. Anita war die Schwester von Palinskis Fast-Schwiegermutter und das absolute negative ›Highlight‹ in dieser an Albträumen nicht gerade armen Familie.

Palinski war schon versucht, das Trumm, so wie es war, irgendwo zu verräumen und dann einfach zu vergessen. Aber Wilma bremste ihn ein.

»Ich glaube, ich weiß, was das ist«, räumte sie ein. »Und ich fürchte, ich bin schuld daran, dass wir es bekommen haben. Aber es hilft nichts, wir müssen es auch auspacken und aufstellen. Tante Anita kommt morgen mit den Eltern zum Kaffee und wäre sonst zu Tode beleidigt.«

Das hätte Mario zwar nicht das Geringste ausgemacht, aber bitte, es war ihre Familie, und daher musste er das wohl akzeptieren. Er nahm sich aber vor, das, was immer es auch sein sollte, sofort danach auf Nimmerwiedersehen verschwinden zu lassen. Ganz vorsichtig, als ob es sich um eine Paketbombe handelte, nestelte Palinski an der großen Goldschleife herum. Nachdem die geöffnet war, löste er die Bänder und beseitigte das mindestens schon dreimal verwendete Weihnachtspapier. Um sicherzugehen, es nächstes Jahr nicht neuerlich zu bekommen, zerriss er es dann auch noch in extrem kleine Papierschnitzel. Dann nahm er den Deckel der freigelegten Schachtel mit gespielter Feierlichkeit ab und brachte den lebensgroßen Kopf eines griechischen Knaben zum Vorschein. Oder war es ein römischer?

Scheißegal, auf jeden Fall war es das geschmackloseste, kitschigste Ding, das er je in Händen gehalten hatte.

»Das ist allein meine Schuld«, bekannte Wilma zerknirscht. »Ich hab den Schädel einmal bei Anita gesehen und mich leider zu einem ›Na, so etwas Schönes‹ hinreißen lassen. ›Den Apollo sollst du eines Tages bekommen, mein Kind‹, hat sie drauf gesagt. ›Du scheinst antike Kunst zu schätzen zu wissen‹. Aber dass sie das ernst gemeint hat, hätte ich nicht gedacht. Angeblich soll der Kopf aber echt sein.«

»Echt ist er schon«, ätzte Harry, »bloß echt was?«

»Echt Taiwan«, sekundierte ihm Palinski, der das Ding schon vorher umgedreht und nachgesehen hatte. ›Made in Taiwan‹.

Um die Scheußlichkeit aus der allgemeinen Augenhöhe zu bekommen, platzierte Palinski das Ding jetzt auf dem alten Bauernkasten. Falls der Kerl jetzt noch einen Hut tragen würde, würde er sich da richtig nett machen.

»Wieso stellst du das Geschenk da oben hin?«, wollte Wilma wissen. »Lass den Kopf doch hier stehen, damit Anita ihn gleich sehen kann.«

»Der Kopf bleibt oben«, stellte Mario dezidiert fest. »Sonst borge ich mir die Dienstwaffe von ›Fink‹ und knall diese Monströsität über den Haufen. Und zu Anita sage ich dann nur: ›Sorry, ein Unfall.‹ Und jetzt kein Wort mehr«, knurrte er.

Das war dann auch schon das Aufregendste an diesem Weihnachtsabend gewesen. Zumindest bis kurz vor 20 Uhr.

*

Die Frauen waren in der Küche, um dem kurz bevorstehenden Abendessen den letzten Schliff zu geben. Die Männer saßen im Wohnzimmer um den Baum herum, tranken Sekt und alberten herum. Palinski nahm die Gelegenheit wahr, seinem neuen Freund ein wenig auf den Zahn zu fühlen. Für seinen Geschmack hatte ›Fink‹ gerade vorhin doch ein wenig zu intensiv mit Gwen geflirtet. So sehr er die Schöne von den fernen Nebelinseln und den Major auch mochte und beiden ein glückliches langes Leben wünschte, noch viel mehr hoffte Palinski, ›Fink‹ und Margit Waismeier miteinander zu verkuppeln, um zu verhindern, dass ihm seine Büroleiterin von einem Münchner ins Ausland entführt würde. Das würde nur schwer zu verkraften sein, nein, überhaupt nicht.

»Sag einmal, ›Fink‹«, die beiden hatten sich gerade vorhin auf das freundschaftliche ›Du‹ geeinigt, »wie ist das eigentlich mit den Frauen?« Gerade als Palinski mit dem ›Verhör‹ beginnen wollte, klingelte es an der Türe. Harry, der soeben aus dem Zimmer ging, nahm den Hörer der Gegensprechanlage, sagte: »Ja bitte«, dann: »Dritter Stock links«, und legte auf.

»Arme Hunde«, meinte er noch, »müssen selbst am Heiligen Abend noch Pakete ausfahren«, ehe er aufs Klo ging.

Eine knappe Minute später klingelte es direkt an der Türe, und Wilma öffnete. Vor ihr stand eine ziemlich große Frau mit einer länglichen Schachtel in der Hand.

»Ja bitte«, meinte die Hausfrau freundlich.

»Ich habe hier etwas für Herrn Palinski«, sagte die Frau knapp und drängte in die Wohnung.

»Na hören Sie einmal«, empörte sich Wilma, »so geht das nicht. Warten Sie hier und ...«

Doch Tatjana Blümel kümmerte sich keinen Deut um den Protest der Hausfrau und stieß sie weiter in die Wohnung hinein.

»Sie beide gehen auch in das Wohnzimmer«, forderte sie Gwen und Tina barsch auf, die aus der Küche auf den Gang getreten waren. »Aber rasch, wenn ich bitten darf.«

Inzwischen hatte die offenbar zu allem entschlossene Frau den Deckel von der länglichen Schachtel runter und die darin befindliche Waffe herausgenommen. Eine gefährlich aussehende Pumpgun, die sie mit geübtem Griff durchlud.

Palinski stand auf und ging einige Schritte, um der im Vorzimmer herrschenden Unruhe auf den Grund zu gehen. Auf halbem Weg dahin kamen ihm die drei von Tatjana bedrohten Frauen entgegen.

»Hier sind Sie ja, Sie Saukerl!« Sofort hatte Winnies ›Witwe‹, wenn man sie so bezeichnen wollte, ihre Konzentration und auch ihre Waffe auf Palinski gerichtet.

Es war schon richtig pervers, aber Mario musste in diesem Augenblick nur daran denken, dass sich Großmutters ›Dreier-Regel‹ wieder einmal zu bewahrheiten schien.

Zumindest hatte das Warten darauf jetzt ein Ende.

Er bedeutete den Frauen, hinter ihn und damit aus der Schusslinie zu treten.

»Lassen Sie die drei in Ruhe, die haben nichts damit zu tun«, appellierte er an die Verbrecherin und war von seiner Ritterlichkeit selbst ganz gerührt.

»Sie haben mir das Liebste genommen, das ich hatte, und daher werde ich Ihnen das Liebste nehmen, das Sie haben. Ehe ich Sie erschieße und dann auch mich.«

Was Tatjana Blümel da von sich gab, klang schon sehr dramatisch und so gar nicht nach dem ruhigen Abend, den sich Palinski erhofft hatte. Auf einmal überfiel ihn Angst, schreckliche Angst. Wie dichter Nebel, der plötzlich einfiel und einem jegliche Sicht raubte.

»Winnie hat mich mit der Waffe bedroht, und dann haben wir miteinander gekämpft«, alle Schnoddrigkeit war von Palinski abgefallen und er begann, um sein Leben zu reden. Und möglicherweise auch um einige andere. »Dabei ist er gestolpert und über die Brüstung gestürzt. Es war ein Unfall.«

»Das ist mir scheißegal«, heulte die Frau auf. »Was allein zählt ist, dass Winnie nicht mehr lebt und Sie daran schuld sind.«

Tatjana war in diesem Zustand logischen Überlegungen nicht mehr zugänglich, musste Palinski erkennen. Er war erstaunt, dass er plötzlich wieder relativ gefasst war und keinerlei Panik mehr verspürte. Ja, irgendwie empfand er die Lage, in der er sich befand, anregend.

Nicht gerade angenehm, aber anregend.

War es vielleicht möglich, dass man sich an Bedrohungssituationen wie diese mit der Zeit gewöhnte und schließlich sogar irgendwie Gefallen daran fand? Pervers, oder? Er nahm sich vor, später darüber nachzudenken, falls er dann noch in der Lage dazu sein sollte. Jetzt musste er erst mal versuchen, Tatjana so einzulullen, dass sie aufgab. Er kratzte allen Mut zusammen.

»Sehen Sie, heute ist Heiliger Abend«, begann er, »und alle Menschen feiern ein Fest des Friedens und der Liebe. Wollen Sie sich nicht setzen und ein Glas Sekt mit uns trinken? Ich bin sicher, wir haben irgendwo auch noch eine Schachtel von diesen ausgezeichneten Pralinen. Die möchte ich Ihnen gerne zu Weihnachten schenken.« Er drehte sich um. »Wilma, kannst du die Pralinen festlich verpacken, bitte.«

Nicht nur Tatjana starrte den krampfhaft grinsenden Spinner sprachlos an, aber nur sie wurde wütend.

Und das richtig. »Was reden Sie da für einen Scheiß daher«, brüllte sie, »vielleicht soll ich auch noch ›O Tannenbaum‹ mit Ihnen singen. Sie glauben wohl, ich meine es nicht ernst, Sie Spinner. Ich hasse Schusswaffen zwar, aber wenn es nicht anders geht, kann ich auch damit umgehen.«

Sie hob die Pumpgun kurz an und schoss dicht über die Köpfe der Anwesenden hinweg in die gegenüberliegende Wand. Während sie mit einer routinierten Handbewegung schon wieder nachgeladen hatte, geschah das, was Palinski später als ›kleines Weihnachtswunder‹ bezeichnen sollte. Auf ihrem Weg zur Wand hatte sich der Kopf des ›Griechischen Jungen‹, oder war es nicht doch vielleicht ein römischer, der Schrottladung mutig in den Weg gestellt und war dabei in zirka 55 kleine und kleinste Einzelteile zerlegt worden.

Das war Problemlösung vom Feinsten gewesen, fand Palinski und überlegte, ob er sich beim Prozess gegen Tatjana nicht für Strafmilderung einsetzen sollte. Komisch, was einem in solch einer Situation so alles durch den Kopf schoss.

»Das war eine reife Leistung«, anerkannte er, »für die ich Ihnen durchaus dankbar bin. Das Zeug«, er deutete auf die Reste des Kopfes, »war nur scheußlich. Wow, was für ein Schuss.«

Komischerweise schien die Ballerei und ihr Ergebnis die rachsüchtige Frau etwas beruhigt zu haben. Sie lächelte sogar ein wenig und meinte: »Das war wirklich lustig. Freut mich, wenn es Ihnen geholfen hat. Wenn Sie auch nicht mehr viel Zeit haben werden, sich darüber zu freuen.«

Hinter Tatjana hatte sich Harry, der mit seinem Geschäft inzwischen fertig geworden zu sein schien, unbemerkt angeschlichen. Unmerklich schüttelte Palinski den Kopf, um mögliche heldenhafte Versuche seines Sohnes zu verhindern. Vor allem aber musste er jetzt etwas tun, um die Aufmerksamkeit der Frau voll auf sich zu konzentrieren.

»Dann werde ich Ihnen jetzt auch etwas zeigen, Tatjana. Wir haben doch noch ein wenig Zeit, ehe Sie Ihre Ziele realisieren, oder?«

Er hatte einen Plan, was heißt, eine verrückte Idee, die aber auf jeden Fall besser war, als nichts tun oder sich dem Schicksal ergeben. Nun galt es, etwas Zeit zu gewinnen, um aus der Idee einen Plan werden zu lassen.

»Ich habe einen Freund«, er redete sofort weiter, um der Frau keine Chance zu geben abzulehnen, »der hat Beziehungen zum Zirkus.« Unmerklich bewegte er sich rückwärts.

»Also der Bursche ist so lustig, also so was ...«, quatschte er unentwegt weiter. Er musste es unbedingt schaffen, dass die Blümel noch einen Meter weiter in den Raum trat.

»Na egal. Also dieser Freund hat mir einige Tricks gezeigt. Die möchte ich zumindest einmal selbst ausprobiert haben, ehe es mit mir zu Ende geht. Das verstehen Sie doch sicher, Tatjana. Oder? Sozusagen der letzte Wunsch eines Todgeweihten. Morituri te salutant und so weiter.«

Brandtner, der sich schrecklich ärgerte, seine Dienstwaffe heute zu Hause gelassen zu haben, musste unwillkürlich lachen. So eine Taktik der Verbrechensverhinderung hatte der erfahrene Kriminalist noch nicht erlebt. Verrückt, kühn ... und hoffentlich erfolgreich.

»Kann mir jemand meine Jonglierbälle geben?«, wollte Palinski jetzt wissen und deutete auf die vier bunten Stoffkugeln. Wilma machte zwei Schritte, nahm die Bälle und reichte sie Mario. Und das Wichtigste dabei war, Tatjana hatte nicht auf Wilmas Aktion reagiert. Fand zumindest Palinski.

Jetzt warf er die Bälle einige Male hoch, fing sie wieder oder auch nicht, hob die zu Boden gefallenen wieder auf, warf sie neuerlich in die Höhe … und so weiter und so fort. Palinski bot an diesem Abend die kläglichste Vorstellung, die auf dem Gebiet des Jonglierens je geboten worden war.

Gleichzeitig führte er aber auch eine rauschende Gala des Überlebens vor. Hoffentlich zumindest.

»Na ja«, meinte er selbstkritisch, »das geht noch nicht so gut«, und machte unmerklich wieder einige Zentimeter nach rückwärts gut. »Das müssen wir noch üben.«

Und tatsächlich, auch jetzt war Tatjana unmerklich nachgerückt. Noch zehn Zentimeter und der gewagte Plan konnte starten.

»Der nächste Trick wird Ihnen sicher besser gefallen.« Palinski zeigte zum Tisch und machte einen Schritt in diese Richtung.

»Halt, bleiben Sie stehen!«, herrschte ihn die von seiner Blödelei irgendwie faszinierte Verbrecherin an. Sie war ihm ebenfalls einen Schritt gefolgt, hatte das Gewehr aber wieder in Anschlag gebracht.

Was aber das Wichtigste war, sie stand jetzt genau dort, wo der Hausherr sie haben wollte. Nämlich im letzten Drittel eines etwa drei Meter langen und 1,20 Meter breiten, bunten und billigen Baumwollläufers, der den Boden zierte.

»Jetzt ist es aber genug mit dem Blödsinn«, sie bedeutete ihm, vom Tisch wegzugehen. Das war gut, denn jetzt stand auch Palinski genau dort, wo er stehen musste, wenn der Plan funktionieren sollte.

»Also gut, nur einen letzten Trick noch, danach bin ich ganz brav«, meinte er und begann plötzlich, Kniebeugen zu machen und dazu immer wieder »Allez, allez« zu sagen.

Und jetzt kapierte auch Harry, der als Einziger hinter Tatjana stand, was sein Vater vorhatte. »Allez« war das verbale Signal, wenn man so weit war, das Tischtuch wegzuziehen. Wie sie es gestern und heute geübt hatten. Harry gab seinem Vater ein Zeichen, dass er verstanden hatte.

Nach weiteren drei Kniebeugen und ›Allez‹ griff Palinski blitzartig nach den beiden Endenzipfeln des Läufers, brüllte noch ein letztes befreiendes »Allleeeeez« und zog den Teppich mit aller Kraft an sich heran.

Es war eigentlich nur angewandte Physik, dass Tatjana jetzt das Gleichgewicht verlor, es durch Rudern mit den Armen wiederherzustellen versuchte, aber keine Chance hatte und schließlich brutal schmerzhaft auf den Rücken stürzte.

Gleichzeitig mit seines Vaters ultimativem »Allez« hatte sich Harry auf die Pumpgun konzentriert bzw. auf den Arm der Frau, mit dem sie die Waffe hielt. Nach wenigen Sekunden hatte er das Gewehr an sich gebracht und aus dem Gefahrenbereich befördert.

Inzwischen war auch schon Brandtner bei Tatjana angelangt und hatte die wild um sich schlagende Frau mit einem klassischen Schwinger aufs Kinn ruhiggestellt.

»What a punch«, anerkannte Gwen bewundernd.

»Wie meinst du?« Wilma hatte nicht recht verstanden.

»Ach, ich finde, das war a nice punch, ein guter Schlag.«

Was Palinski jetzt erfüllte, war mehr als nur Erleichterung. Es war schiere Lebenslust, Lebensfreude pur, die sich hier und jetzt in einem minutenlangen Herumtanzen, Absingen schmutziger Lieder und dem Abküssen aller Anwesenden, außer einer natürlich, manifestierte. Abschließend verdrehte er noch scherzhaft die Augen, machte sich stocksteif und ließ sich wie ein gefällter Baumstamm rückwärts auf die weiche Couch fallen.

Heiliger Abend hin und her, wie es schien, war heute Komödie angesagt.

»Oh, what a crazy punch*«, schwärmte Gwen neuerlich.

»Wieso?«, wunderte sich Wilma, die glaubte, sich verhört zu haben. »Das war doch kein Schlag.«

»Nein, aber ..., wie sagt man bei euch? So ein verrückter Kasperle. Dein Mario ist wirklich ein lustiger Mensch.«

»Das kann man wohl sagen«, murmelte Wilma, »auch wenn einem das Lachen manchmal im Hals stecken bleibt.«

ENDE

* ›punch‹ (englisch) ›Schlag‹, aber auch ›Kasperl‹ und ›Punsch‹.

Weitere Krimis finden Sie auf den folgenden Seiten und im Internet:
www.gmeiner-verlag.de

PIERRE EMME

Diamantenschmaus

319 Seiten, Paperback.
ISBN 978-3-8392-1079-6.

VEREDELTE ASCHE Die Wiener Promidichte schwindet beträchtlich. Palinski hat es mit einer ganzen Reihe von Mordfällen an bekannten Persönlichkeiten der Hauptstadt zu tun. Zu den Opfern zählen ein stadtbekannter, tierquälender Kettenraucher, ein berühmter Kammersänger und ein belgischer Entertainer. Die nächste Schreckensnachricht lässt nicht lange auf sich warten: Hildi, die 22-jährige ›Prinzessin der Herzen‹, ein Star der Volksmusik, wurde entführt. Besteht ein Zusammenhang zwischen den einzelnen Morden und der Entführung? Und was haben die so genannten »Promi-Diamanten« damit zu tun, die im Internet meistbietend versteigert werden? Da Hildi in großer Gefahr ist, entschließt sich Palinski, die Entführer zu kontaktieren und ein Treffen zu vereinbaren.

PIERRE EMME

Pizza Letale

276 Seiten, Paperback.
ISBN 978-3-8392-1055-0.

HENKERSMAHLZEIT »Hilfe, ich wurde ... vergiftet, der ... Pizzamann ...« Wilhelm Sanders Anruf bei der Notrufzentrale in Wien-Döbling kommt zu spät – die alarmierten Polizisten können nur noch seinen Tod feststellen. Der Pizzabote ist schnell ausfindig gemacht. Es sieht nicht gut für ihn aus, als man auch noch ein ominöses Fläschchen in seiner Jackentasche entdeckt. Doch dann wird eine stadtbekannte Politikerin ermordet und Kriminologe Mario Palinski findet heraus, dass beide Fälle zusammenhängen ...

Aber auch privat hat Palinski alle Hände voll zu tun: Nach 27 Jahren wilder Ehe will er seiner Wilma endlich das Ja-Wort geben.

GMEINER

Wir machen's spannend

PIERRE EMME
Pasta Mortale

273 Seiten, Paperback.
ISBN 978-3-8392-1018-5.

KALT ABSERVIERT Skandal im Restaurant »Desiree«: Ein Gast fällt tot vom Stuhl, er starb an einer vergifteten Portion Mohnnudeln. Was Kriminologe Mario Palinski, der sich neuerdings auch als Gastro-Kritiker versucht, zu diesem Zeitpunkt noch nicht weiß: Die tödlichen Nudeln waren eigentlich für ihn bestimmt. Und kurz darauf kommt es zu weiteren mysteriösen Vorfällen in der Wiener Gastronomie-Szene …

PIERRE EMME
Schneenockerleklat

424 Seiten, Paperback.
ISBN 978-3-89977-803-8.

MORD AM SEMMERING Noch fünf Tage, dann kann sich Mario Palinski endlich wieder etwas Ruhe gönnen. Die Organisation der in den nächsten Tagen im »Semmering Grand« stattfindenden 50. Jahresversammlung der »Federation Européenne des Criminalistes Investigatives« hat den Chef des Instituts für Krimiliteranalogie in den vergangenen Wochen ganz schön in Anspruch genommen.

Auf der Fahrt mit dem Sonderzug von Wien zum Semmering wird ein ungarischer Journalist tot in der Zugtoilette aufgefunden. Der erste einer ganzen Reihe von Morden, wie sich schon bald herausstellen wird.

GMEINER

Wir machen's spannend

PIERRE EMME

Ballsaison

329 Seiten, Paperback.
ISBN 978-3-89977-744-4.

DAS SPIEL DES JAHRHUNDERTS Wenige Tage vor Beginn der Fußball-EM 2008 wird der Schiedsrichter Arthur Mellnig in einem Schlafwagen in Zürich ermordet aufgefunden. Am Sitz der UEFA in Nyon herrscht große Aufregung: Mellnig wollte den Funktionären über einen streng vertraulichen, äußerst besorgniserregenden Vorfall berichten, der die gesamte EM gefährden könnte. Wer wusste davon?

Auch die Deutsche Nationalmannschaft scheint in Gefahr: Zunächst verzögert sich der Abflug der Mannschaft von Frankfurt nach Wien wegen eines verdächtigen Gepäckstücks. Dann wird in der Nähe ihres Quartiers ein schwer verletzter Mann entdeckt, der wenig später stirbt. Und mittendrin steckt wieder einmal Wiens skurrilster Kriminologe Mario Palinski.

PIERRE EMME

Tortenkomplott

276 Seiten, Paperback.
ISBN 978-3-89977-734-5.

SÜSSER TOD Das Wiener Grätzel, in dem Mario Palinski lebt, ist in Aufruhr: Auf offener Straße wurde ein Liebespaar erschossen! Hauptverdächtiger ist der pensionierte Kriminalbeamte Albert Göllner, der nachts mit seiner Schreckschusspistole für Sicherheit sorgt. Jeder stellt sich die Frage: Hat er dieses Mal nicht nur Warnschüsse abgegeben?

Gleichzeitig erfährt Palinski, dass er eine Tochter hat. Statt Silvana jedoch kennen zu lernen, wird er von deren Ehemann mit der Suche nach ihr beauftragt. Seit sie nach Wien gereist ist, um an der »Internationalen Kochkunstausstellung« mitzuwirken, ist sie wie vom Erdboden verschluckt.

GMEINER

Wir machen's spannend

Alle Gmeiner-Autoren und ihre Romane auf einen Blick